—————— 阅读之前 没有真相

午夜文库

阿加莎·克里斯蒂
侦探小说

阿加莎·克里斯蒂
Agatha Christie (1890—1976)

无可争议的侦探小说女王,侦探文学史上最伟大的作家之一。

阿加莎·克里斯蒂原名为阿加莎·玛丽·克拉丽莎·米勒,一八九〇年九月十五日生于英国德文郡托基的阿什菲尔德宅邸。她几乎没有接受过正规的教育,但酷爱阅读,尤其痴迷于歇洛克·福尔摩斯的故事。

第一次世界大战期间,阿加莎·克里斯蒂成了一名志愿者。战争结束后,她创作了自己的第一部侦探小说《斯泰尔斯庄园奇案》。几经周折,作品于一九二〇年正式出版,由此开启了克里斯蒂辉煌的创作生涯。一九二六年,《罗杰疑案》由哈珀柯林斯出版公司出版。这部作品一举奠定了阿加莎·克里斯蒂在侦探文学领域不可撼动的地位。之后,她又陆续出版了《东方快车谋杀案》《ABC谋杀案》《尼罗河上的惨案》《无人生还》《阳光下的罪恶》等脍炙人口的作品。时至今日,这些作品依然是世界侦探文学宝库里最宝贵的财富。根据她的小说改编而成的舞台剧《捕鼠器》,已经成为世界上公演场次最多的剧目;而在影视改编方面,《东方快车谋杀案》为英格丽·褒曼斩获奥斯卡大奖,《尼罗河上的惨案》更是成为几代人心目中的经典。

阿加莎·克里斯蒂的创作生涯持续了五十余年,总共创作了八十余部侦探小说。她的作品畅销全世界一百多个国家和地区,累计销量已经突破二十亿册。她创造的小胡子侦探波洛和老处女侦探马普尔小姐为读者津津乐道。阿加莎·克里斯蒂是柯南·道尔之后最伟大的侦探小说作家,是侦探文学黄金时代的开创者和集大成者。一九七一年,英国女王授予克里斯蒂爵士称号,以表彰其不朽的贡献。

一九七六年一月十二日,阿加莎·克里斯蒂逝世于英国牛津郡沃灵福德家中,被安葬于牛津郡的圣玛丽教堂墓园,享年八十五岁。

阿加莎·克里斯蒂 侦探作品年表

波洛系列

1920　The Mysterious Affair at Styles《斯泰尔斯庄园奇案》
1923　Murder on the Links《高尔夫球场命案》
1924　Poirot Investigates《首相绑架案》
1926　The Murder of Roger Ackroyd《罗杰疑案》
1927　The Big Four《四魔头》
1928　The Mystery of the Blue Train《蓝色列车之谜》
1932　Peril at End House《悬崖山庄奇案》
1933　Lord Edgware Dies《人性记录》
1934　Murder on the Orient Express《东方快车谋杀案》
1935　Three-Act Tragedy《三幕悲剧》
1935　Death in the Clouds《云中命案》
1936　The ABC Murders《ABC谋杀案》
1936　Murder in Mesopotamia《古墓之谜》
1936　Cards on the Table《底牌》
1937　Dumb Witness《沉默的证人》
1937　Death on the Nile《尼罗河上的惨案》
1937　Murder in the Mews《幽巷谋杀案》
1938　Appointment with Death《死亡约会》
1938　Hercule Poirot's Christmas《波洛圣诞探案记》
1940　Sad Cypress《H庄园的午餐》
1940　One, Two, Buckle My Shoe《牙医谋杀案》
1941　Evil Under the Sun《阳光下的罪恶》
1943　Five Little Pigs《五只小猪》
1946　The Hollow《空幻之屋》
1947　The Labours of Hercules《赫尔克里·波洛的丰功伟绩》
1948　Taken at the Flood《顺水推舟》
1952　Mrs. McGinty's Dead《清洁女工之死》
1953　After the Funeral《葬礼之后》
1955　Hickory Dickory Dock《山核桃大街谋杀案》
1956　Dead Man's Folly《弄假成真》
1959　Cat Among the Pigeons《鸽群中的猫》
1960　The Adventure of the Christmas Pudding《雪地上的女尸》

阿加莎·克里斯蒂 侦探作品年表

1963　The Clocks《怪钟疑案》
1966　Third Girl《第三个女郎》
1969　Hallowe'en Party《万圣节前夜的谋杀》
1972　Elephants Can Remember《大象的证词》
1974　Poirot's Early Stories《蒙面女人》
1975　Curtain—Poirot's Last Case《帷幕》

马普尔小姐系列

1930　The Murder at the Vicarage《寓所谜案》
1932　The Thirteen Problems《死亡草》
1942　The Body in the Library《藏书室女尸之谜》
1943　The Moving Finger《魔手》
1950　A Murder Is Announced《谋杀启事》
1952　They Do It with Mirrors《借镜杀人》
1953　A Pocket Full of Rye《黑麦奇案》
1957　4.50 from Paddington《命案目睹记》
1962　The Mirror Crack'd from Side to side《破镜谋杀案》
1964　A Caribbean Mystery《加勒比海之谜》
1965　At Bertram's Hotel《伯特伦旅馆》
1971　Nemesis《复仇女神》
1976　Sleeping Murder《沉睡谋杀案》
1979　Miss Marple's Final Cases《马普尔小姐最后的案件》

其他系列及非系列

1922　The Secret Adversary《暗藏杀机》
1924　The Man in the Brown Suit《褐衣男子》
1925　The Secret of Chimneys《烟囱别墅之谜》
1929　Partners in Crime《犯罪团伙》
1929　The Seven Dials Mystery《七面钟之谜》
1930　The Mysterious Mr. Quin《神秘的奎因先生》
1931　The Sittaford Mystery《斯塔福特疑案》
1933　The Witness for the Prosecution and Other Stories《控方证人》
1934　Why Didn't They Ask Evans?《悬崖上的谋杀》

阿加莎·克里斯蒂 侦探作品年表

1934	The Listerdale Mystery	《金色的机遇》
1934	Parker Pyne Investigates	《惊险的浪漫》
1939	Murder Is Easy	《逆我者亡》
1939	And Then There Were None	《无人生还》
1941	N or M?	《桑苏西来客》
1944	Towards Zero	《零点》
1945	Sparkling Cyanide	《闪光的氰化物》
1945	Death Comes as the End	《死亡终局》
1949	Crooked House	《怪屋》
1950	Three Blind Mice and Other Stories	《三只瞎老鼠》
1951	They Came to Baghdad	《他们来到巴格达》
1954	Destination Unknown	《地狱之旅》
1958	Ordeal by Innocence	《奉命谋杀》
1961	The Pale Horse	《灰马酒店》
1967	Endless Night	《长夜》
1968	By the Pricking of My Thumbs	《煦阳岭的疑云》
1970	Passenger to Frankfurt	《天涯过客》
1973	Postern of Fate	《命运之门》
1991	Problem at Pollensa Bay	《神秘的第三者》
1997	While the Light Lasts	《灯火阑珊》

出版前言

纵观世界侦探文学一百七十余年的历史，如果说有谁已经超脱了这一类型文学的类型化束缚，恐怕我们只能想起两个名字——一个是虚构的人物歇洛克·福尔摩斯，而另一个便是真实的作家阿加莎·克里斯蒂。

阿加莎·克里斯蒂以她个人独特的魅力创造着侦探文学史上无数的传奇：她的创作生涯长达五十余年，一生撰写了八十余部侦探小说；她开创了侦探小说史上最著名的"黄金时代"；她让阅读从贵族走入家庭，渗透到每个人的生活中；她的作品被翻译成一百多种文字，畅销全球一百五十余个国家，作品销量与《圣经》《莎士比亚戏剧集》同列世界畅销书前三名；她的《罗杰疑案》《无人生还》《东方快车谋杀案》《尼罗河上的惨案》都是侦探小说史上的经典，她是侦探小说女王，因在侦探小说领域的独特贡献而被册封为爵士，她是侦探小说的符号和象征。她本身就是传奇。沏一杯红茶，配一张躺椅，在暖暖的阳光下读阿加莎的小说是一种生活方式，是惬意的享受，也是一种态度。

午夜文库成立之初就试图引进阿加莎的作品，但几次都与版权擦肩而过。随着午夜文库的专业化和影响力日益增强，阿加莎·克里斯蒂的版权继承人和哈珀柯林斯出版公司主动要求将版权独家授予新星出版社，并将阿加莎系列侦探小说并入午夜文库。这是对我们长期以来执着于侦探小说出版的褒奖，是对我们的信任与鼓励，更是一种压力和责任。

新版阿加莎·克里斯蒂作品由专业的侦探小说翻译家以最权威的英文版本为底本，全新翻译，并加入双语作品年表和阿加莎·克里斯蒂家族独家授权的照片、手稿等资料，力求全景展现"侦探女王"的风采与魅力。使读者不仅欣赏到作家的巧妙构思、离奇桥段和睿智语言，而且能体味到浓郁的英伦风情。

阿加莎作品的出版是一项系统工程，规模庞大，我们将努力使之臻于完美。或存在疏漏之处，欢迎方家指正。

新星出版社
午夜文库编辑部

Agatha Christie

Over the next few years, we plan to celebrate two very important Agatha Christie anniversaries. In 2015, it is the 125th anniversary of her birth in Torquay, South Devon, England, and in 2020 it will be 100 years after her first book, THE MYSTERIOUS AFFAIR AT STYLES, featuring her famous detective, Hercule Poirot, was published. This is therefore a very appropriate moment to publish a new edition of her works, and I am delighted that HarperCollins has chosen to work with New Star on these new editions. New Star is China's top crime publisher, and has a strong and dedicated editorial staff and a continued passion for Agatha Christie, making them the ideal partner. It is the right time to make these classic books available in modern translations and so to bring Agatha Christie's books anew to her many fans in China, giving them a new reason to re-read these much-loved stories, as well as introducing them to a whole new audience. How delighted Agatha Christie would have been that her stories (as she called them) are still giving so much pleasure to so many people all over the world!

I think there are two very remarkable things about Agatha Christie's stories. The first is that they are so adaptable. It doesn't really matter which language they appear in, the stories and the plots still give the same thrill, still provide the same puzzles, and the characters still have the same attraction. Readers in China will I am sure enjoy Hercule Poirot and Miss Marple just as much as we do in England, and readers in China will still be transfixed by the surprises and horrors of AND THEN THERE WERE NONE, one of the great classics of 20th century detective fiction, as we are here.

Agatha Christie

The second is that the stories give a wonderful picture of England, particularly rural England, at the time Agatha Christie lived. She wrote books from 1920 until 1970 but it is sometimes hard to tell which part of her life each book was written in. Her characters and the life they lived were very much the same. The life we all live is changing very quickly these days but the Agatha Christie world stays the same. Perhaps the Miss Marple stories provide the best example of this, and in some ways, THE BODY IN THE LIBRARY and NEMESIS are quite similar, despite the fact that thirty years elapsed between the time they were written.

Perhaps I might end by mentioning three Agatha Christies (other than the ones mentioned above) which I think demonstrate why she is so popular, even in the twenty-first century. The first is MURDER ON THE ORIENT EXPRESS, one of the most famous with one of the most ingenious and human plots. Read this on one of your long train journeys in China! Next is A MURDER IS ANNOUNCED, a Miss Marple which was her 50th book. It has my favourite murderer in it! And last is ENDLESS NIGHT a story about evil and how it affects three young people, written at the time when I knew her best, and understood how deeply she cared and sympathised with young people and the world they lived in.

Whichever are your favourites I hope you enjoy these stories that New Star are introducing to you again. I think it is a great publishing event.

Mathew *[signature]*
Grandson of Agatha Christie
Chairman of Agatha Christie Ltd

致中国读者

(午夜文库版阿加莎·克里斯蒂作品集序)

在未来的几年中,我们将要筹备两个非常重要的关于阿加莎·克里斯蒂的纪念日。二〇一五年是她的一百二十五岁生日——她于一八九〇年出生于英国的托基市,二〇二〇年则是她的处女作《斯泰尔斯庄园奇案》问世一百周年的日子,她笔下最著名的侦探赫尔克里·波洛就是在这本书中首次登场。因此,新星出版社为中国读者们推出全新版本的克里斯蒂作品正是恰逢其时,而且我很高兴哈珀柯林斯选择了新星来出版这一全新版本。新星出版社是中国最好的侦探小说出版机构,拥有强大而且专业的编辑团队,并且对阿加莎·克里斯蒂的作品极有热情,这使得他们成为我们最理想的合作伙伴。如今正是一个良机,可以将这些经典作品重新翻译为更现代、更权威的版本,带给她的中国书迷,让大家有理由重温这些备受喜爱的故事,同时也可以将它们介绍给新的读者。如果阿加莎·克里斯蒂知道她的小故事们(她这样称呼自己的这些作品)仍然能给世界上这么多人带来如此巨大的阅读享受,该有多么高兴啊!

我认为阿加莎·克里斯蒂的作品有两个非常重要的特征。首先它们是非常易于理解的。无论以哪种语言呈现,故事和情节都同样惊险刺激,呈现给读者的谜团都同样精彩,而书中人物的魅力也丝毫不受影响。我完全可以肯定,中国的读者能够像我们英国人一样充分享受赫尔克里·波洛和马普尔小姐带来的乐趣;中国读者也会和我们一样，读到二十世纪最伟大的侦探经典作品——比如《无人生还》——的时候，被震惊和恐惧牢牢钉在原地。

第二个特征是这些故事给我们展开了一幅英格兰的精彩画卷，特别是阿加莎·克里斯蒂那个年代的英国乡村。她的作品写于二十世纪二十年代至七十年代间，不过有时候很难说清楚每一本书是在她人生中的哪一段日子里写下的。她笔下的人物，以及他们的生活，多多少少都有些相似。如今，我们的生活瞬息万变，但"阿加莎·克里斯蒂的世界"依旧永恒。也许马普尔小姐的故事提供了最好的范例：《藏书室女尸之谜》与《复仇女神》看起来颇为相似，但实际上它们的创作年代竟然相差了三十年。

最后，我想提三本书，在我心目中（除了上面提过的几本之外）这几本最能说明克里斯蒂为什么能够一直受到大家的喜爱。首先是《东方快车谋杀案》，最著名，也是最机智巧妙、最有人性的一本。当你在中国乘火车长途旅行时，不妨拿出来读读吧！第二本是《谋杀启事》，一个马普尔小姐系列的故事，也是克里斯蒂的第五十本著作。这本书里的诡计是我个人最喜欢的。最后是《长夜》，一个关于邪恶如何影响三个年轻人生活的故事。这本书的写作时间正是我最了解她的时候。我能体会到她对年轻人以及他们生活的世界关心至深。

现在新星出版社重新将这些故事奉献给了读者。无论你最爱的是哪一本，我都希望你能感受到这份快乐。我相信这是出版界的一件盛事。

阿加莎·克里斯蒂外孙

阿加莎·克里斯蒂有限责任公司董事长

马修·普理查德

二〇一三年二月二十日

阿加莎·克里斯蒂侦探作品集 ㉜

他们来到巴格达
They Came to Baghdad

[英] 阿加莎·克里斯蒂 著
陆烨华 译

新 星 出 版 社 · NEW STAR PRESS

将此书献给我所有在巴格达的朋友

第一章

1

克罗斯比上尉步出银行，脸上洋溢着快乐。他发现支票上的存款比他预期的还要多一些。

克罗斯比上尉给人的感觉总是喜气洋洋。他五短身材，非常结实，红彤彤的脸上蓄着颇有军人气派的利落小胡子，衣着打扮略显张扬，走起路来也大摇大摆。他喜欢听各种有趣的故事，在周围的人当中很有人缘，是一个可以给人带来好心情的家伙。普普通通，和和气气，尚未成婚，看不出任何与众不同的地方——在东方，像克罗斯比这样的人还有很多。

现在克罗斯比上尉正在银行街上走着。这条街之所以这么命名，是因为这座城市中的大部分银行都集中在此。银行里面很冷，光线很暗，四处弥漫着发霉的气味，柜台里面噼里啪啦的打字声不绝于耳。

而外面的银行街，阳光充足，尘土飞扬，充斥着各种各样嘈杂的声音。电动车的鸣笛声、商贩的叫喊声，还有一群人的争吵声——这群人看上去好像恨不得杀了对方，但其实都是很好的朋友。男人和小孩举着托盘在街上穿来穿去，出售甜品、橘子、香蕉、毛巾、梳子、刮胡刀，以及其他各类商品。除此之外，还有此起彼伏的清喉咙和吐痰声，赶着驴、马的人发出低沉忧郁的"驾，驾"声，在满大街的电动车和行人中间穿行。

这时的巴格达，是上午十一点。

克罗斯比上尉拦住了一个抱着一捆报纸的小男孩，买了一份报纸，然后走过银行街的转角，来到拉希德街。这是巴格达的一条主要街道，全程四英里长，与底格里斯河正好平行。

克罗斯比上尉扫了一眼报纸上的标题，然后把报纸夹在胳膊下，走了大约两百码，来到一条小巷，走进了一座大院。在大院深处，克罗斯比上尉推开了一扇挂有黄铜名牌的门，进入一间办公室。

一个衣着整洁的年轻伊拉克职员离开自己的打字机，起身向他微笑，表示欢迎。

"早上好，克罗斯比上尉，有什么可以效劳的？"

"达金先生在吗？好的，我有事找他。"

他打开里面的门，登上一条很陡的楼梯，然后经过一条肮脏的走廊，终于来到一扇门前。他敲了敲门，里面传来一声"请进"。

这个房间的屋顶很高，所以显得有点儿空荡荡的。一个煤油炉上端放着一盆水，一张坐垫很低的长椅前摆着一个小茶几，还有一张破旧的大桌子。屋子里开着灯，窗帘拉得很严，没有一丝阳光漏进来。破旧的桌子后面，坐着一个同样"破旧"的人，他有一张写满疲倦的、优柔寡断的脸。从这张脸上可以看出，此人并没有在世上干出一番事业，并且也接受了这一现实，不再抱有渴望。

这两个人——乐观自信的克罗斯比和忧郁疲劳的达金——互相看着对方。

达金说:"你好啊,克罗斯比,刚从基尔库克①回来?"

克罗斯比点点头,小心翼翼地把门关好。这扇门看起来很破旧,油漆也涂得一塌糊涂,但有一点出人意料的好——这扇门严丝合缝,不管是侧面还是底部,都没有一丝缝隙。

这是一扇隔音门。

门一关上,这两个人的神情瞬间有了些许不同。克罗斯比上尉变得不那么有干劲和自信了,达金先生的肩膀不像之前那样下垂,脸上的优柔寡断也消失了。如果有人在这间屋子里,听听他们的谈话,会惊奇地发现,达金先生居然是一个领导。

"有消息吗,先生?"克罗斯比上尉问。

"有。"达金叹了口气。他面前有一份电报,刚刚他一直在忙着破译。此时他又译出两个字母,说:"会在巴格达举行。"

他划了一根火柴,点燃了电报,看着它燃烧。电报变成灰烬之后,他温柔地吹了一下,灰烬飞起来,散落在地。

"是的,"他说,"他们已经决定就在巴格达了。时间是下个月二十号,我们要'绝对保密'。"

"他们已经在市集讨论三天了。"克罗斯比冷冷地说。

高个子男人露出疲惫的笑容。

"最高机密!在东方,从来都没有最高机密,对吧,克罗斯比?"

"是的,先生,如果您问我的话,我觉得任何地方都没有最高机密。战争年代,我经常发现伦敦理发师知道的消息都比前线最高指挥官多。"

"这次的事件其实没有什么关系。如果会议真在巴格达举办,

---

① 基尔库克(Kirkuk),旧省名。在伊拉克东北部。

公众迟早会知道。然后，我们的好戏——非常有趣的好戏——就要开场了。"

"您认为这次会议真会举办吗，先生？"克罗斯比怀疑地问道，"乔叔叔……真的要来？"克罗斯比上尉失礼地如此称呼一个欧洲大国的首脑。

"我认为这次他会来的，克罗斯比。"达金想了想，说，"我确实是这么认为的，如果会议顺利举办，不出一点儿乱子。如果最后达成了共识……"他突然停住了。

克罗斯比看上去仍然有所怀疑："那——请原谅，先生——那有达成共识的可能吗？"

"就像你认为的，克罗斯比，很可能不行。如果仅仅是把两个代表着两种截然不同思想的人放在一起，结果很可能会像以前一样——加深猜疑和误解。但还有第三个因素，如果卡迈克尔说的那件离奇的事情是真的……"

他又停住了。

"但是，先生，那不可能是真的，这太离奇了！"

达金沉默了一会儿。他脑中浮现出一幅生动的画面：一个面容严肃的人，正在认真聆听另一个人用难以捉摸的声音讲述各种不可思议的离奇事件。当时，他自言自语地这么说："要么是我最得力、最信任的人疯了，要么，这件事情就是真的……"

此时他以同样忧郁的声音说："卡迈克尔相信这件事，他了解的每一个细节都证实了这个假设。他要到那儿去做进一步调查，证明这个假设。我不知道让他去是不是明智。如果他不能回来，那所有的事都只不过是卡迈克尔的一面之词，而这些事也是别人告诉他的。我们了解很多吗？我不这么认为。就像你说的，这事太离奇了……但如果卡迈克尔二十号能出现在这里，在巴格达，以目击者的身份讲述他的故事，并出示证据——"

"证据？"克罗斯比尖声说道。

达金点点头。

"是的，他有证据。"

"你怎么知道的？"

"通过事先约定的暗号，刚刚那封电报是萨拉·哈桑带给我的。"他小心地念出那封电报："白骆驼正驮着燕麦赶来。"

停了一下，他接着说："所以卡迈克尔已经拿到了他想要的东西，但他没能全身而退，而是被盯上了。他经过的每条路都有人监视，更危险的是，他们会等他——到这儿来！首先是在边境，如果他顺利过了边境，他们就会在大使馆和领事馆设下埋伏。你看看这个。"

他翻动桌上的文件，读道："一个英国人独自驾车从波斯去伊拉克旅游时被枪杀——据说袭击者是歹徒。一个库尔德的商人在从山上下来的途中遭到伏击，被杀害。另一个被怀疑是个香烟走私贩的库尔德人，阿卜杜勒·哈桑，遭警察击毙。一具尸体在柔万杜孜路上被发现，后来证实是一个美国卡车司机。这几个人模样相似，身高、体重、头发、身形，都和卡迈克尔差不多。他们宁可错杀几个人，也要把卡迈克尔干掉。一旦他到达伊拉克，就更危险了，大使馆的园丁、领事馆的侍者、机场海关铁路的工作人员，都有可能是他们的人……所有的旅馆都被监控了，警戒线布得非常严。"

克罗斯比扬了扬眉毛。

"您认为他们会布这么大的局，先生？"

"这一点我从不怀疑，而且我们的行动有时候也会泄露消息，这是最糟糕的情况了。我要怎么才能确信，我们为了保护卡迈克尔而采取的种种措施还没有被对方知晓呢？在对方阵营里安插一个内线，你知道的，这是战争游戏中最基本的一招。"

"您有怀疑对象吗？"

达金缓缓摇了摇头。

克罗斯比叹了口气。

"既然如此，"他说，"我们还要继续吗？"

"是的。"

"科洛夫顿·李怎么说？"

"他同意来巴格达。"

"大家都来巴格达了，"克罗斯比说，"就像你说的，连乔叔叔都要来。但如果总统发生了什么意外——在这个地方——局势会很动荡。"

"得保证什么都不会发生。"达金说，"这是我们的职责，一定要看好。"

克罗斯比走后，达金又伏案工作起来。他喃喃自语地说道："他们来巴格达了……"

他在吸墨纸上画了个圆圈，在下面写了"巴格达"这个词，又在旁边画了骆驼、飞机、轮船，还有一列喷着烟的火车，这些都在圆圈周围。接着，在角落处，他又画了一张蜘蛛网，在网中央写下一个人名：安娜·舍勒，接着在下面画了个大问号。

然后，他拿起帽子，离开了办公室。当他走在拉希德街上时，有人向旁边的人打听这是谁。

"那个人？哦，达金啊，石油公司的职员，人不错，但是一直没有升上去。他没什么干劲儿，听说喜欢喝酒，这种人永远干不出一番大事。想在世上闯出点儿名堂，没有魄力可不行啊。"

2

"你收到克鲁根霍夫的财产报告了吗，舍勒小姐？"

"收到了，摩根赛尔先生。"

舍勒小姐处事冷静，工作干练，她把报告递给老板。

他嘟嘟囔囔地读着。

"我认为，这挺令人满意的。"

"我当然也是这么认为的，摩根赛尔先生。"

"施瓦茨在这儿吗？"

"他正在外面的办公室等着。"

"现在让他进来。"

舍勒小姐按了一个按钮——这是六个按钮中的一个。

"需要我留在这里吗，摩根赛尔先生？"

"不，不用了，舍勒小姐。"

安娜·舍勒安静地走了出去。

她有一头淡金色的头发——不是那种迷人的金黄色。她将头发从额头向后梳，整齐地卷在脖子根部，一双淡蓝色的、充满智慧的眼睛透过厚厚的眼镜片观察着这个世界。她的五官并不难看，但缺乏表情，她能在社会上干出一番事业，靠的并不是魅力，而是效率。不管多么复杂的事情，她都能牢牢记住，甚至不用查记事本，她就能说出需要的名字、日期和地点。她可以把一个很大的工作团队组织得有条不紊，好像一架涂了润滑油的机器一样运转顺畅。她做事谨慎，恪守纪律，而且从不消极。

奥托·摩根赛尔，是"摩根赛尔－布朗－斯佩克国际银行"的管理者，他深知安娜·舍勒的工作能力，付给她多少薪水都不为过。他也完全信任她，她的记忆力、经验、管理能力以及冷静的头脑。他已经给她非常高的薪水了，但如果安娜·舍勒要求加薪，他仍会毫不犹豫地答应。

她不仅了解他工作业务的细节，还了解他私人生活的细节。当他向她征求"对第二任摩根赛尔太太的意见"时，她建议"最好离婚"，并且给出了确切的赡养费金额。她从不会流露出同情或者好奇。在雇主眼里，她也绝不是那种女人。他不认为她有任何感情，也不知道她心里到底在想什么。如果有人告诉摩根赛尔，安娜·舍勒有别的想法，不是关于摩根赛尔－布朗－斯佩克国际银行，也不是关于奥托·摩根赛尔这个人的，而是其他事情，他会感到非常惊讶。

所以，当他听她说想离开这个办公室的时候，他惊呆了。

"如果可以的话，我想请三个星期的假，摩根赛尔先生。从下周二开始。"

他盯着她，不安地说："这里的事情会很棘手的……非常棘手……"

"我想不会特别困难的，摩根赛尔先生，魏格特小姐有能力处理各类问题。我会把我的记事本留给她，所有的细节也都会跟她说明。康沃尔先生可以接手艾舍·摩格那里的业务。"

他依然感到不安。

"你……生病了吗？还是什么……"

摩根赛尔无法想象舍勒小姐会生病，就连细菌都很尊敬安娜·舍勒，离她远远的。

"不是的，摩根赛尔先生，我想去伦敦看望我姐姐。"

"你姐姐？"他不知道她还有个姐姐。摩根赛尔没想过舍勒小姐有什么家人或者亲属，她从来没有提起过。而现在，她却很轻松地说自己在伦敦有个姐姐。去年秋天，她随他去伦敦办过事，当时也没提过这个姐姐。

摩根赛尔觉得感情上受到了一点儿伤害，他说："我真不知道你有个姐姐在英国。"

舍勒小姐轻轻一笑。

"是的，摩根赛尔先生，她嫁给了一个英国人，那人和大英博物馆有点儿联系。这次她要做一个很大的手术，希望我去照顾她，我也很想去。"

换句话说，摩根赛尔看得出，她去意已决。

他又嘟嘟囔囔地说："好吧，好吧，早去早回，最近市场太动荡了，都是共产主义搞的，战争随时可能爆发，这是唯一的解决办法了，我有时候真是这么想的。国家已经千疮百孔了——千疮百孔啊！总统又决定去巴格达参加那个愚蠢的会议，要我说，这就是一个圈套，他们就是想干掉他。巴格达！这是世上最古怪的地方了！"

"我相信保卫工作肯定做得很好。"舍勒小姐安慰道。

"去年他们干掉了波斯的沙赫，是吗？还有巴勒斯坦的贝纳多特，太疯狂了，简直太疯狂了。"

"不过，话又说回来，"摩根赛尔先生语气沉重地补充了一句，"整个世界都挺疯狂的。"

第二章

1

维多利亚·琼斯坐在菲茨詹姆斯公园的一条长椅上,显得不太开心。她沉浸在自己的回忆——或者说反省中——一个人的特殊才能在错误的时刻会让其陷入不利局面。

维多利亚和我们大多数人一样,有优点,也有缺点。她的优点是热情、大方、勇敢。她生来对冒险情有独钟,这一点也许值得称赞,但在现今社会,很多人反而认为安全才是最重要的事。她最大的缺点是喜欢撒谎,不管时机是不是正确,捏造一个"事实"出来,在维多利亚眼中有难以抗拒的魅力。她说谎的时候流利、坦然,带有艺术家的热情。如果维多利亚某次约会迟到了——她经常迟到,但要是只撒谎说手表坏了——事实上她的手表确实经常坏——或者公车无缘无故误点了,都是满足不了她的。她更倾向于编造另一种事实,比如一只从动物园里逃出来的大象躺在路上,拦住了车,或者碰见一群暴徒在抢劫,场面非常可怕,而她本人还帮了警察的忙。老虎潜伏在大街上,暴徒出没于街巷,在她口中,她就生活于这样的世界。

维多利亚身材苗条,容貌并不特别突出,但有一双完美的腿,看着就令人愉悦。她的脸很小巧,干净整洁,曾有一位追求者毒辣地称呼她为"小橡皮脸",因为她能模仿任何人,常常让人瞠目结舌。

正是因为最后提到的这个"才能",使她陷入了现在的困境。她是格雷霍姆大街上的一名打字员,隶属于格林霍兹－西蒙斯－莱德伯特公司。这天上午,她感到很无聊,为了增加一点儿娱乐的气氛,她给办公室里另外三个打字员模仿起了"格林霍兹夫人来办公室看她丈夫的样子"。因为格林霍兹先生去拜访律师了,维多利亚便肆无忌惮地表演起来。

"你为什么说我们不需要诺尔的那张长沙发,亲爱的?"她大声地质问,"迪福泰克斯太太有一张蓝丝绒的!你说你手头很紧,那你为什么还带那个金发女郎出去吃饭、跳舞——哦!你当我不知道吗——你要是再带那个金发女郎出去,我就要买一张紫红色的沙发,还要金黄色的垫子。你要是说那是工作上的聚餐,那你可真是个蠢货,你回来的时候衬衣上还沾着口红呢!所以我一定要买诺尔的那张沙发,还要加一条貂皮披肩——太棒了——虽然不是真的貂皮,但看起来一点儿都不差,我还能叫她再便宜点儿,这真是一笔好交易……"

突然,观众消失了。刚开始的时候,他们着迷地看着,现在却突然回到办公桌前开始工作。于是维多利亚停止了表演,回头一看,格林霍兹先生正站在门口看着她。

维多利亚一时不知道该说什么,只能发出一声:"哎呀!"

格林霍兹先生哼了一声。

他把大衣一扔,走进了私人办公室,把门重重地摔上。与此同时,他按响了电铃,两短一长。这是召唤维多利亚的信号。

"叫你呢,琼斯。"一个同事有点儿幸灾乐祸地多嘴。其他打字员的表现也差不多:"你完了,琼斯。""他会狠狠教训你的,琼斯。"办公室里的小弟——一个令人讨厌的孩子——用手指在自己的脖子上划了一下，并发出可怕的叫声。

维多利亚拿起笔记本和笔，尽量装出无所谓的样子，走进了格林霍兹先生的办公室。

"您叫我吗，格林霍兹先生？"维多利亚平静地看着他，说道。

格林霍兹先生一只手摩挲着三张一英镑纸钞，另一只手在口袋里寻找硬币。

"你来啦，"他说，"我受够了，年轻的小姐。我现在要付你一周的薪水，然后打发你走，你有什么特殊的理由要我别这么做吗？"

维多利亚——她是个孤儿——刚想开口解释说因为自己的母亲此刻正在手术台上接受一个很大的手术，导致她情绪低落，没有经过思考就做出了失礼的事情。而她微薄的薪水，却是她和母亲的全部依靠。可看着格林霍兹先生令人生厌的嘴脸，她改变了主意。

"那再好不过了！"她信心满满、高高兴兴地说道，"我认为你这么做完全正确。"

格林霍兹先生感到有点儿讶异，以前他解雇人的时候，从没见过对方表示赞成和庆祝。为了掩饰自己的尴尬，他把桌上的几枚硬币数了数，然后又在口袋里继续掏摸。

"还少九个便士。"他沮丧地喃喃自语。

"没关系，"维多利亚和善地说，"拿去看电影，或者买糖吃吧。"

"好像也没有邮票。"

"不要紧，我不写信的。"

"我稍后会给你寄过去的。"格林霍兹先生说道，不过他自己好像也没什么把握。

"别麻烦了,给我开份解雇声明怎么样?"维多利亚说。

格林霍兹先生恢复了生气。

"见鬼,我为什么要给你开解雇声明?"他气冲冲地问。

"这很正常啊。"维多利亚答道。

格林霍兹先生随手拿过一张纸,在上面草草写了两行字,然后扔在维多利亚面前。

"可以了吗?"

  琼斯小姐在我处担任速记打字员,为期两个月。她速记时经常出错,拼写也不准确。现因为在工作时间不工作而被解雇。

维多利亚做了个鬼脸。

"这好像不能当做推荐信来用啊。"她说。

"我本来就没打算当推荐信来写。"愚蠢的坏蛋格林霍兹先生说。

"我想,"维多利亚说,"您至少可以说我诚实、冷静、受人喜爱,我确实是这种人,你应该知道的。也许,您还可以补充一点,我做事很谨慎。"

"谨慎?"格林霍兹先生咆哮了起来。

维多利亚无辜的眼神正好与他对上。

"谨慎。"她温和地又说了一次。

回想起维多利亚曾经打出来的各种信件,格林霍兹先生决定与其和她结仇,不如保守一点儿。

他把那张纸抓过来撕掉,然后重新写了一张。

琼斯小姐在我处担任速记打字员，为期两个月。现因为办公人员过多而将其解雇。

"这次怎么样啊？"

"可以写得更好一点儿，"维多利亚说，"不过算了吧。"

2

于是，就这样，维多利亚包里装着一个星期的薪水——还差九便士——坐在菲茨詹姆斯公园的一条长椅上，沉思着。这个公园是个三角形的种植园，长着很不景气的灌木，中央是座教堂，旁边有个大仓库，从仓库顶上可以俯瞰公园全景。

维多利亚有一个习惯，只要不下雨，她都会在牛奶店里买一份奶酪、一份色拉，还有一个西红柿三明治，坐在这个人工建造的伪森林公园中，吃完这份简单的午餐。

今天，她一边沉思，一边咀嚼午餐。她告诉自己，这已经不是第一次了，做任何事情都要考虑时间地点，而办公室，显然不是模仿老板太太的合适地点。以后，她必须抑制容易冲动的个性，就是因为这个，她才会在无聊的工作中想到表演一个模仿秀的。现在，她离开了格林霍兹-西蒙斯-莱德伯特公司，不过她很乐观，因为她即将在别的地方获得新的工作。每当要开始一份新工作时，维多利亚总是兴高采烈。她一直认为，未知的未来是令人期待的。

她把剩下的面包屑撒向旁边的三只小麻雀，它们立刻争起食来。这时，她意识到有一个年轻男人坐在长椅的另一头。维多利亚刚才就隐约有所感觉，只不过她的思绪一直沉浸在对未来的美好期望中，直到现在才真正注意到他的存在。她现在看到那个人——是用眼角余光看的——很讨她喜欢。那个人长得很好看，英俊潇洒，有一个坚毅的下巴，眼睛是深蓝色的。维多利亚暗想，这人可能怀揣着对自己的爱慕，在旁边注意自己很久了。

维多利亚从来不介意在公共场合与一个陌生男人交朋友。她自认为对人性有很好的判断力，也能拒绝单身男人的无礼要求。

她大方地朝他微笑，对方的反应就像一个被牵动的木偶。

"你好，"年轻男人说，"这地方真不错，你常来吗？"

"几乎每天都来。"

"真遗憾，我是第一次来。刚刚你在吃午饭？"

"是的。"

"我想你应该没吃饱，我要是只吃两块三明治，肯定会饿坏的。我们到托特纳姆路那边吃点儿香肠怎么样？"

"不用了，谢谢。我已经吃饱了。"

她期待他会说"那改天吧"，可他并没有。他只是叹了口气，然后说："我叫爱德华，你呢？"

"维多利亚。"

"你的家人为什么给你取一个车站的名字？"

"维多利亚不光是一个车站的名字，"琼斯小姐告诉他，"还有个女王也叫维多利亚。"

"嗯，是的。那你姓什么？"

"琼斯。"

"维多利亚·琼斯，"爱德华念了一遍，然后摇摇头，"名与姓不太合适。"

"你说得很对，"维多利亚情绪有点儿激动，"如果我叫珍妮的话，会更好听，珍妮·琼斯。但维多利亚，就需要多加一点儿什么，让它更有气派。维多利亚·萨克维尔·韦斯特，这样叫起来就挺顺口的。一个人需要一个好一点儿的名字。"

"你可以在琼斯前面也加点儿什么。"爱德华赞同她的观点。

"贝德福德·琼斯。"

"卡利斯布鲁克·琼斯。"

"朗斯戴尔·琼斯。"

这时，爱德华瞥了一眼手表，发出惊讶的叫声。这个和谐的游戏就此中断了。

"我得立刻赶回可恶的老板那里……呃……你呢？"

"我失业了，今天早上刚被解雇。"

"真遗憾。"爱德华关心地说道。

"不用同情我，我也不觉得遗憾。一方面，找一份新工作也挺容易的，另外，这件事还挺好笑呢。"

她生动地讲述起今天早晨的那次表演，在爱德华面前又演起了格林霍兹太太。这引起了爱德华极大的兴趣，同时，他回去的时间也更为延迟了。

"太不可思议了，维多利亚，"他说，"你应该登台表演。"

维多利亚心满意足地微笑着，接受了这份称赞，并且表示，如果不想被解雇的话，他最好还是回去工作吧。

"是的，我不像你，很容易就能找到新工作。当个出色的速记打字员真不错。"爱德华有点儿羡慕地说道。

"实际上，我并不是一个出色的速记打字员。"维多利亚坦率承认，"但幸运的是，如今就连最糟糕的打字员都能找到工作——至少可以去教育机构和慈善机构——他们付不起很高的薪水，所以乐意雇佣我这样的人。我最喜欢学术方面的工作了，那些专业术语和名词都太可怕了，根本就拼不对，不过不丢人，因为没有人可以完全拼对。你是做什么工作的？我猜——刚从皇家空军退伍？"

"猜得好。"

"战斗机驾驶员？"

"又猜对了。他们已经很不错了，还给我分配了工作，但问题也在于此，我们不是什么聪明人。一个飞机驾驶员又用不着太聪明，可他们现在把我放在一间办公室里，处理一堆文件、数据，还要做其他动脑筋的工作，真让我一筹莫展。所有工作我都帮不上什么忙，事实就是如此，所以有时候我会很失落。"

维多利亚同情地点点头，爱德华接着苦涩地往下说："完全不在状态，自己好像不是工作的一部分。战争时期还不错，我可以情绪高昂地战斗，然后获得十字勋章。但是现在，好吧，我真不知道自己能做什么。"

"但是应该……"

维多利亚突然停住了，她发现自己无法说出那种想法：一个在战争中拿过十字勋章的人，理应在一九五〇年的世界上有一个属于自己的位置。

"这使我相当失落，"爱德华说，"自己发挥不了什么作用。呃……我还是走吧……不知道你是否介意，虽然挺没有礼貌，但我想……"

正当维多利亚脸色绯红，瞪着吃惊的大眼睛，结结巴巴不知道说什么的时候，爱德华掏出了一个小照相机。

"我非常想替你照张相。你看，我明天就要去巴格达了。"

"去巴格达？"维多利亚失望地叫出声来。

"是的，不过现在……我不太想去了。就在今天早上，我还是很高兴的,这也是我接受这份工作的原因,因为它能让我离开这个国家。"

"是一份什么样的工作?"

"听起来很可怕,文化、诗歌……都是这种东西。我的上司是一个叫拉斯伯恩博士的人,他名字后面有一大串头衔,跟你讲话的时候,双眼总是透过夹鼻眼镜深情地望着你。他非常热衷于改善社会的活动,并且经常到处宣讲。他在几个边远的地方开了书店——在巴格达也要开一家。他让人把莎士比亚和弥尔顿的书翻译成阿拉伯文、库尔德文、波斯文和亚美尼亚文,让人们在任何地方都能买到。我认为这太蠢了,因为英国文化委员会也在到处干这类事。不过他坚持这么做。而且,他给了我这份工作,所以我也不应该抱怨。"

"那你具体做什么事呢?"维多利亚问。

"嗯,简而言之,就是那个老家伙手下打杂的。买票、订座位、填写护照表格,把他那些令人生厌的诗册整理装箱,四处奔波,什么地方都要去。我猜我们到那里是要参加一个亲善运动——受青年人喜爱的亲善活动——各地青年人聚集到一处,讨论如何改善社会。"爱德华的声音越来越忧郁,"坦白讲,这份工作挺糟的,是吧?"

维多利亚无法说出什么鼓励和安慰的话语。

"现在,"爱德华说,"如果你不介意的话,一张侧着身子,一张正面看着我,好极了……"

照相机闪了两下,维多利亚有点儿沾沾自喜。一个年轻女人,让一个富于魅力的异性产生了好感,有点儿得意也是理所应当的。

"但是时机太不对了,我刚遇见你,就要离开了。"爱德华说,"我现在有点儿拿不定主意,但在临走的时候说不去了,这不太好——而且,那些讨厌的签证、表格什么的也都办好了。这趟旅途肯定不会好到哪儿去,是吗?"

"也许没你想的那么糟。"维多利亚安慰道。

"很难说,"爱德华的语气中带着点儿疑惑,"有趣的是,我觉得这件事情有点儿可疑。"

"可疑?"

"是的,很虚幻。不要问我为什么,我也不知道理由,有时候人就是会有这种感觉。上次是一件关于油港的事情,我没来由地觉得不安,结果后来发现,备用齿轮泵中卡进了一个垫圈。"

爱德华使用的这些专业术语让维多利亚很难理解,不过她还是懂了他的意思。

"你认为……拉斯伯恩博士很可疑?"

"看不出来他是个什么样的人,我的意思是,他受人尊敬,学识渊博,在社会上很有地位——经常和大主教、大学校长聚会。不,这也只是一种感觉,时间会证明一切。我该走了,希望你也能来。"

"我也想啊。"维多利亚说。

"那你现在打算做什么?"

"到高尔街的圣·吉尔德里克办事处找份新工作吧。"维多利亚沮丧地说。

"那么,再见,维多利亚。离别,即是死亡。①"爱德华又用标准的英国口音补充道,"那些法国佬最懂这一套了,英国人只会说一些不痛不痒的话,什么'离别是甜蜜的哀伤',真是太

---

①原文为法语。

蠢了。"

"再见，爱德华，祝你好运。"

"我想，你不会再想起我了。"

"我会的。"

"你跟我之前遇见的姑娘完全不同，我真希望……"大钟指向一刻钟的地方，响了一下，爱德华说，"哦，见鬼，我得飞回去才行了。"

一转眼，他的身影就消失了，仿佛被伦敦这个大城市吞没。维多利亚仍然坐在长椅上，陷入沉思。在她脑中，现在有两种强烈的、截然相反的思绪。

一种是罗密欧与朱丽叶，她和爱德华，某种程度上有点儿像这不幸的一对，虽然罗密欧和朱丽叶在表达观点的时候会用更有深度的话语，但他们的处境却是相同的。初次相遇，一见钟情，然后遇到挫折，两颗相爱的心被迫分离。这时，一首她以前的老奶妈经常背诵的童谣浮现在她脑中：

> 朱姆勒对爱丽丝说我爱你，
> 爱丽丝对朱姆勒说我不相信你，
> 若你真的像说的那般爱我，
> 就不会到美国去，把我留在动物园里。

把美国换成巴格达，多合适啊！

最后，维多利亚站了起来，把腿上的面包屑掸掉，轻快地走出菲茨詹姆斯公园，朝高尔街走去。她做了两个决定：第一个决定是，她——像朱丽叶一样——爱上了那个年轻人，她要和他结婚。

第二个决定是,由于爱德华很快会到巴格达去,她要做的就是也去巴格达。这时她脑中思考的全都是如何去实现这个愿望。这个愿望肯定能实现,维多利亚毫不怀疑。因为她是一个乐观的、有魄力的年轻姑娘。

离别是甜蜜的哀伤,就像爱德华说的,她心中此刻就涌现出这样的感情。

"无论如何,"维多利亚对自己说,"我都要去巴格达!"

第三章

1

萨沃伊旅馆以招待老顾客的热情欢迎安娜·舍勒小姐的到来。他们问候了摩根赛尔先生的健康，并且表示，如果对房间有什么要求，尽管开口。在他们眼中，安娜·舍勒小姐就代表美元。

舍勒小姐洗完澡换好衣服，打了个电话到肯辛顿区，然后乘电梯下了楼。从旋转门里出来，她随手叫了辆出租车，直奔邦德街的卡地亚珠宝店而去。

出租车拐出萨沃伊旅馆，开到斯特兰德大街的路口时，路边站着一个矮小的黑人男子。之前他一直看着橱窗，这时他突然看了一眼手表，然后也叫了一辆出租车。出租车往这边开过来，可是在几秒钟之前，一位手里拿着包裹、焦急不安的妇女叫了车，这辆车的司机却装作没有看见。

这辆出租车沿着斯特兰德大街行驶，与前面那辆保持着一定的距离，但始终将目标控制在自己的可视范围内。在绕着特拉法加广场行驶时，一个红灯将他们拦了下来。坐在第二辆车上的男人从左边窗户往外看了看，打了一个手势，只见路边一辆原本停在英国海军部拱门旁的私家车发动了引擎，驶入车流，紧跟在第二辆出租车后面。

车流又开始前行。安娜·舍勒小姐的车跟着前面的车辆,左拐驶入蓓尔美尔街,矮小黑人乘坐的出租车却向右拐弯,继续绕着特拉法加广场行驶。现在是那辆灰色的私家车紧紧跟着安娜·舍勒。私家车内坐着两个人,司机是一个长相标致,但看不出情绪的年轻男人,坐在他旁边的是一位衣着华丽的年轻女人。这辆私家车跟着安娜·舍勒,一直从皮卡迪利大街开进了邦德街,然后靠路边停住了,一个年轻女人从车内走了出来。

她用非常开朗,但明显是例行公事的声音说了一声:"非常感谢。"

车开走了,年轻女人一边走,一边不时朝一扇窗户张望。在前面的十字路口处,年轻女人走过了停在红灯前的私家车和安娜·舍勒的出租车,来到卡地亚珠宝店门口,走了进去。

安娜·舍勒付完出租车费,也来到了珠宝店。她看过各式各样的珠宝,最后挑选了一个镶嵌着蓝宝石的钻石戒指。她开了一张伦敦某银行的支票,看到支票上的名字后,店员变得格外热情。

"舍勒小姐,很高兴在伦敦再次见到您,摩根赛尔先生来了吗?"

"没有。"

"是这样的,我们这里有一块非常棒的蓝宝石,我知道摩根赛尔先生对此很感兴趣。您愿意看一下吗?"

舍勒小姐表示愿意看一看,看过之后,她当然对蓝宝石大加赞赏,并且表示会转告摩根赛尔先生。

接着她走出去,回到邦德街。一直在旁边看夹式耳环的年轻女人表明自己拿不定主意,也跟了出来。

那辆私家车本来已经从格拉夫顿大街左转,开回皮卡迪利大街了,这时却又回到了邦德街。年轻女人却装作根本没认出来。

安娜·舍勒已经拐到了阿卡德街。她走进一家花店,要了三打长茎玫瑰、一大盆漂亮的紫罗兰、一打丁香花,还有一盆含羞草。她留了一个地址,要他们把花送去。

"一共十二磅十八便士,女士。"

安娜·舍勒付完钱,走了出去。年轻女人进来问了报春花的价钱,并没有买。

安娜·舍勒穿过邦德街,沿着伯灵顿街往前走,又转进了萨维尔街。她进入一家服装公司,这家公司一般只做男装,但偶尔也招待一些特别的女顾客,为她们剪裁制衣。

博尔福德先生以接待贵宾的姿态接待了舍勒小姐,并且和她讨论要用什么衣料做衣服。

"很幸运,我可以给您我们自己出品的衣料,质量很好。您什么时候回纽约,舍勒小姐?"

"二十三号。"

"没问题,我们可以完成。您是坐飞机走?"

"是的。"

"美国情况如何?我们这里挺糟糕的——非常糟糕。"博尔福德先生摇着头,就像一名医生在讲一个病人的病情一样,"大家做事都没热情,不知您是否明白我的意思。来我这儿工作的人,没有一个因为找到了一份好工作而感到骄傲。您知道谁给您剪裁衣服吗,舍勒小姐?是兰特维克先生,他已经七十二岁了,但要替最尊贵的客人做衣服,他是我唯一信得过的人,其他人都……"

博尔福德先生摇了摇他胖乎乎的手。

"质量。"他说,"英国以前就是因为东西质量好而闻名的。

质量！绝不粗制滥造，绝不华而不实，如果我们想批量生产，那质量肯定会下滑，这是事实。批量生产是你们美国的专业，舍勒小姐，我们国家做东西所追求的，我再说一遍，就是质量。我们肯花时间，不怕麻烦，所以做出来的东西，世界上没有一个国家能比得上。好了，您哪天来试一下衣服，下个星期的今天？上午十一点半？好的，非常感谢您。"

穿过摆放着大包小包废布料的阴暗处，安娜·舍勒又回到了明亮的大街上，她叫了一辆出租车，准备回萨沃伊旅馆。这时，另一辆出租车刚刚开到街对面，里面坐着那个小个子黑人，他按照同样的路线行驶，但并没有驶进萨沃伊旅馆，而是停到路边，接一位矮胖的妇女上车。这位妇女刚从萨沃伊旅馆出来。

"怎么样，路易莎，搜过她的房间了？"

"嗯，什么都没发现。"

安娜·舍勒在旅馆用了午餐。他们为她在窗边留了个座位，用餐期间，餐厅总管过来亲切地问候了奥托·摩根赛尔先生的健康。

午饭后，安娜·舍勒拿着钥匙回到了自己的房间。床已经铺好，浴室里的毛巾也换过了，整个房间焕然一新。安娜走到两个轻便的行李箱前，一个开着，一个锁着，她看了一眼敞着的行李箱中的东西，从随身携带的小包中掏出钥匙，打开另一个锁着的行李箱。所有的东西都很整齐，折叠有序，看不出有被人动过的迹象。一个皮革公文包躺在最上面，一架小型莱卡相机和两卷胶卷躺在角落，胶卷仍是密封状态，没有被打开过。安娜用指甲刮了一下公文包的皮套，把它掀开，然后轻轻地笑了，一根原本在那儿的毫不起眼的金黄色头发,如今不见了。她熟练地在公文包光滑的皮革表面撒了一层粉,然后吹掉,公文包干净、光亮,没有发现任何指纹。但那天早上,在给自己的头发上过护发油之后,她还拿过这个公文包,上面应该有她自己的指纹。

她又笑了。

"干得不错,"她自言自语道,"但还不够完美……"

她快速整理了一个小型短途旅行箱,又走下楼。她叫了一辆出租车,目的地是埃尔姆斯雷夫花园路十七号。

埃尔姆斯雷夫花园路是肯辛顿区一处安静却脏乱的地方,安娜从车上下来,走上油漆斑驳的台阶,按响了门铃。不一会儿,一位老妇人带着疑惑的神色开了门,但立刻就露出欢迎的微笑。

"艾尔西小姐见了你会多高兴啊!她在后面的书房里,听说你要来,她精神才会这么好!"

安娜快步走过阴暗的过道,推开了尽头的门。这个房间很小,但很舒服,摆着几张大大的安乐椅。安娜一进去,坐在一张安乐椅上的女人就跳了起来。

"安娜,亲爱的!"

"艾尔西。"

她们热情地相互亲吻。

"都安排好了,"艾尔西说,"我今晚就住进去。我希望……"

"放心吧。"安娜说,"一切都会很顺利的。"

2

小个子黑人穿着一件雨衣,走进肯辛顿车站附近的一间电话亭,拨了一个号码。

"瓦哈拉留声机公司吗？"

"是的。"

"我是桑德斯。"

"河里的桑德斯？哪条河？"

"底格里斯河，现在报告 A.S. 的情况。今天早晨从纽约来，去过卡地亚珠宝店，买了一枚镶嵌着蓝宝石的钻石戒指，价值一百二十镑。去过珍妮·肯特花店，买了十八镑十二先令的花，让人送到波特兰区的一家私人医院。在博尔福德和安沃瑞服装店定制了上衣和裙子。目前看来，这几家公司和她都没什么可疑的联系，但以后要特别注意。A.S. 在萨沃伊旅馆的房间也被搜查过，没发现可疑的东西。行李箱里有个公文包，里面有与沃尔芬斯坦斯公司合并事宜的合同文件，也没有任何可疑之处。还有一架小照相机和两卷密封的胶卷，这两卷胶卷可能已经拍了照片，伪装成没开封的样子，但从调查的情况看来，只能确认这两卷胶卷还没开封。之后 A.S. 带了一个小型短途旅行箱，到埃尔姆斯雷夫花园路十七号她姐姐那里去了。她姐姐今晚要去波特兰那家私人医院动一个手术，这可以从医院和外科医生的预约簿上得到证实。A.S. 的这次来访似乎是完全公开的，没有流露一丝不安的情绪，也没有察觉自己被跟踪。据了解，她今晚会在医院过夜，而萨沃伊旅馆的房间仍保留着，回纽约的机票也已经订好了，是二十三号。"

自称"河里的桑德斯"的男人停了一下，又在原来的报告中加了几句。

"如果你要问我是怎么想的，我觉得这全是在骗人！她一共就做了一件事，乱花钱！光买花就用了十二镑十八先令，你能相信吗？"

第四章

1

维多利亚从来没有考虑过，自己决定的事情会做不到，这充分体现了她乐观的性格。她和一个富有魅力的男人萍水相逢，然后——坦白说——就直接爱上了他，而他马上就要离开自己，到远在三千英里之外的地方去。这当然是件不幸的事，他本来可以去亚伯丁、布鲁塞尔，甚至伯明翰的。

但偏偏就是巴格达，维多利亚想，真是"幸运"啊！然而，尽管困难重重，她还是会想方设法跑去巴格达。维多利亚一边在托特纳姆法院路上走着，一边思考着。巴格达，他们去巴格达干什么呢？据爱德华所说是"搞文化"，那她能从事文化工作吗？去联合国教科文组织？这个组织老是派人去各种地方，有时候还是一些令人心向往之的好地方，但维多利亚又想，这种工作一般都是提供给那些拥有大学学历、很早就进入职场的优秀女性的。

维多利亚决定一步步来，她先去一家旅行社咨询了情况。看来去巴格达并没有那么困难，可以坐飞机，可以坐长途客轮，可以坐火车去马赛，然后坐船去贝鲁特，再开车穿越沙漠，还可以从埃及走。另外，如果你有足够的决心，整个旅途都能乘火车完成，但目前要取得签证比较困难，也没有十足的把握，还有可能等你拿到签证,时间已经过去很久了。在巴格达,英镑是流通货币,这一点很方便,因为无需兑换货币。总体而言,只要你有六十到一百英镑,去巴格达还是不成问题的。

目前,维多利亚手头有三英镑十先令(还差九便士),加上她原有的十二先令和银行里的五英镑,想要自己出钱去巴格达,想想简单,但实际上是不可能的。

维多利亚又问,是不是可以找一份工作,类似空中小姐或者乘务员?但转念一想,这些都是令人垂涎的工作,肯定有一大批人等着做。

接下来,维多利亚拜访了圣·吉尔德里克办事处,斯宾塞小姐坐在她的办公桌后面,以接待一个经常来此找工作的拜访者的态度接待了她。

"亲爱的琼斯小姐,你是不是又失业了,我真希望最后一次……"

"真的太不容易了,"维多利亚语气坚决地说道,"我很难告诉你我都忍受了些什么。"

斯宾塞小姐的脸上浮现出一抹愉快的红晕。

"不,"她说,"我希望不是这样的,他当时看起来人还不错,不过当然啦,难免有点儿凶,我希望……"

"没关系,"维多利亚说,她努力露出一个苍白但勇敢的笑容,"我能照顾自己。"

"哦,当然了,这不是一件令人愉快的事。"

"没错,"维多利亚说,"是不太愉快,只不过……"她又露出勇敢的笑容。

斯宾塞小姐看了看她的本子。

"圣·伦纳德援助未婚妈妈协会需要一名打字员,"斯宾塞小姐说,"当然,他们给的薪水不高。"

"有没有可能,"维多利亚直接说,"在巴格达找份工作?"

"巴格达?"斯宾塞小姐呆住了。

维多利亚觉得还不如说要在堪察加半岛或者南极找份工作呢。

"我很想去巴格达。"维多利亚说。

"我真是没想到——你的意思是找份秘书的工作?"

"无所谓。"维多利亚说,"护士,厨师,或是照顾一个精神病人,什么都行。"

斯宾塞小姐摇了摇头。

"我劝你别抱太大期望。昨天有位太太带着两个小姑娘过来,说想要去澳大利亚。"

维多利亚表示对澳大利亚不感兴趣。

她站了起来。"如果你有去巴格达的消息,请务必通知我。我只需要解决交通问题。"看到对方好奇的目光,她又解释道,"我有,呃,亲戚在那边,听说那边有很多报酬很高的工作。不过当然啦,前提是我得先到那里去。"

维多利亚现在又新增了一个烦恼,通常来说,当一个人的注意力全部集中在一个特别的名字或者问题上时,好像不论看什么做什么都和这件事有关。目前,她所有的注意力全部集中在"巴格达"上。

她买的晚报上有一条简讯,说著名的考古学家庞斯福特·琼斯博士已经开始在穆里克挖掘古城遗址,那地方离巴格达有一百二十英里。广告中提到了去巴士拉的轮船航班——从那里可以搭火车去巴格达、摩苏尔等地。她放袜子的抽屉上有一份报纸,几行关于巴格达学生的文字映入她的眼帘。当地电影院正在上映一部叫《巴格达大盗》的新片。附近有一家高端书店，每次她经过时，都会盯着橱窗看一会儿，而目前，橱窗里正在展示一本名为《巴格达的哈里发：哈隆·厄尔·拉希德》的新书。

对她来说，整个世界突然变得跟巴格达有关。而实际上，直到那天下午一点四十五分之前，她从来都没听说过巴格达，当然也从来没想过巴格达。

去巴格达的希望很渺茫，但维多利亚丝毫没有放弃的打算。她的脑筋很够用，看问题也足够乐观，她认为，只要你想做，那天下就没有做不到的事情。

当天晚上，她列出了可能到达巴格达的方法：

试试外交部？
登个广告？
去伊拉克公使馆碰碰运气？
旅游公司如何？
轮船公司呢？
英国文化委员会？
塞尔弗里奇情报公司怎么样？
公民咨询局？

不得不承认，上述没有一个看起来可行。她又在下面加上一条：

无论如何，搞到一百英镑？

2

由于昨夜用脑过度,加上满意地想到第二天不用早上九点前去办公室报到,于是,维多利亚睡过了头。

十点零五分,维多利亚醒了,她立刻跳下床,穿好衣服。当她正最后一次梳理她那难以控制的黑头发时,电话响了。

维多利亚伸手拿起了话筒。

斯宾塞小姐激动的声音从另一头传来。

"能找到你太好了,亲爱的,这真是令人惊讶的巧合。"

"怎么了?"维多利亚叫道。

"我刚才说了,真是令人惊讶的巧合。汉密尔顿·克里普夫人三天后要去巴格达,她的胳膊摔断了,路上需要有人照顾,我马上就给你打电话了。当然,我不确定她是否还去别的办事处问过……"

"我马上去,"维多利亚说,"她在哪儿?"

"萨沃伊旅馆。"

"她那奇怪的名字怎么念?特里普?"

"克里普,亲爱的,就像回形针①一样,不过有两个P——名字是有点儿怪,但她确实是美国人。"斯宾塞小姐不再多说,好像她已经解释了全部。

"克里普夫人住在萨沃伊旅馆?"

"汉密尔顿·克里普先生和他夫人两个人,事实上,是她丈夫打来的电话。"

"你真是个天使,"维多利亚说,"再见。"

---

①回形针,即 paper clip,克里普的名字是 clipp。

她急忙掸了掸衣服,希望看起来没有那么劣质,又重新梳理了头发,使其看起来不那么蓬乱。她告诉自己,现在我是一个善于照顾病人,并且有旅行经验的人。然后她拿起格林霍兹先生的推荐信,一边看,一边摇着头。

我需要一封比这更好的推荐信,维多利亚对自己说。

维多利亚坐上十九路巴士,在格林公园站下车,然后走进丽兹酒店。刚才在车上,她前面有一个妇女正在看报纸,维多利亚越过妇女的肩膀朝报纸看了一眼,就是这一眼,帮了她大忙。她走进酒店的写字间,以辛西娅·布拉德伯里太太的名义写了几句表扬自己的话——据报道,这位太太刚离开英国,准备去往东非。善于照顾病人,维多利亚写道,各方面都很能干。

离开丽兹酒店,穿过大街,她沿着阿尔伯马尔街一直走到了巴尔德顿酒店。这家酒店以经常出没高级神职人员和全国各地的贵妇人而闻名。

这次她用稍微工整一点儿的笔迹——小写的"e"格外漂亮——又给自己写了封推荐信,落款是兰格主教。

准备工作做完,维多利亚登上一辆九路巴士,向着萨沃伊旅馆而去。

在接待处,她表明是来找汉密尔顿·克里普夫人的,并报上了自己的名字,解释说是圣·吉尔德里克办事处介绍来的。接待员正要把电话拿过来,突然又停住了,她看着对面说:"那位就是汉密尔顿·克里普先生。"

汉密尔顿·克里普先生是一位身材高瘦、头发灰白的美国人,他态度和善,说话慢条斯理。

维多利亚向他介绍了自己,并说明是办事处介绍的。

"好的,琼斯小姐,你可以上楼去见见克里普夫人,她应该还在房间里,她刚才正和另外一个年轻小姐面谈,现在可能谈完了吧。"

维多利亚的心一凉。

果真无法企及吗?

他们乘电梯来到了三楼。

当他们在厚地毯上行走时,一个年轻姑娘从走廊尽头的一扇门里出来,直奔他们而来。维多利亚产生了一种幻觉——那是她自己正从对面走过来。非常可能,她想,因为这个年轻姑娘所穿的定制西装恰好也是她非常喜欢的。"而且也很合我的身,我和她身材差不多,真想扒下来。"维多利亚怀着女性最原始的那种野性想着。

年轻姑娘从他们身旁经过。一顶小小的天鹅绒帽子戴在她淡金色的头发上,遮住了半张脸。汉密尔顿·克里普先生回过头去看着她,露出惊讶的神情。

"哇,"他自言自语,"谁能想到啊,是安娜·舍勒!"

他又解释道:"非常抱歉,琼斯小姐,我之所以感到惊讶,是因为一周前我刚在纽约见过那个姑娘,她是我一家大型国际银行的秘书……"

说着,他在一扇门前停住,把钥匙插进锁孔。他转动把手,打开门,侧身请维多利亚先进去。

汉密尔顿·克里普夫人正坐在窗边的一张高背椅上,见他们进来,她站了起来。她是一个小个子女人,眼神像小鸟一样机敏,右胳膊上打着石膏。

她的丈夫向她介绍维多利亚。

"哎呀,真是太不幸了,"克里普夫人上气不接下气地嚷嚷着,"我们的旅游日程排得很满,现在正在伦敦玩,所有的票都订好了。琼斯小姐,我去伊拉克是想见见我出嫁的女儿,我快两年没见她了。但什么都还没动,就出事了,在威斯敏斯特教堂下台阶的时候,我摔了一跤。他们马上把我送到了医院,然后我就变成这样了,事情总算没有变得更糟,但现在该怎么办呢?旅行还没结束呢,我不知道如何是好了。乔治呢,被生意缠得脱不开身,再过三个星期都未必有空。他建议我带个护士一块儿过去,一到那边,我就不需要护士陪在身边了,赛迪能照顾我——但这样一来,我还要付护士回程的路费,所以我就打电话给办事处,看看能不能找到一个人,只需要我付过去的路费。"

"其实我不是真正的护士,"维多利亚努力让自己看起来很有护士的架势,"但我在护理方面很有经验。"她出示了第一封推荐信。"我照顾辛西娅·布拉德伯里太太一年多了,如果您需要写什么书信,或者做一些秘书的工作,我也在我叔叔那里当过几个月秘书。我的叔叔……"她谦虚地说,"是兰格主教。"

"你叔叔是位主教,亲爱的,这太有趣了。"

维多利亚觉得,这番话显然给汉密尔顿·克里普夫妇留下了深刻的印象。(自己费了这么大劲,当然应该留下深刻印象!)

汉密尔顿·克里普夫人把两封推荐信递给丈夫。

"事情太顺利了,"她虔诚地说,"太幸运了,肯定是上帝听到了我的祈祷。"

是的,上帝确实听到了我的祈祷,维多利亚想。

"到了那边你打算做什么呢?找你的亲戚?"汉密尔顿·克里普夫人问。

维多利亚一直忙着伪造推荐信,都忘了要给自己去巴格达找个适当的理由了。这个问题让她措手不及,必须即兴发挥了。昨天在报纸上看到的一个片段浮现在她的脑海中。

"我打算去找我叔叔,他是庞斯福特·琼斯博士。"她解释道。

"真的吗?那位考古学家?"

"是的。"维多利亚脑海里瞬间闪过一个念头,是不是给自己赐予了过多著名的叔叔?"我热爱他的工作,但是当然了,我不具备专业的资格,所以他们这次考察不会给我提供路费。他们的资金并不是特别充裕。但如果我能自己过去,就可以加入他们,帮他们做点儿事。"

"这工作肯定非常有趣,"汉密尔顿·克里普先生说,"美索不达米亚文化,是考古界一个非常重要的领域。"

"我估计,"维多利亚转向汉密尔顿·克里普夫人,"我的主教叔叔目前在苏格兰。但我可以给你他秘书的电话,她现在应该在伦敦。皮姆利科八七六九三,是富勒姆宫的一个分机。她从——"维多利亚偷偷瞄了一眼壁炉台上的时钟,"十一点半之后会在那儿,如果你们想跟她了解我的情况的话,十一点半之后可以打电话过去。"

"嗯,我相信——"克里普夫人刚要开口,她丈夫就打断了她。

"你知道,时间紧迫,飞机后天就要起飞了,你有护照吗,琼斯小姐?"

"有。"维多利亚感到很幸运,去年她去了一趟法国,护照还没过期,"我把护照带来了,以防万一。"她解释道。

"啊,这就是我常说的,有效率。"克里普先生赞扬道。就算有其他竞争者,显然,现在她也胜出了。维多利亚有漂亮的推荐信,有两个大名鼎鼎的叔叔,她还随身携带着护照,这些因素加在一起,她想不胜也难。

"你需要签证，"克里普先生拿着护照说，"我正要去美国运通公司，我的朋友伯根先生在那边，他会把一切都办妥的。你最好下午再来一趟，在一些必要的地方签个字。"

维多利亚同意了。

房门在她身后关上，她听到汉密尔顿·克里普夫人对她丈夫说："多么坦率的一个姑娘，我们真是太幸运了！"

维多利亚感到有点儿脸红。

她急忙回到自己的房间，坐在电话机前，万一克里普夫人为了确认她的能力而打电话过来，她已经准备好模仿一名主教秘书彬彬有礼的声音了。但克里普夫人显然已经被维多利亚坦率的性格感动，不打算纠结这种细枝末节了。毕竟，整个合约只不过是让她做几天旅伴而已。

文件都填写完了，字也签好了，签证已经到手。出发前最后一个晚上，维多利亚还被请去萨沃伊旅馆住了一晚，这样能让她更方便地帮助克里普夫人在第二天早上七点之前就到达希思罗国际机场。

第五章

两天前，小船驶出了沼泽，沿着阿拉伯河缓缓航行。河流湍急，所以划船的老人不需要费很大的力气划桨。他平稳且富有节奏地摆动船桨，眼睛半闭，呼吸般轻柔地唱着一首悲伤的阿拉伯民谣。

每次都是这样，这位来自沼泽地区，名为阿卜杜勒·苏莱曼的老人，无数次划船顺流而下，去往巴士拉。而这次，船上还坐着另一个男人，他身穿如今很流行的东西方混搭服饰，条纹棉长袍外面罩着一件满是油污、破旧不堪的卡其色外套，一条退色的红围巾塞在外套里。他的头饰显示着阿拉伯服饰的尊严——每个人都必须戴的黑白条纹头巾，并用黑色丝绸绳绑紧。他没有焦点的双眼盯着河岸。不久，他也哼起了和老人相同的曲调。他与美索不达米亚这片土地上成千上万的人没什么两样，没有丝毫迹象表明他其实是个英国人，而且随身携带着一份秘密情报。几乎世界上所有有势力的大人物都想截获这份情报，并且想连同他一起销毁。

几周前发生的事情仍然历历在目：山中遭遇埋伏，通行被冰雪阻碍，碰到骆驼商队，和两个"流动电影院"的人一起在寸草不生的沙漠中跋涉四天，住在黑帐篷里，跟着他的老朋友阿内赞部落迁移……这一次又一次躲避对方警戒线、以防被抓到的过程，都充满困难和危险。

"亨利·卡迈克尔,英国探员,三十岁左右,棕色头发,黑色眼睛,身高五英尺十英寸。会阿拉伯语、库尔德语、波斯语、亚美尼亚语、印度斯坦语、土耳其语以及许多山区方言。在土著部落中有许多朋友,是个危险人物。"

卡迈克尔出生于喀什,父亲是当地的政府官员,在他刚开始学语言的时候,讲的就是各种方言和土话——他的保姆以及后来的养育者都是不同种族的土著。在几乎中东所有未开化的土著部落里,他都有朋友。

只有身处城市,他的活力才会受限。而现在,他即将到达巴士拉。他明白,这次任务的关键时刻就要到来,迟早,他都要再一次进入文明地带。尽管巴格达才是最终目的地,但他还是决定不直接前往,伊拉克的每座城市都会给他提供便利,几个月前他就已经制订了非常详细的计划。现在,是考验他判断力的时候,比如,在哪里靠岸。他事先并没有通知上级,虽然如果他想通知还是有渠道可以办到的,但这样做更安全。那个原本看似简单的计划——让飞机停在某处接他——已经出现了纰漏,会合地点被敌人知道了。情报泄露!不可思议的致命失误,情报泄露!

所以,他越来越担心会再一次出现危险。现在已经到了巴士拉,安全地带近在咫尺,但他十分清楚,此时的危险性比他在丛林中穿梭的时候更大。而且,要是在最后阶段失败,后果简直无法想象。

有节奏摆动船桨的阿拉伯老人没有回头,只是喃喃自语道:"时间到了,孩子。愿真主保佑你。"

"别在城市中逗留太长时间,老先生,回沼泽去吧,我不愿你受到伤害。"

"真主安拉会做出决定,一切都在他的掌控中。"

"那就……听天由命吧。"年轻人答道。

此刻,他非常希望自己变成一个东方人,而非流着西方人的血,那样,他就不必担心成功或者失败,不用一次又一次计算哪里有危险,不用反复问自己计划是不是周密,还有没有漏洞。把所有的责任都丢给仁慈、万能的神吧,只要上天保佑,就一定能成功!

每次对自己说这种话,他都会感到这座城市的冷静和宿命论会影响自己,他欢迎这种影响。过几分钟,小船将会靠岸,到时他就必须下船,在城市的街道上行走,在各种敏锐目光的考验下行走。只有把内心情感和外表都伪装成阿拉伯人,他才能成功。

小船平稳地驶入岸边的直角航道,这里停靠着各式各样的小船,在他们前后也不断有小船驶入。这番景象非常可爱,几乎像威尼斯一样。船头高高翘起,船身已经退色,这样的船成百上千,一个挨着一个停靠在岸边。

老人柔声问:"时间到了,他们为你做好准备了吗?"

"是的,都在计划中。我们是时候说再见了。"

"上帝保佑你一帆风顺,上帝保佑你健康长寿。"

卡迈克尔用条纹布紧裹住自己的身子,登上了码头滑溜溜的石阶。

在他周围,是河边常见的景象:小孩子们跑来跑去,卖橘子的商贩蹲在他们的货物旁,那里还有硬邦邦的糕点和甜食,托盘里盛着鞋带、劣等梳子以及橡皮圈,沉思的散步者时不时地吐着痰,一边行走一边"啪嗒啪嗒"数着手中的念珠。对面的街上有商店和银行,繁忙的男人们穿着淡紫色西装,迈着轻快的步伐,他们之中有欧洲人,有英国人,还有一些其他国家的人。没有人对他——一个和五十多个阿拉伯人一起从船上下来、登上码头的年轻人——报以特殊的兴趣和好奇。

卡迈克尔一声不响，信步走着，眼中闪烁着与整个环境完美和谐的天真的快乐。他不时地咳嗽、吐痰，力道恰到好处，还用手擤了两次鼻子。

就这样，这位陌生人进了城，走到运河尽头，穿过桥，进入市集。

这里人潮涌动，嘈杂异常。从部落来的家伙一边走一边把人挤到旁边，为自己开路；驴子驮着沉重的货物，赶驴的人不停"驾——驾——"地喊着；孩子们争吵着、尖叫着，追赶在欧洲人身后，满怀希望地喊："给点儿钱吧，女士，给点儿钱吧……"

市集中，东西方的货物摆在一起出售：铝锅、杯子、碟子、茶壶、自制铜器、阿拉伯银器、廉价手表、搪瓷杯、刺绣、图案艳丽的波斯地毯、科威特的黄铜箱、二手衣裤、儿童羊毛衫、当地手工被套、彩色玻璃灯、成堆的水罐……当地文明，随着这些廉价土特产一同出售。

一切都很正常，就像平常一样。在荒原长途跋涉之后，卡迈克尔觉得城市的喧嚣和混乱十分陌生。但这里本来就是如此，他察觉不到一丝反常的迹象，没有任何对他的存在感兴趣的信号。然而，多年执行任务积累下来的本能告诉他，身为一个被追捕的人，这里正变得越来越不安全——只是一个模糊的第六感。他的判断从不出错。没有人在看他，他也几乎可以确定没人在跟踪他，但他依然感到一种难以名状的危险。

他拐进一条又黑又窄的小巷，右转，然后左转。在众多小摊位之间有一扇大门，他走进去，来到了一个院子，周围有很多商店，卡迈克尔走进一家门口挂着北方产的羊皮袄的商店。他在柜台前翻弄羊皮袄，店主正在给一位客人端咖啡，那是一个高高的大胡子男人，风度翩翩，无檐帽上有一根绿色带子，这说明他是一个曾到麦加朝圣过的伊斯兰教徒。

卡迈克尔站在那里，继续摸着羊皮袄。

"多少钱？"他问。

"七个第纳尔。"

"太贵了。"

那个伊斯兰教徒说："你能把皮袄送到我的旅店去吗？"

"保证送到！"店主说，"您明天走？"

"天一亮就去卡尔巴拉。"

"卡尔巴拉是我的家乡。"卡迈克尔说，"我上次去那儿参观侯赛因墓，已经是十五年前的事了。"

"那是座神圣的城市。"伊斯兰教徒说。

店主在卡迈克尔身后对他说："屋里还有便宜的皮袄。"

"我想要一件北方产的白皮袄。"

"那边的屋子里有一件。"

店主指了指缩在内墙里的一扇门。

暗号已经对完了——这番谈话每天都可能在市集中听到——整个顺序准确无误，关键词也都出现了：卡尔巴拉，白皮袄。

卡迈克尔穿过屋子，进到里屋时才抬头看了看店主的脸——他立刻发现，这张脸不是他想要见的那个人的。虽然他之前只见过那人一次，但他的记忆从不出错，他们长得很像，非常像，但肯定不是同一个人。

他停住了，惊讶地问："萨拉·哈桑在哪儿？"

"他是我兄弟，三天前死了，他的工作由我接替。"

是的，他们应该是兄弟，长得很像。兄弟俩加入同一个组织,这很常见,当然,接头暗号也都对了。然而这时卡迈克尔却更加警觉。他来到昏暗的里屋,架子上堆积着杂货:咖啡锅、铜制的糖锤、旧的波斯银器、成堆的刺绣、叠着的斗篷、大马士革托盘和咖啡杯。

一件白皮袄整整齐齐地叠放在一张小咖啡桌上。卡迈克尔走过去,拿起来,皮袄下面是一件西装,公务员经常穿的那种漂亮款式,不过已经有点儿磨损了,贴身的口袋里装着钱和证件。进入商店的时候,他是一个没人认识的阿拉伯人,现在他要摇身一变,成为进口及货运代理商克罗斯股份公司的沃尔特·威廉姆斯先生,并且将按照原定的计划展开活动。当然,确实有沃尔特·威廉姆斯这个人——他们调查得非常仔细——此人业务熟练,受人尊敬。一切都在按照计划发展,卡迈克尔松了口气,开始解他的军装上衣。一切都很顺利。

如果一支左轮手枪作为武器在此刻出现,将意味着卡迈克尔的任务已经失败,命也丢了。不过刀子也确实有它的好处——悄无声息。

卡迈克尔前面的架子上有一个很大的铜制咖啡壶,一位美国旅行者准备收藏它,马上就要来取货了,所以它刚被擦过。刀的光芒反射到锅身最亮的那个点上——整把刀的形状也都在锅的表面映了出来,只是有些扭曲。一个男人穿过挂在卡迈克尔身后的货物,从长袍下抽出一把很长的弯刀,马上,这把刀就要刺进卡迈克尔的后背。

卡迈克尔闪电般转过身,在对方脚下一绊,把那人摔倒在地,刀横飞过屋子。卡迈克尔迅速地把他解决了,然后跳过尸体,朝外面奔去。他用眼角的余光看到店主歹毒的脸上露出的震惊,还有那个胖胖的伊斯兰教徒惊讶的表情。出来之后,他穿过院子，回到热闹的市集，在第一个路口转弯，第二个路口又转了一个弯，然后悠闲地散起步来。他脸上很平静，因为任何惊慌在此处都是不正常的。

他就这样漫步着，没有目的，有时停下来看看商品，有时摸一摸，感受一下材质，但他的脑子在极速飞转。原计划又被打破了！在这个到处充满敌人的城市，现在又只剩下他一人了。他这才非常不安地意识到，刚才发生的事情有多么严重。

不是跟踪他的敌人让他感到恐惧，也不是文明城市中埋伏的陷阱让他感到害怕，而是组织内部的间谍，内部的暗号被敌人知道得一清二楚，这才是他最担心的事。恰恰在他感到最安全的时刻，袭击突然来临了。内部出现间谍也许并不稀奇，敌人肯定一直在派遣一名或者多名间谍打入自己的组织。或者，是直接收买了他们需要的人。收买一个人要比想象中更容易——不只是用钱，还有其他东西。

好了，不管这些事情是怎么发生的，现在既然已经发生，那他就又得奔波了，得靠自己的本事回去。没有钱，不能乔装更换身份，而且目前的形象也已经被敌人所知。也许，就在此刻，他正被人紧紧盯着。

他并没有回头查探，有什么用呢？如果真的被跟踪了，对方也肯定不是个新手。

他安静地、漫无目的地继续走着，脸上一副无所谓的样子，脑子里却在考虑各种情况。最后，他走出了市集，穿过运河上的小桥，一直往前走，直到看见一扇门，外面挂着一块油漆牌子，上面写着：英国领事馆。

他朝街的两头看了看，没人注意他，而且，好像眼下也没有比走进英国领事馆更容易的事了。就在这时，他想到了捕鼠器，一片诱人的奶酪，放在明处的捕鼠器。对老鼠来说，走进这个捕鼠器，也是很容易的……

好吧，只能冒这个险了。他想不出其他办法。

他迈步走进大门。

第六章

理查德·贝克坐在英国领事馆的对外办公室里,正等着领事忙完手上的事。

早晨,他从"印度女王"号上下来,上岸通过海关的检查。他的行李几乎全是书籍,睡衣和衬衣散乱地夹在其中,好像是事后才想到塞进去的。

理查德本来以为会延误两天,因为对"印度女王"这样的小货船来说,误期是家常便饭。然而这次准时到达了。现在,他手上多出来两天时间,可以先干点儿别的,然后再取道巴格达,到达最终的目的地——去穆里克挖掘古城遗址。

这两天的日程安排他已经有了计划。科威特海边有一座土丘,那里以藏有古代遗物而闻名于世,他一直对那个地方很感兴趣。现在是上帝的旨意,给了他一个机会去那里考察一番。

他乘车到了机场旅馆,打听去科威特的路线,得知第二天早上十点会有一架班机,他可以去科威特待一天再回来。这趟计划中的行程很顺利,当然,该办的手续还是要办的,比如科威特的出入境签证。这些东西,他必须去英国领事馆办理,克莱顿是英国领事馆驻巴士拉的总领事,几年前,理查德和他在波斯见过一面。在这里能碰到他,真是挺幸运的,理查德想。

领事馆有几个入口,一扇大门是供汽车出入的,还有一扇小门,从花园通向阿拉伯河旁的一条马路。面向客人的正门在大街上,理查德从这扇门走了进去,将名片递给值班人员。他被告知总领事正在会见一个客人,但是会面很快就会结束。然后他被带到走廊左边的一间小休息室,这条走廊连接大门和花园。

休息室已经有几个人在等着了,理查德几乎一眼都没瞧他们,因为不管在什么情况下,人类很少能引起他的兴趣。比起出生于二十世纪的某个人,他还是对一块古董陶瓷的碎片更感兴趣。

他沉浸在自己愉悦的思绪中,想到了一些马里字体的形状以及公元前一七五〇年便雅悯人部落的迁徙。

很难清楚地说明是什么唤醒了他对周围世界和人物的感知。首先,他感到不安和紧张,虽然不是很确定,但他确实感受到了,他嗅到了气氛的变化。他说不出个所以然,但这种不安是确凿无误的,甚至让他回忆起了上一次世界大战的岁月。特别是有一次,他和另外两名战友要从飞机上跳伞下来,在黎明前最寒冷的几个小时里,他们一直在等待时机来临。士气很低落,他们能清楚地感受到这次任务带来的危险,他们感到恐惧,肌肉紧绷,认为自己不能胜任。而此刻,这种艰难的、捉摸不定的气氛,又出现在空气中。

令人恐惧……

刚开始,这种想法只是下意识地出现,他一半的注意力依然在公元前,但现在,这种浓厚的气氛把他拉到现实。

这小房间里的某人,正感到极度恐惧……

他看向四周。一个穿着破旧的卡其色外套的阿拉伯人,手指正悠闲地拨弄着琥珀念珠;一个胖乎乎的灰胡子英国人——像个旅行商人——正在小本子上记着数字,看起来全神贯注;一个瘦瘦的、满脸倦容的人，皮肤黝黑，正沉静地坐着，看上去很冷漠；一个看起来像伊拉克职员的人；还有一个波斯老人穿着宽大的雪白长袍。似乎，这些人对周围的世界都毫不在意。

琥珀念珠发出"啪嗒啪嗒"的拨动声，有一个明确的节奏，很古怪，又很熟悉。理查德集中注意力听着，刚刚他差点儿睡着了。短、长、长、短——这是摩斯密码——他正在用摩斯密码发信息。他对摩斯密码很熟悉，战争的时候，他的一部分工作就是处理密码信息。他十分容易就听懂了信息：猫头鹰，弗、洛、利、特、伊、顿。见鬼！就是这样，信号还在重复，弗洛利特[①]，伊顿。一个衣衫褴褛的阿拉伯人发出——或者说拨弄出——这个信息，喂，这是怎么回事？"猫头鹰，伊顿，猫头鹰。"

猫头鹰，是他在伊顿上学时的绰号，当时他戴着一副大大的眼镜。

他看向阿拉伯人，但他的打扮没有给出更多线索：条纹的长袍，破旧的土黄色外套，一条手工织的红围巾，也织得破破烂烂。这样的人，在河边可以一次看到好几百个。他们目光相遇，对方眼神茫然，似乎一点儿也没意识到自己发出了信号，依旧拨弄着手中的念珠。

苦行僧在这里。随时准备行动。有危险。

苦行僧？苦行僧？对啊！苦行僧卡迈克尔！一个在世界偏远之地长大的孩子——土耳其，还是阿富汗？

理查德掏出烟斗，尝试着吸了一口，然后看了看烟锅，接着在附近的烟灰缸上磕打起来：信息已收到。

事情发生得太快，以至于后来理查德要想一会儿，才能把当

[①] 弗洛利特（Floreat），拉丁语，祷告词，这里应该是打招呼的意思。

时的事情整理清楚。

穿破旧外套的阿拉伯人站了起来,朝门走去,经过理查德的时候绊了一下,他抓住理查德,不让自己摔倒。稳住身子后,他向理查德道了个歉,继续向门走去。

接下来的事情发生得那么快,又那么令人惊奇,让理查德觉得,这一幕应该发生在电影中,而不是现实生活中。胖胖的旅行商人放下小本子,在外套口袋里掏着什么,由于他很胖,外套又比较紧,他掏了一两秒才把东西掏出来,而就在这一两秒之内,理查德采取了行动。胖子刚把左轮手枪掏出来,理查德就把枪从他手上打飞,一颗子弹射进了地板。

那个阿拉伯人已经走出了房门,正往总领事办公室而去,但他突然停了下来,然后往另一边领事馆的大门快速跑去。一眨眼工夫,他就消失在熙熙攘攘的大街上了。

警卫人员来到理查德身边时,他正抓着胖男人的胳膊。屋子里其他人状态各异,伊拉克职员吓得跳了起来,双腿直哆嗦,瘦瘦的那个人目瞪口呆,波斯老人凝视前方,一动也不动。

理查德说:"你他妈的想干什么,拿着一支左轮手枪乱比画!"

停顿一下后,那个胖男人用哀伤的伦敦口音说道:"对不起,老兄,是个意外,走火了。"

"胡说!你想把刚刚跑出去的那个阿拉伯人打死!"

"不,不会的,老兄,我不会打死他的,只是想吓唬他一下而已。有个阿拉伯人用假古董骗过我,我突然认出来是他,只是想开个玩笑罢了。"

理查德·贝克是一个洁身自好的人,不喜欢在公共场合纠缠一些事情。他本能地接受了这个流于表面的解释,如果不接受,又能证明什么呢？他的老朋友苦行僧卡迈克尔会因为他把这件事搞大而感激他吗？如果卡迈克尔正在执行什么秘密任务，就显然不会感激他。

理查德松开了抓住男人胳膊的手，他注意到这个人浑身是汗。

警卫人员严厉地责备了那人一番，说把武器带进来是不对的，英国领事馆不允许携带武器，总领事知道了，肯定会非常生气。

"我很抱歉，"胖子说，"小小的意外，事情就是这样。"他往警卫手中塞了点儿钱，警卫愤怒地推了回去。

"我想我最好离开这里，"胖子说，"我已经不指望等着求见总领事了。"他突然掏出一张名片，塞给理查德，"这是我的名片，我就住在机场旅馆，如果有什么问题，就请来找我，但这件事确实纯属意外。这只是一个玩笑，你明白我的意思吗？"

理查德不情愿地看着他大摇大摆地走出大门，朝街上走去。

他希望自己的处理是正确的。但处于对什么都一无所知的情况下，确实很难做出判断。

"克莱顿先生有空了。"警卫对他说。

理查德跟着警卫走进走廊，窗外照进来的阳光越来越亮，总领事的办公室位于走廊右侧尽头。

克莱顿先生坐在办公桌后面，他是个冷静的人，头发已经灰白，脸上有一种若有所思的神情。

"不知道您还记不记得我，"理查德说，"两年前我们曾在德黑兰见过。"

"当然记得，你当时跟庞斯福特·琼斯博士在一起，你现在还跟着他吗？"

"是的,我正准备去那儿跟他会合呢,不过现在多出来两天空余时间,我想先去一下科威特。我想,这不麻烦吧?"

"哦,不,不麻烦,明天早上就有一班飞机,只需要一个半小时就到了。我会打个电话给阿奇·高特——他是当地居民,可以给你安排住宿。至于今晚,你就住我这里好了。"

理查德婉拒道:"说实在的,我不想打扰您和克莱顿太太,我可以自己找旅馆。"

"机场旅馆都满了,我很高兴你能来这儿,我妻子见到你也会很高兴的。现在,让我想想该干什么,我已经安排好了石油公司的克罗斯比先生,接下来还有几个拉斯伯恩博士手下的小伙子,他们也从海关那边预约过了。来,我们先上楼见见罗莎。"

他站起身来,带着理查德穿过大门,来到阳光普照的小花园,那里有一个楼梯,上面就是领事馆的生活区。

杰拉德·克莱顿打开楼梯最上面的一扇门,把他的客人领进一个昏暗的房间,地板上铺着漂亮的地毯,四周是各种家具。在阳光刺眼的户外待久了,走进这个有点儿凉又有点儿暗的地方,让人一瞬间觉得很舒服。

克莱顿喊着:"罗莎,罗莎。"克莱顿太太——在理查德印象中,她是一个充满活力的女人——应声从里屋走了出来。

"还记得理查德·贝克吗,亲爱的?他和庞斯福特·琼斯博士从德黑兰过来看我们啦。"

"当然记得,"克莱顿太太握着理查德的手说,"我们一起去逛过市集,你买了几块很漂亮的毯子。"

就算自己不买东西,和熟人朋友一起去当地市集讨价还价也是克莱顿太太的兴趣之一。她对各种物价一清二楚,而且是讨价还价的好手。

"那是我买过的最合算的东西之一，"理查德说，"全靠你的帮助。"

"贝克明天要坐飞机去科威特，"杰拉德·克莱顿说，"我们已经说好了，今晚他就在这里过夜。"

"可是，如果不方便的话……"理查德说。

"当然不会不方便。"克莱顿太太说，"只不过你不能住最好的那间了，因为克罗斯比上尉已经住进去了，但我们会给你找一间最舒服的房间。你不想买只科威特箱子吗？他们现在有一些好货，不过杰拉德不让我再买了，虽然多备一些箱子总是有好处的。"

"你已经有三只了，亲爱的。"克莱顿温柔地说，"贝克，不好意思，我现在得回办公室了。外面的接待室好像出了点儿状况，我听说有人拿出左轮手枪开了一枪。"

"我猜是当地的酋长吧，"克莱顿太太说，"他们脾气暴躁，而且喜欢开枪。"

"恰恰相反，"理查德说，"是一个英国人开的枪，好像准备打死一个阿拉伯人。"他镇定地补充道，"是我把他的胳膊拉住的。"

"你也牵扯进去了，"克莱顿说，"我还不知道呢。"他从兜里掏出一张名片，"罗伯特·霍尔，恩菲尔德·阿奇公司，好像是他的名字。不知道他来见我是想干什么，他喝醉了吗？"

"他说是开玩笑，"理查德冷冷地说，"而且枪走了火。"

克莱顿扬了扬眉毛。

"旅行商人一般不会在口袋里放一把装了子弹的手枪。"

理查德明白，克莱顿不是傻瓜。

"也许我当时不该让他离开。"

"发生这种事情,确实很难判断该怎么做。被他开枪瞄准的那个人受伤了吗?"

"没有。"

"这件事是不是最好就这么算了?"

"我在想,这件事背后藏着什么?"

"是的,是的……我也在想。"

克莱顿看上去有点儿心不在焉。

"好了,我得回去了。"说着,他匆忙离开了。

克莱顿太太带着理查德进了客厅。这间客厅很大,垫子和窗帘都是绿色的。克莱顿太太问他是喝咖啡还是啤酒,他选择了啤酒。不一会儿,冰镇啤酒端来了。

克莱顿太太问他为什么要去科威特,他告诉了她原因。

克莱顿太太又问他为什么还不结婚,他说自己不是那种会结婚的人,对此,克莱顿太太马上回应:"胡说!"她说很多考古学家都成了好丈夫。她又问,最近有没有年轻姑娘来参与挖掘工作?理查德回答说有一两个,当然,庞斯福特·琼斯太太也算一个。

克莱顿太太满怀希望地问这些姑娘中有没有长得好看的,理查德说不知道,因为他还没见到她们。他又补充道,她们的考古经验不足。

不知道为什么,这句话把克莱顿太太逗笑了。

不一会儿,一个五短身材、神气十足的男人进来了,克莱顿太太介绍说这位是克罗斯比上尉。她又跟克罗斯比介绍这是贝克先生,一名考古学家,专门挖掘几千年前最有趣的东西。克罗斯比上尉说,他怎么都搞不懂,考古学家是如何准确说出一样东西有多少年历史的。"这些人说起谎来肯定很厉害,哈哈哈哈。"克罗斯比上尉说道。理查德怀着一丝厌恶看着他。"考古学家究竟是怎么知道古董的年纪的?"理查德说,"这需要花很多时间解释。"于是,克莱顿太太马上带他出去看房间。

"他是个好人,"克莱顿太太说,"但不太懂礼貌,对文化方面也一窍不通。"

理查德发现自己的房间相当舒适,这让他对这位女主人的评价更高了。

他在外套里摸了摸,掏出一张折叠起来的脏字条。他有点儿惊讶地看着它,因为他知道,早晨口袋里还没有这张字条。

他回忆起那个阿拉伯人摔倒时是怎么抓住自己的。那个人动作很灵巧,神不知鬼不觉地把字条塞进了他的口袋。

他打开字条。字条很脏,而且已经被折叠、打开过好几次了。

字条上有字迹潦草的六行字:约翰·威尔伯福斯少校推荐一个叫艾哈迈德·穆罕穆德的人,他是个勤劳肯干的工人,会开卡车,还能做些小的修理活儿,为人诚实可信——实际上,这是一张在东方很常见的便签,或者说介绍信。上面签署的日期是一年半之前,这张纸应该由持有人小心保管。

依照自己有条不紊的性格,理查德整理了一下之前发生的事情。

他现在可以确定,苦行僧卡迈克尔当时认为自己的生命处于危险之中。他遭到追捕,逃进了领事馆,为什么?寻找一个安全的容身之处?但事实上,他找的是一个离危险更近的场所,敌人正等着他。那个旅行商人肯定收到了明确的指令,才敢在领事馆里、众目睽睽之下射杀卡迈克尔。因此,一定有非常紧急的情况。而卡迈克尔向老同学求救,并设法把这份乍看之下特别正常的字条交到自己手中，这张字条肯定关系重大。如果卡迈克尔的敌人抓住了他，发现字条不在他身上，毫无疑问，他们会追查这张字条有可能被转移到了谁身上。

那么，理查德·贝克，该如何是好？

他可以把这张字条交给克莱顿——英国的代表。

或者，他可以把字条留在身边，直到卡迈克尔来取。

思考了几分钟之后，他选择了后者。

但首先，他要采取一些防御措施。

理查德把一张旧信纸撕掉一半，坐下来，模仿字条上的口气，给那个卡车司机又写了一封介绍信，只不过改掉了内容——如果那封信上的内容是密码，那现在就不会泄露了——当然，也有可能原来那张字条上用隐形墨水写了点儿什么。

他把鞋上的灰尘抹在旧信纸上，让它变脏，又在手里搓来搓去，反复折叠了好几遍，直到字条的陈旧度和附着的污渍与原来那张字条差不多。

然后，他把它揉成皱巴巴的一团，放进了口袋。至于原来的那张字条，他盯着看了好久，不断地考虑该如何处理，又不断地否定自己的想法。

最后，他微微一笑，反复揉搓这张字条，让它变成一个小小的圆柱体。他从包里拿出橡皮泥（他总是随身携带橡皮泥），又从包上剪下一块油布，包住这张字条，再用橡皮泥包裹住。然后他拍打橡皮泥，直到它的表面变得光滑。最后，他拿出印章，放在上面盖了下去。

理查德严肃地看着自己的杰作。

印章印上去的图案非常漂亮，是古巴比伦的太阳神沙玛什，举着正义之剑。

"希望这是个好预兆。"他自言自语。

当天晚上,他检查外套时,发现口袋里揉成一团的字条不见了。

第七章

新的生活终于要开始了,维多利亚想。此刻,她坐在机场的等候大厅,当广播里传来"去往开罗、巴格达、德黑兰的旅客,请上摆渡车"的声音时,她意识到神奇的时刻就要来临了。

神奇的名字,神奇的语言。维多利亚认为,这一切对汉密尔顿·克里普夫人都缺乏吸引力,因为她一直在旅行。从轮船上下来,转乘飞机,然后从飞机上下来,转乘火车,中途只是在豪华旅馆短暂停留。但这一切对维多利亚来说是多么奇妙的变化,她的耳边不会再有人唠叨:"请把这个记下来,琼斯小姐。""这封信错误的地方太多了,你得重打一遍,琼斯小姐。""水开了,喂,泡杯茶来好吗?""我知道有个地方,那里烫头发烫得漂亮极了!"每天都是这些琐碎、无聊的小事。而现在,开罗,巴格达,德黑兰——这些浪漫的、富有传奇色彩的东方地名——但我的终点是爱德华……

维多利亚的浮想联翩被她雇主的声音打断了,这位雇主早就被维多利亚确诊为"多嘴症",这时她正总结道:"……根本没有真正干净的东西,你明白我的意思吗,我吃东西总是非常非常小心。那些街道和市场,脏得不可思议!他们都穿着不卫生的破布,还有一些厕所——哦!简直不能称之为厕所!"

这些令人扫兴的言论,维多利亚就当尽义务似的耐心听着,在她心中，那片土地依然魅力不减，对她这样年轻的生命来说，肮脏和细菌根本不值一提。她帮着克里普夫人从摆渡车上下来，到了希思罗机场，护照、机票、钱等东西，维多利亚都放得好好的。

"啊，"克里普夫人说，"有你做伴真是太好了。要是我一个人旅行，真不知道该怎么办。"

维多利亚认为，坐飞机就像坐在学校的课堂里。性格开朗的老师，和善、温柔，在任何时候都要手把手教你。穿着得体的乘务员，以幼儿园老师的姿态，像对待无知小孩一般认真友善地指导你该做什么。维多利亚甚至期待她们这样打招呼："乖，孩子们。"

坐在桌子后面的检查人员满脸倦容，用疲劳的双手翻阅护照，询问旅客带了多少钱和珠宝，他们努力想让被询问者产生做贼心虚的感觉。维多利亚本来就很容易受外界刺激，这时她突然产生一个念头，想把自己的小胸针说成一个钻石头饰，价值一万英镑，就为了看看那个无聊男人脸上的反应。但一想到爱德华，她控制住了自己。

通过一道道关卡之后，他们到了一间更大的候机厅坐下等候。这间候机厅紧邻停机坪，窗外正好有一架飞机等待起飞，引擎声轰鸣作响，真是一个完美的背景。现在，汉密尔顿·克里普夫人兴高采烈地对其他候机旅客评头论足起来。

"那两个小孩子多可爱啊，不过独自一人带着两个孩子旅行，可真够折磨人的。我猜他们是英国人，这位母亲的衣服剪裁得很好，但整个人显得非常疲倦。哦，那个人长得真不错，像个拉丁人。那个人的格子衬衫太鲜艳了，品位真差，估计是个商人。那边那个男人是荷兰人，过关的时候，他就排在我们前面。那边那家子，不是土耳其人，就是波斯人。看来这里没有美国人，我猜他们都去乘坐泛美航空公司的飞机了。正在那边聊天的三个人是石油公司的吧？我就是喜欢观察人，然后猜测他们的职业、身份。克里普先生对我说，我看人已经看上瘾了，我觉得对同类生物抱有兴趣是天性。你说那边那件貂皮大衣会不会值三千美元？"

克里普夫人叹了口气。依次评论完候机的旅客后，她开始坐不住了。

"我真想知道，我们到底在这里等什么。那架飞机已经启动四次了，我们人都在这里，为什么不马上起飞呢？这班飞机肯定要延误了。"

"您要喝杯咖啡吗，克里普夫人？我看到在大厅那头有个小卖部。"

"哦，不用了，谢谢你，琼斯小姐。我来的时候已经喝过一杯，再喝的话肚子要不舒服了。我真想问问他们，我们在这里等什么。"

刚说完，她的问题就得到了回答。

通往海关和护照检查处的大门突然打开了，一位身材高大的男人一阵风似的冲了进来。航空公司的人员立刻围在他周围，有一个英国海外航空公司的员工手里拎着两个大大的密封帆布袋。

"一定是个重量级人物吧。"克里普夫人说。

"飞机延误的理由也知道了。"维多利亚说。

这位迟到的旅客给人以哗众取宠的印象。他穿着一件宽大的灰色旅行外套，连着一个很大的兜帽，拖在背部。头上戴一顶宽檐儿大帽，是浅灰色的。他银灰色的长发有点儿卷曲，漂亮的小胡子也是银灰色的，两端向上翘起，活像戏剧舞台上一个帅气的土匪。维多利亚不喜欢戏剧里面做作的演员，所以有点儿厌恶地看着他。

她很不高兴地发现，机场里面的工作人员几乎都围绕在那个人身边。

"是的，鲁伯特爵士。""当然了，鲁伯特爵士。""飞机马上就要起飞了，鲁伯特爵士。"

宽大的外套卷起一阵风，鲁伯特爵士走过通往飞机的大门。可能是动作太大了，门在他身后摇晃着。

"鲁伯特爵士，"克里普夫人自言自语道，"现在我倒很想知道他是个什么人物。"

维多利亚摇了摇头，尽管只是一种模糊的感觉，但那个人的长相，对她来说不是完全陌生的。

"可能是你们政府机关中的重要人物。"克里普夫人说。

"我觉得不是。"维多利亚说。

她所见过的政府人员给她的感觉是，活着就是为了道歉，他们只有在演讲时才会充满激情和自负，不断地向听众说教。

"现在，各位，"像幼儿园老师一样的漂亮空姐说道，"请登机吧。这边走，请尽量快一点儿。"

她的态度仿佛在说，这帮懒散的孩子，一直在让大人们等。

乘客们依次走向停机坪。

巨大的飞机正在等候他们到来，引擎的轰鸣声好像一头大狮子吃饱后满足的吼声。

维多利亚和一名乘务员帮克里普夫人登上了飞机，并安置她坐下。维多利亚的座位在她旁边，靠着走廊。直到把克里普夫人安置得舒舒服服并系好安全带，维多利亚才有空看看四周，她发现，刚刚那位大人物就坐在她们前面。

舱门关闭，几秒钟之后，飞机开始慢慢移动。

我们真的要飞了，维多利亚狂喜地想着，真恐怖啊，要是它一直不离开地面怎么办？真的，我真不知道它怎么离开地面！

飞机似乎在跑道上滑行了很长一段时间，然后慢慢转了个弯，又停住了。引擎声突然变大，空姐开始分发口香糖、麦芽糖和脱脂棉花球。

伴随着越来越响、越来越猛烈的引擎声，飞机再一次起动，一开始比较平稳，随后越来越快，沿着跑道直冲出去。

它不会起飞的，维多利亚想，我们都会死的。

飞机的速度提升得非常快，但很平稳，没有了刺耳的声音，也不再颠簸。他们离开地面，飞机转过停车场和大路，不断往上爬升。一辆火车在下面喷着浓烟，看起来小得可怜。房子和汽车就像玩具，飞机还在往上升——突然，下面的世界变得不再有趣，人和动物消失了，变成一张只有线条、圆圈和点的大地图。

机舱内，人们解开了安全带，点起了香烟，翻起了杂志。维多利亚进入一个崭新的世界——这个世界只有几英尺长，几英尺宽，居住着二三十个人。除此之外，什么都没有了。

她又从小窗向外望去，满眼都是云，下面仿佛有一条由云铺出来的松软的路。飞机沐浴在阳光里。云层下面的某一处，是她迄今为止所了解的世界。

维多利亚回过神来，汉密尔顿·克里普夫人正在说话。维多利亚把棉花球从耳朵里取出，朝她弯了弯身子，听她讲话。

她前面的座位上，鲁伯特先生站了起来，把灰色的宽檐帽摘下挂在衣帽钩上，然后用外套上的帽子罩住头，开始休息。

自大的傻瓜，维多利亚带着毫无理由的偏见这么想。

克里普夫人打开一本杂志，摆在面前专心致志地读了起来。

当她用一只手翻页时，杂志有时会掉在地上，她便用胳膊肘碰碰维多利亚。

维多利亚往四周看了看，觉得空中旅行实在是太无聊了。于是她也打开一本杂志，马上映入眼帘的是一则广告，上面写道："想提高你的速记打字效率吗？"这让她战栗了一下。于是她合上杂志，靠在椅背上，开始想爱德华。

暴雨中，他们降落在卡斯泰尔·本尼托机场。维多利亚感到有点儿不舒服，她花费了所有的精力为雇主尽责。他们冒着大雨乘车到了休息处。维多利亚注意到，那位大人物鲁伯特由一位穿着制服、戴着红臂章的人接走了，他们匆忙钻进一辆公务专用车，往的黎波里塔尼亚的一位大人物住宅而去。

休息处为她们分配了房间。维多利亚帮克里普夫人梳洗完毕、换上晨衣，让她在床上休息。对雇主说吃晚餐的时候再来叫她，接着维多利亚回到了自己的房间。她躺了下来，合上双眼，为自己不用再在飞机上颠簸而感到庆幸。

一小时后，她精神饱满地醒来，又跑去帮克里普夫人的忙。不久，一位高傲的空中小姐跑来告诉她们汽车已经准备好了，马上就可以送她们去吃晚饭。晚饭后，克里普夫人和几个旅客聊了起来。一位身着鲜艳衬衫的男人似乎对维多利亚产生了好感，花了很长时间告诉她铅笔的制造过程。

然后，她们回到了睡觉的地方，并得到简短的通知，明天早上五点半，她们就必须做好出发的准备。

"我们还没看够的黎波里塔尼亚呢，是不是？"维多利亚悲伤地说，"坐飞机旅行总是这样吗？"

"啊，是啊，我想就是这样的吧。早晨粗暴地把你叫醒，然后把你扔在候机厅等上一两个小时。唉，我记得有一次在罗马，她们三点半就把我叫醒了,四点钟就在餐厅吃早饭,然后就一直等飞机,后来直到八点钟才离开。不过有一点好处,他们在路上不多耽搁,一口气把你送到目的地。"

维多利亚叹了口气,她宁愿在途中多耽搁,她想看看这个世界。

"你知道吗,亲爱的,"克里普夫人继续兴奋地说,"你知道那个有意思的人是谁吗?那个英国人,就是把一切搞得乱七八糟的家伙。我打听到了,他是鲁伯特·科洛夫顿·李爵士,伟大的旅行家,你肯定听说过他。"

是的,维多利亚现在想起来了,大概半年前,她在报纸上看到过几张照片。鲁伯特爵士是中国问题的权威,也是少数几个到过西藏和拉萨的人之一,他还穿越了库尔德斯坦和小亚细亚一些不为人知的地段。他的书卖得很好,因为文笔生动洒脱,就算他很刻意地为自己打广告,那也有充足的理由,他从没要求过不正当的权利。维多利亚想起来了,他的帽子和宽大衣都是经过精心挑选的。

"这真令人兴奋,是不是?"维多利亚给她整理被子的时候,克里普夫人斜躺在床上,带着猎狮人的激情问道。

维多利亚同意这件事确实令人兴奋,但又自言自语道,她还是喜欢他写的书胜过他本人。维多利亚认为,就像孩子们说的,他是一个"爱炫耀的家伙"。

第二天早上,他们如期出发了。当天天气晴朗,阳光明媚。维多利亚仍然为没有在的黎波里塔尼亚多停留一段时间而感到失望,不过,飞机会在午饭时间抵达开罗,第二天才前往巴格达,所以她至少能在下午参观一下埃及。

飞机在海面上飞行,不过云层遮住了下面的海水,维多利亚往椅背上一靠，打了个哈欠。坐在她前面的鲁伯特爵士早就进入了梦乡，大衣上的帽子垂在背后，他的头却朝前耷拉着，不时一磕一点的。维多利亚看到他脖子后面有一个刚冒头的疖子，带着些许的恶意，她的心情变得愉悦起来。为什么会感到愉悦，她自己也不知道——也许疖子让这位伟大的人物变成了一个普通人，他会生病，也会受到伤害。和其他的人没什么两样，他的身体也会有小烦恼。不过鲁伯特爵士仍然保持着高傲的姿态，对其他旅客也根本不屑一顾。

他把自己当成什么人了？维多利亚想着。其实答案显而易见，他是鲁伯特·科洛夫顿·李爵士，一个名人。而她，是维多利亚·琼斯，一个无足轻重的速记员，没有一点儿价值。

抵达开罗后，维多利亚和汉密尔顿·克里普夫人一起吃午饭，克里普夫人说饭后准备睡个觉，六点再起床，建议维多利亚自己去金字塔看看。

"我替你租了辆车，琼斯小姐，因为我知道由于一些财政上的政策，你在这边不能兑换货币。"

其实维多利亚根本没钱可以兑换，不过对此她当然十分感动。她向克里普夫人表达了自己的感激之情。

"哦，这算不了什么，你一直对我很好。而且带着美元旅行，什么事情都会更方便。基钦太太——就是那位带着两个可爱孩子的太太——她也挺想去的，所以我建议你可以和她搭个伴，你觉得合适吗？"

只要能见见世面，维多利亚觉得都合适。

"太好了，那你们现在就去吧。"

那天下午的金字塔之旅当然非常开心。虽然维多利亚喜欢孩子，但要是没有基钦太太的两个小孩，她们会玩得更开心。旅游观光的时候，孩子往往是负担。她们本来还想多玩一会儿，但比较小的那个孩子突然变得焦躁起来，她们只好提前中止探险回来了。

维多利亚打了个哈欠，躺倒在床上。她多么希望能在开罗待上一个星期——再去看看尼罗河。"但你有钱吗，姑娘？"她有点儿尴尬地问自己。一分钱没花就能去巴格达，这已经是个奇迹了。

她又冷静地思考着，即使到了巴格达，她口袋里只有几英镑，又能干什么呢？

维多利亚摇摇头，不再思考这个问题，爱德华肯定会帮忙安排个工作的。不行的话，她自己也可以去找个工作，有什么可担心的呢？

由于出去玩的时候被大太阳晒得厉害，她慢慢合上了眼睛，休息起来。

她似乎听到了敲门声，从梦中惊醒，喊了声："请进。"但没有任何回应，她下了床，打开门。

原来敲门声是隔壁房间传来的。一位普通的空中小姐，留着乌黑的长发，穿着笔挺的制服，正敲着鲁伯特·科洛夫顿·李爵士的门。维多利亚向外看的时候，正好他开了门。

"有事吗？"

他好像在睡觉，所以显得有点儿不耐烦。

"非常抱歉打扰您，鲁伯特爵士，"空姐低声说，"您可以到英国海外航空公司的办公室来一下吗？就在那边，隔着两扇门。关于明天飞往巴格达的一些细节问题，想跟您商量商量。"

"哦，好吧。"

维多利亚退回自己的房间，她的睡意已经消失了。她看了一下手表，才四点半，一个半小时之后克里普夫人才需要她去照料。于是她决定出去，在黑里欧波里斯①随便逛逛，至少散步不用花钱。

她往鼻子上扑了点儿粉，然后穿上鞋。鞋子有点儿小了，去金字塔玩的时候，脚就挺辛苦的。

她走出房间，沿着走廊往旅馆大厅走去。走过三扇门，她来到了英国海外航空公司的办公室，门上挂了个牌子，写着公司名称。当她经过这扇门时，门开了，鲁伯特爵士走了出来。他走得很快，没几步便超过了维多利亚，他在前面走着，宽大的外套摇摇摆摆。维多利亚猜想，可能是有什么事让他不太愉快。

维多利亚六点的时候准时来到克里普夫人的房间，她发现克里普夫人有点儿烦躁。

"我担心行李会超重，琼斯小姐。我以为自己付了全程的钱，但现在看来，似乎只够到开罗。明天我们要坐伊拉克航空公司的飞机了，我的机票是全程票，但好像不包括超重的行李，你能不能帮我确认一下？我可能得再兑换一次旅行支票。"

维多利亚同意去打听一下。一开始她找不到英国海外航空公司的办公室，后来在走廊的尽头找到了——在大厅的另一头——是一间很大的办公室。她之前发现的那个海外航空公司办公室很小，她想，可能那边只有下午才办公吧。果然正如克里普夫人所担心的，行李超重问题非常麻烦，为此，克里普夫人很是郁闷。

---

① 位于尼罗河三角洲的古埃及城市。

第八章

伦敦某大楼第五层,是瓦哈拉留声机公司的办公室。办公室里,有个男人坐在桌子后面,正在读一本经济方面的书。这时,电话铃响了,他拿起话筒,用不带一丝情感的声音说道:"瓦哈拉留声机公司。"

"我是桑德斯。"

"河里的桑德斯?哪条河?"

"底格里斯河,现在报告A.S.的情况。我们被她甩掉了。"

一阵沉默过后,那个毫无情感的声音又响了起来,不过这次,语气变得有点儿强硬。

"我没听错吧?"

"我们被安娜·舍勒甩掉了。"

"别说名字。你们犯了个严重的错误,到底是怎么回事?"

"她去了那家私人医院,我跟您汇报过,她姐姐在那儿动手术。"

"然后呢?"

"手术很顺利,我们以为A.S.会回到萨沃伊旅馆,她确实也保留了房间,但并没有回来。我们一直监视着那家私人医院,我敢保证,她没有离开过。我想她肯定还在那里。"

"结果发现她不在了?"

"我们刚刚发现,手术第二天,她乘着一辆救护车走了。"

"你们被她耍了?"

"看来是这样。我敢发誓她不知道自己被跟踪了。我们很谨慎,我们有三个人,而且……"

"别找借口。救护车把她带到哪儿了?"

"去了大学附属医院。"

"从医院里打听到什么消息没有?"

"他们说,私人医院的护士带来一名病人。那个护士肯定是安娜·舍勒,把病人送来之后,没人知道她去了哪里。"

"病人呢?"

"病人什么都不知道,她被打了吗啡。"

"所以,安娜·舍勒穿着护士服,走出了大学附属医院,不知所踪,对吧?"

"是的,如果她回到萨沃伊旅馆——"

他的话被对方打断。

"她不会回萨沃伊旅馆的。"

"我们要不要查一下其他旅馆?"

"可以,但我觉得没用,她不会让你们查到任何线索的。"

"那您有什么指示吗?"

"检查港口——多佛、福克斯顿等。检查航空公司,尤其是预订了未来两周去巴格达的机票的人,她不会用自己的名字预订机票,检查所有与她年纪相仿的旅客。"

"她的行李还在萨沃伊旅馆,她可能会回去取。"

"她不会。你可能是个傻瓜——但她不是!她姐姐知道什么吗?"

"我们跟专门护理她的护士接触过,显然她姐姐认为

A.S.去巴黎，是为了摩根赛尔先生的生意，而且是住在丽兹酒店。她相信A.S.会在二十三号飞回去。"

"换句话说，A.S.什么都没跟她姐姐说，她是不会说的。检查所有去巴格达的旅客，这是唯一的希望了，她肯定会去巴格达——而坐飞机是她能准时赶到的唯一方法。还有，桑德斯……"

"在。"

"不许再失败了，这是你的最后机会。"

第九章

巴格达机场，来自英国大使馆的年轻职员史瑞温罕姆先生正抬头看着飞机，双脚不停变换着姿势。沙尘暴正在肆虐，棕榈树、房屋和人都被笼罩在浓浓的棕色烟雾中。这场沙尘暴来得非常突然。

莱昂内尔·史瑞温罕姆悲伤地说："十有八九……他们是无法降落了。"

"那他们怎么办？"他的朋友哈罗德问。

"去巴士拉吧，我猜。那里天气不错。"

"你是想接某位大人物吗？"

年轻的史瑞温罕姆先生发出了一声抱怨的呻吟。

"偏偏就是这样倒霉，新大使不能准时上任了，我们的顾问兰斯顿又在英国，而我们的东方事务顾问赖斯先生恰好得了肠胃炎，卧病在床，还发着高烧。百斯特则在德黑兰，这里就剩下我，还有这一大堆事情！说起这个人，不知道为什么，每个人都很兴奋，就连那些平时神秘兮兮的年轻人都在兴奋。他是一个环球旅行家，经常骑着骆驼到一些人迹罕至的地方去，搞不清楚为什么是个重要人物，但是很显然，这个人我们不能冒犯，就算再微不足道的要求，只要是他提的，我也得尽量满足。现在，如果飞机把他带到巴士拉去了，他肯定会气疯的，但我也不知道该怎么做。今天晚上有火车吗？或者明天让皇家空军送他回来如何？"

史瑞温罕姆又叹了口气，为他受到伤害的感情和肩上的重任。自从三个月前来到巴格达，他就一直很倒霉。大使馆的工作很有前途，但若再受到一次打击，那他可能就会一蹶不振了。

飞机又一次俯冲下来。

"很显然，不会成功的。"史瑞温罕姆说。又过了一会儿，他激动地大叫："啊哈！我相信这次可以降落了！"

几分钟后，飞机停在了预定的地点。史瑞温罕姆站在那里，准备迎接那个重要人物。

他那并不训练有素的目光首先注意到的是"一位漂亮姑娘"，然后，才快步迎上那位外套随风飘扬的冒险家。

地地道道的奇装异服，他一边不以为然地想着，一边大声喊道："是鲁伯特·科洛夫顿·李爵士吗？我是大使馆的史瑞温罕姆。"

他认为鲁伯特爵士看起来不太容易亲近——这也可以理解，毕竟飞机在城市上空盘旋了很久，一直不知道可不可以着陆，对乘客的情绪肯定有影响。

"真是该死的天气，"史瑞温罕姆继续说道，"今年已经有过好几次了。哦，您自己把行李拿下来了，先生，那跟我来吧，我们都安排好了……"

坐车离开机场时，史瑞温罕姆说："刚才我真的以为你们会降落到别的机场去呢，先生。想不到飞行员能把飞机降下来了，沙尘暴来得太突然了。"

鲁伯特爵士鼓着脸，神气活现地说："那就惨了——非常惨。如果我的计划遭到了阻碍，年轻人，我可以告诉你，后果很严重。而且，会对很多事产生深远的影响。"

太自负了，史瑞温罕姆不恭敬地想着，这些大人物，真以为自己的愚蠢事务能影响地球转动。

但他很有礼貌地大声说道："我也是这么认为的，先生。"

"你知道大使什么时候来巴格达吗？"

"现在还不知道，先生。"

"要是没见到他，就太遗憾了。我上次见他还是在……我想想，在印度吧，一九三八年。"

史瑞温罕姆恭敬地保持着沉默。

"让我想想，赖斯在这里吗？"

"是的，先生，他是我们东方事务的顾问。"

"他很有能力，懂得也多，我很高兴能再见到他。"

史瑞温罕姆咳嗽了一声。

"事实上，先生，赖斯生病了，已经送去医院观察了。急性肠胃炎，看起来比普通的巴格达胃病要严重一些。"

"什么？"鲁伯特爵士马上转过头来，"急性肠胃炎，嗯……突然得的，是吗？"

"就在前天，先生。"

鲁伯特爵士皱着眉头，浮夸的大人物神态消失了，他突然变成了一个平凡的普通人，在为某事而忧虑。

"有疑点，"他说，"是的，我表示怀疑。"

史瑞温罕姆露出不解的神色，但依然很有礼貌。

"我怀疑……"鲁伯特爵士说，"是不是舍勒绿引起的毛病……"

困惑不解的史瑞温罕姆沉默不语。

汽车开到费萨尔桥的时候向左拐了个弯，直奔英国大使馆而去。

鲁伯特爵士突然向前俯下身子。

"停一下，好吗？"他厉声说道，"是的，靠右边停，就在那堆锅碗瓢盆旁边。"

汽车靠右停了下来。

这是一家当地土产小店，堆满了粗糙的土锅和水罐。

一个矮小结实的欧洲人正站在那儿和店主说话，汽车一开过来，他就朝桥走去。史瑞温罕姆想，那是伊朗和波斯石油公司的克罗斯比，他们见过一两次面。

鲁伯特爵士从车上跳下来，朝小店走去。他拿起一个土锅，用阿拉伯语和店主快速交流起来。他们的语速对史瑞温罕姆来说太快了，他的阿拉伯语并不是十分流利，词汇量也有限。

店主红光满面，双手张开不断做着手势，向鲁伯特爵士解释着什么。鲁伯特爵士拿起一个又一个土锅，很显然在问店主问题。最后，他选定了一个窄口水罐，扔给店主几个硬币，然后回到车里。

"有趣的技术，"鲁伯特爵士说，"已经有几千年历史了，跟亚美尼亚山区那边的形状一样。"

他的手指从窄口伸了进去，扭动着胳膊抚摸罐子里面。

"做得很粗糙。"史瑞温罕姆对此不感兴趣。

"哦，从艺术角度来说毫无可取之处，但从历史角度来说就很有趣了。看到旁边耳朵形状的把手了吗？从日常生活的简单小事中，你可以搜集到很多具有历史意义的东西，我就喜欢搜集这些。"

汽车驶进了英国大使馆的大门。

鲁伯特爵士要求直接带他去房间。史瑞温罕姆注意到一件有意思的事情，鲁伯特爵士做完"水罐讲座"后，居然漠不关心地把它遗忘在了车里。史瑞温罕姆细心地带着水罐上楼，把它放在鲁伯特爵士的床头柜上。

"您的水罐，先生。"

"嗯？哦，谢谢你，年轻人。"

鲁伯特爵士有点儿心不在焉。史瑞温罕姆提醒他午餐很快就能准备好，想喝什么酒吃饭时可以随便点，然后便离开了房间。

年轻人一离开，鲁伯特爵士就走到窗边，拿起一张小字条——他刚才从水罐的窄口里找到的。他把字条展平，只见上面写着两行字，仔细读完后，他划了根火柴，将字条烧了。

他叫来一个仆人。

"有事吗，先生？需要我帮您打开行李吗？"

"不急，我想见见史瑞温罕姆先生——就在这里。"

史瑞温罕姆过来了，表情很忧虑。

"需要我帮什么忙吗，先生？出什么事了？"

"史瑞温罕姆先生，我的计划现在有了大的变动，当然，我相信你是一个谨慎细心的人，是吗？"

"是的，先生。"

"我很久没来巴格达了，事实上，大战结束之后，我就没来过。这里的旅馆主要分布在岸的另一边吧，是吗？"

"是的，先生，在拉希德街上。"

"后面是底格里斯河？"

"是的，巴比伦宫旅馆是其中最大的，几乎可以说是官方指定旅馆。"

"你知道一家叫蒂奥的旅馆吗？"

"哦，很多人住那里，饭菜特别可口，旅馆老板是个了不起的人物，叫马库斯·蒂奥，已经在巴格达混了很多年了。"

74

"我要你给我在那儿订个房间,史瑞温罕姆先生。"

"您的意思是……您不打算住大使馆了?"史瑞温罕姆看上去紧张不安,"可是……可是都安排好了,先生。"

"安排好了可以取消!"鲁伯特爵士大声说道。

"啊,当然啦,我不是这个意思……"

史瑞温罕姆停住了,他有一种预感,将来肯定会有人因此责怪他。

"我有一些棘手的问题要和人讨论,在大使馆不太方便。我希望你帮我在蒂奥旅馆订一个房间,今晚入住,而我离开大使馆的时候,务必低调,我不希望任何人知道,也就是说,我不会坐大使馆的车去蒂奥旅馆。我还要订一张后天去开罗的机票。"

史瑞温罕姆越来越惊愕了。

"但我知道,您本来打算住五天——"

"情况有变,这边的事情处理完,我必须去开罗。我在这里待的时间太长,会不安全。"

"不安全?"

鲁伯特先生的脸上露出一个冷酷的笑容。史瑞温罕姆曾把他比喻成普鲁士的士兵教官,现在,那种不近人情的模样不见了。这抹笑容突然间给鲁伯特爵士增加了些许魅力。

"我明白,安全问题并不是我通常会事前考虑的。"他说,"但就目前的情况看,我考虑的不仅是自身安危。我考虑的是——我的安危会影响其他很多人的安危。所以,你要替我安排这些事情,如果机票有困难,就申请绿色通道。在今晚离开之前,我会一直在这个房间里。"

他看到史瑞温罕姆的嘴巴惊讶地大张着,便补充道:"官方说法是,我生病了,染上了疟疾。"对方点了点头。

"所以我什么东西都不吃。"

"可是，我们可以把饭送到——"

"绝食二十四小时，对我来说不算什么。在过去的旅行中，我挨饿的时间比这还长。就照我说的办吧。"

史瑞温罕姆来到楼下，同事们向他问候，打听鲁伯特爵士的事情，他一边发着牢骚，一边回答。

"彻头彻尾一副神秘冒险家的样子，"他说，"仅听他的豪言壮语，根本搞不清鲁伯特·科洛夫顿·李爵士是个什么样的人。不知道是真的还是在演戏，随风飘荡的大衣，土匪一样的帽子，还有其他一些神秘的东西。有一个读过他的书的人曾告诉我，虽然有点儿自吹自擂，但他确实做过那些事情，到过那些地方。但我不知道……但愿托马斯·赖斯早点儿痊愈，来伺候他。对了，舍勒绿是什么东西？"

"舍勒绿？"他的朋友皱着眉头说，"贴墙纸的时候用的，是不是？有毒吧，和砒霜什么的差不多。"

"天哪！"史瑞温罕姆盯着他问，"是一种传染病吗？类似痢疾？"

"不，不是的，是一种化学物质。妻子用来毒杀丈夫的，当然，丈夫也可以用它来毒杀妻子。"

史瑞温罕姆感到很震惊，他又沉默了。某些互相矛盾的事实在他脑中渐渐清晰。科洛夫顿·李爵士认为，赖斯——这位东方事务的顾问——并不是得了肠胃炎，而是中了毒。再考虑到，鲁伯特爵士认为自己也处在危险中，坚持不吃大使馆准备的饭菜饮料。这些都震撼了史瑞温罕姆温文尔雅的英国灵魂，他实在想不通这一切是怎么回事。

第十章

1

呼吸着热气腾腾、令人窒息的黄色尘雾,维多利亚对巴格达的第一印象并不好。从机场到蒂奥旅馆的路上,她的耳朵被持续不断的噪音折磨着,汽车喇叭发了疯似地鸣叫,路人大声嚷嚷,吹着口哨,还有更多毫无意义但是震耳欲聋的摩托车喇叭声。除了街上巨大的噪音之外,还有一种涓涓细流一样持续发出的小声音——克里普夫人的说话声。

终于,维多利亚来到了蒂奥旅馆,她的意识已经有点儿恍惚了。

有条小路从熙熙攘攘的拉希德街通往底格里斯河,蒂奥旅馆就坐落在这里。走上几级台阶,就是蒂奥旅馆的大门,一个结实的年轻人面带喜悦的笑容迎接她们的到来,这种笑容至少说明他是真心欢迎客人的。维多利亚猜测,此人就是马库斯,或者叫蒂奥先生——蒂奥旅馆的老板。

他一边对客人表示欢迎,一边大声指挥手下,让他们拿好行李。

"您又来了,克里普夫人,但您的手臂……为什么包着奇怪的东西?(你们这帮蠢货,别提这根带子,蠢驴,你把大衣拖到地上了！）哎，亲爱的，你们居然今天到了，这鬼天气，我真没想到飞机还能降下来。飞机在天上兜了好几圈，马库斯，我对自己说，你以后可千万别坐飞机旅行，这么着急干什么？哦，您还带了一位年轻小姐过来，在巴格达见到年轻小姐，总是令人高兴。哈里森先生没来接您吗？昨天我还想他应该会来的。但是，亲爱的，您现在肯定想喝点儿什么。"

在马库斯的盛情下，维多利亚也喝了点儿威士忌。喝完后，她感到有点儿头晕，脚步也踉跄起来。现在她站在一个屋顶很高的房间里，这里有一张黄铜大床，一张法国最新款的精致梳妆台，一个维多利亚时期的衣柜，还有两把色彩鲜艳的豪华椅子。她简单的行李就在脚下，一个黄脸白胡须的老人咧嘴笑着，朝她点了点头，然后把毛巾放进浴室，问她是否需要洗个热水澡。

"要等多久？"

"二十分钟到半个小时，我现在就去烧水。"

他带着慈父般的笑容离开了。维多利亚坐在床上，摸着头发，因为沾上了灰尘，头发并不柔顺，脸因为被风沙吹过，也有点儿疼。她看了看镜子中的自己，灰尘已经把她的一头黑发染成了奇怪的红棕色。她拉开窗帘一角，向外望去，外面就是底格里斯河，但也没什么好看的，河面上罩着一层厚厚的黄色雾霾。维多利亚觉得自己是个沮丧的牺牲品，她自言自语地说着："讨厌的地方。"

然后，她又振作起精神，出门穿过走廊，敲了敲克里普夫人的房门。在休息之前，她要先忙上一段时间，把克里普夫人服侍好。

2

洗过澡，吃过饭，又经过长时间的睡眠，维多利亚走出卧室，来到阳台上，看着底格里斯河。这时的底格里斯河让她满意，沙尘暴已经消失，明亮的光线取代了黄色的雾霾。可以看到河对面棕榈树清晰的轮廓，还有排列不规则的民房。

下面的花园里传来说话声，她走到阳台边，往下看去。

汉密尔顿·克里普夫人是一个友善的人，聊起天来不知疲倦，她刚认识了一位英国妇女——那是一位饱经风霜的英国中年女士，在国外任何城市都能看到。

"……我真不知道，没有她，我该怎么办。"克里普夫人正在说着，"她是你能想象出来的最可爱的姑娘，家庭背景也不错，是兰格主教的侄女。"

"什么主教？"

"兰格，我想是这个名字。"

"胡扯，根本没这个人。"中年妇女说。

维多利亚皱了皱眉头，这种乡下女人不太容易相信别人编造出来的主教名字。

"好吧，也许是我把名字记错了。"克里普夫人怀疑地说。

"但是，"她又补充道，"她依然是一个有能力的可爱姑娘。"

中年妇女只说了一个不置可否的"哈"。

维多利亚决定尽量和这个中年妇女保持距离，她知道，要编一个令这种人满意的故事，不是件容易的事。

她回到房间，坐在床上，专心思考未来的打算。

现在，她住在蒂奥旅馆里，很明显，这里的费用很昂贵。她有四英镑十七便士，刚刚吃过一顿丰盛的午餐，还没有付钱，克里普夫人也没有义务为她付这笔钱。克里普夫人提供的只是她来巴格达的旅费，这个协议已经完成，维多利亚顺利来到了巴格达。克里普夫人受到了主教侄女的悉心照料，这位主教侄女还曾经是个护士，做过秘书。现在，一切都过去了，她们对彼此都很满意，汉密尔顿·克里普夫人今晚就要离开，去往基尔库克——一切都到此为止了。维多利亚天真地幻想着，克里普夫人在离开前坚持要给她一大笔钱，作为临别赠礼，但想想就不太现实，于是她不情愿地打消了这个念头。克里普夫人不可能知道，维多利亚在经济方面正捉襟见肘。

那维多利亚该怎么办呢？答案马上跳了出来，没错，找爱德华。

这时，她才发现一个让人烦心的事实，自己不知道爱德华姓什么，只知道"爱德华"和"巴格达"。维多利亚想到，自己跟萨拉森人的女仆差不多，她刚抵达英国时，也只知道自己的情人叫"吉尔伯特"，和"英国"。一个浪漫的故事——尽管历经千辛万苦，但在十字军东征的年代，英国人没有姓是很正常的。另外，虽然英国比巴格达大，但巴格达的人比英国多。

维多利亚驱散了这些有趣的想法，回到残酷的现实中。她必须立刻找到爱德华，爱德华也必须立刻给她找一份工作。

她不知道爱德华姓什么，但他是做为拉斯伯恩博士的助手来巴格达的，而拉斯伯恩博士，大概是个重要人物。

维多利亚在鼻子上擦了点儿粉，整理了一下头发，然后下楼打听消息。

红光满面的马库斯穿过大厅，走过来和维多利亚打招呼。

"哦，琼斯小姐，您愿意跟我去喝点儿酒吗，亲爱的？我喜欢英国姑娘，所有在巴格达的英国姑娘都是我的朋友。每个人都对我的旅馆十分满意,来,我们去酒吧间。"

对于免费的款待,维多利亚从来就不会拒绝,她高兴地答应了。

3

坐在凳子上喝着杜松子酒,维多利亚开始打听情报。

"你知道拉斯伯恩博士吗?他刚来巴格达。"她问。

"我知道在巴格达的所有人,"马库斯·蒂奥高兴地说,"并且所有人都知道马库斯。我说的这些都是事实,哦,我有很多朋友!"

"我相信你有很多朋友,"维多利亚说,"那你认识拉斯伯恩博士吗?"

"上个星期,指挥整个中东部队的空军元帅经过这里,他对我说:'马库斯,你这个坏家伙,一九四六年之后我就再也没见过你,你可一点儿都没瘦啊。'哦,他是个好人,我很喜欢他。"

"拉斯伯恩博士呢,也是个好人吗?"

"你知道,我喜欢高兴的人,不喜欢整天苦着脸的家伙,我喜欢年轻、迷人、充满活力的人——像你一样。那个空军元帅对我说:'马库斯,你太喜欢女人了。'我对他说:'不,我的问题是,我太喜欢马库斯了……'"马库斯大声笑了起来,突然,他止住笑声,叫着:"杰西,杰西[①]!"

维多利亚吓了一跳,后来才反应过来"杰西"是酒吧侍者的教名。维多利亚再次感到,东方真是个怪地方。

---

①杰西,即 Jesus,和英国人所说的"耶稣"相同。

"再来一杯杜松子酒加橘子汁,还有一杯威士忌。"马库斯命令道。

"我不想——"

"是的,是的,你会喝的,这酒劲儿很小。"

"你说说拉斯伯恩吧。"维多利亚坚持不懈地询问。

"那个汉密尔顿·克里普夫人——好奇怪的名字——和你一起来的,她是个美国人吧?我也喜欢美国人,但我最喜欢的还是英国人。美国人看起来总是有点儿忧虑,但有时候很爱运动。萨默斯先生,你知道他吗,他一到巴格达就没完没了地喝酒,然后睡了三天三夜。喝太多了也没好处。"

"请你,帮帮我。"维多利亚说。

马库斯感到很惊讶。

"我当然愿意帮助你,我喜欢帮朋友的忙。你告诉我你想要什么,我马上就可以替你办到。特殊的牛排,用小米、葡萄干和香料一起做的美味烤鸡,或者小鸡,都可以的。"

"我不要小鸡。"维多利亚说,"……至少现在不要。"她又谨慎地补充道,"我想找拉斯伯恩博士,他刚来巴格达,和他一起的是……是一个秘书。"

"我不知道,"马库斯·蒂奥说,"他没住在蒂奥旅馆。"

这句话说得很明白了,凡是不住在蒂奥旅馆的人,对马库斯来说,就是不存在于世上的人。

"可是还有其他旅馆呢,"维多利亚坚持往下说,"或者他自己有房子?"

"哦,是的,还有其他旅馆,巴比伦宫旅馆,西拿基立旅馆,卓贝蒂旅馆,这些都不错,是的,但是都比不上蒂奥旅馆。"

"我相信他们确实比不上,"维多利亚用肯定的口吻说,"但你知不知道拉斯伯恩博士住在这之中的哪一家？他们办了个社团，好像是跟文化、书籍有关的。"

说到文化，马库斯变得严肃了。

"这正是我们需要的，"他说，"一定要搞文化。艺术和音乐，都太好了，真的太好了。我本身就很喜欢小提琴奏鸣曲，如果它不是很长的话。"

维多利亚完全同意，尤其是最后一句，但她也意识到，自己打听情报的目的完全没有达到。和马库斯谈话很愉悦，马库斯有他自己的魅力，他热爱生活，拥有孩子般的热情。但这番谈话让她想起爱丽丝在仙境费劲寻找通往山上的小路。没有什么话题能让他们继续聊下去了——马库斯！

她拒绝了多饮一杯的邀请，不太高兴地站了起来。她感到有点儿头晕，鸡尾酒除了酒劲大，什么优点都没有。她走出酒吧，来到外面的阳台，靠着栏杆站着，眺望底格里斯河的对岸。这时，她听到有人在身后说话。

"抱歉打扰，但你最好披一件外套。你从英国过来，以为这里是盛夏，其实日落的时候非常冷。"

说话的人正是之前和克里普夫人聊天的英国妇女。她的嗓音嘶哑，就像经常驯狗的人一样。她穿着一件毛皮外套，膝盖上铺着一条毯子，正在啜饮威士忌加苏打水。

"哦，谢谢。"维多利亚说着，打算匆忙离去，但这个意图失败了。

"我来做个自我介绍吧，我是卡迪尤·特伦奇太太。（言外之意十分明显：我是卡迪尤·特伦奇家族的。）我想你是和——她叫什么名字来着——汉密尔顿·克里普太太一起来的吧。"

维多利亚说："我是和她一起来的。"

"她告诉我你是兰格主教的侄女。"

维多利亚打起精神。

"是吗?"她用一种打趣的语气问道。

"我猜……是她搞错了?"

维多利亚微微一笑。

"美国人总是会把我们的名字搞错,不过听起来也确实像兰格。我叔叔……"维多利亚随口编了一个名字,"是兰古奥主教。"

"兰古奥?"

"是的,在太平洋群岛,当然啦,是个殖民地的主教。"

"哦,殖民地的主教啊。"卡迪尤·特伦奇太太的声调至少降了三个音阶。

和维多利亚预期的一样,卡迪尤·特伦奇太太对殖民地一无所知。

"现在我明白了。"她说了一句。

维多利亚感到很骄傲,自己灵机一动,就把问题解释清楚了。

"那你来这里干什么呢?"特伦奇太太语气诚恳地问,这种诚恳的语气背后是抑制不住的好奇心。

我来找一个年轻人,我们在伦敦的广场上聊过一会儿——维多利亚很难给出这种回答。这时,她想起在报纸上读到的那段报道,以及自己对克里普夫人说过的话,便说道:"我来找我叔叔,庞斯福特·琼斯博士。"

"哦,我知道你是谁啦。"卡迪尤·特伦奇太太很高兴自己终于搞清楚了维多利亚的身份,"他是一个富有魅力的人,虽然有点儿心不在焉——当然这也是难免的。去年在伦敦,我听过他的讲座,讲得太好了,虽然我听不懂。对了,他两周前经过巴格达,我记得他提到过,有几个姑娘过几天会来。"

确定了自己的身份后,维多利亚赶忙问了个问题,打断对方的话。

"你知道拉斯伯恩博士来这里了吗?"

"刚来不久,"卡迪尤·特伦奇太太说,"他们让他下周四在研究所做一个报告,讲'国际关系和兄弟情义',大概是这么个意思。如果你要问我的看法,我觉得都是胡扯。越是把人们聚在一起,就越会互相猜疑。他还搞诗啊,音乐啊,把莎士比亚、华兹华斯的作品翻译成阿拉伯文、中文和印度斯坦语,'河边的报春花'什么的……对于从来没见过报春花的人来说,这有什么用啊!"

"你知道他住哪儿吗?"

"我猜是住在巴比伦宫旅馆。但是他的办事处离博物馆不远,叫'橄榄枝',多可笑的名字,里面都是些穿着宽松休闲裤、戴着眼镜的年轻女人,从来不洗脖子。"

"我跟他的秘书算是旧识。"维多利亚说。

"哦,那个叫爱德华的是个不错的小伙子,但整天跟女人在一起总是不太好。听说他在大战的时候干得不错,现在能找到份工作也不容易了。他是个漂亮的小伙子,我想那些多情的姑娘已经被他迷得神魂颠倒了。"

强烈的嫉妒绞着维多利亚的心。

"橄榄枝,"维多利亚问,"你刚刚说在什么地方?"

"往北走,到第二座桥转弯,然后从拉希德街出来再转弯——有点儿偏僻,离铜器市集不远。"

"庞斯福特·琼斯太太身体如何?"卡迪尤·特伦奇太太继续问道,"她也很快会来吗?我听说她身体不太好。"

得到了想要的情报后,维多利亚不愿意继续编织谎言来冒险了。她看了看手表,突然发出一声惊叫。

"哦,亲爱的,我答应克里普夫人六点半去叫醒她,然后帮她做些旅行的准备。我必须得走了。"

这个理由是真的,只不过维多利亚把七点半换成了六点半。她快步上了楼,心里十分高兴。明天,她就要和爱德华在"橄榄枝"见面了。那些脖子都不洗的姑娘,去她们的吧!她们不会有任何吸引力。不过,比起爱干净的英国中年妇女,男人确实对脏脖子不那么挑剔,尤其是当那些脏脖子的主人用充满崇敬爱慕的眼神盯着男人看的时候。一想到这里,维多利亚有点儿不安了。

晚上的时间过得很快,维多利亚和克里普夫人早早在晚餐室吃过了饭。克里普夫人坐在夕阳下,继续喋喋不休地针对每一个领域发表感想。她嘱咐维多利亚,以后要去她那里看看她,维多利亚仔细地将地址记了下来,毕竟,谁也不知道以后会怎么样……她陪同克里普夫人来到巴格达北站,把她舒适地安置在车厢里。克里普夫人给维多利亚介绍了一个她身边的熟人,那人也要去基尔库克,第二天早上,会来帮克里普夫人洗漱。

火车发出悲伤的鸣叫,像一个沉浸在痛苦里的人。克里普夫人把一个厚厚的信封塞到维多利亚手中,说:"就当是一个纪念,琼斯小姐。很高兴有你陪伴,希望你能收下我最诚挚的感谢。"

维多利亚说:"您真是太好了,克里普夫人!"这时,火车第四次鸣笛,这是最后一次,就像宣告死亡的妖女的叫声一般凄厉。伴随着这刺耳的叫声,火车缓缓驶离车站。

维多利亚叫了辆出租车,从车站回到旅馆。如果不坐出租车,她根本不知道如何回去,看起来附近也没有人可以问。

一回到蒂奥旅馆,她就冲进房间,急匆匆地打开信封。里面是一双尼龙长袜。

换作平时，维多利亚肯定会欣喜若狂——她平时的薪水买不起尼龙长袜。而现在，她最想得到的只有现金。克里普夫人太优雅了，没有想到可以直接塞给她一张五第纳尔的钞票。维多利亚本来还以为她没这么优雅呢。

不管怎么样，明天就要见到爱德华了。维多利亚脱掉衣服，上了床，五分钟后，她进入了梦乡。她梦到自己在飞机场等着爱德华，但是爱德华被一个戴眼镜的姑娘拦住了，那姑娘双臂紧紧环绕着爱德华的脖子。然后，飞机缓缓启动了……

第十一章

维多利亚醒来时，正是阳光明媚的早晨。她穿好衣服，走到窗外宽敞的阳台上。不远处的一把椅子上有一个男人背对着她坐着，那人有一头卷曲的褐发，遮住了红棕色的粗壮脖子。他转过头时，维多利亚惊讶地发现，那人居然是鲁伯特·科洛夫顿·李爵士。维多利亚不知道自己为什么会这么惊讶，也许是因为她觉得像鲁伯特爵士这种大人物应该住在大使馆里，而不是在旅馆。但此刻，他就坐在离她不远处，聚精会神地凝视着底格里斯河。她甚至还注意到，他的椅背上斜挂着一副双筒望远镜。她想，也许他正在研究鸟类。

有一个维多利亚曾经认为很有吸引力的年轻人，也是个狂热的鸟类爱好者。有好几个周末，她都陪着那个年轻人徒步远足，在阴冷潮湿的树丛中一站就是好几个小时，直到双腿几乎麻痹。最后，年轻人狂喜地大叫，要维多利亚用望远镜看远处树枝上停着的一只呆鸟。那只鸟，在维多利亚看来，还不如常见的知更鸟和燕雀漂亮。

维多利亚走下楼。在两层楼中间的台阶上，她遇到了马库斯·蒂奥。

"我看到鲁伯特·科洛夫顿·李爵士住在你这里。"她说。

"哦，是的。"马库斯红光满面地说，"他是个好人——非常好。"

"你对他很熟悉吗？"

"不，这是我第一次见到他，英国大使馆的史瑞温罕姆先生昨晚送他来的。史瑞温罕姆这个人也很好，我和他倒挺熟悉的。"

吃早饭的时候，维多利亚想，有没有什么人，马库斯觉得他不好的？他好像和谁都很好。

早饭结束后，维多利亚开始寻找"橄榄枝"。

作为一个土生土长的伦敦人，维多利亚根本不知道在巴格达这样的城市想寻找一个特定的地址有多么困难。现在，她知道了。

出门的时候她又遇上了马库斯，她于是问他博物馆怎么走。

"那是个非常棒的博物馆，"马库斯依旧红光满面，"是的，里面尽是些有意思的古董。我自己没去过，但我有很多朋友，研究考古的朋友，他们路过巴格达时总是住我这儿。贝克先生，理查德·贝克，你认识吗？卡兹曼教授呢？还有庞斯福特·琼斯博士、麦金泰尔夫妇，他们都住在蒂奥旅馆，都是我的朋友。博物馆里有些什么，都是他们告诉我的，真是非常非常有趣。"

"博物馆在哪里？我应该怎么去？"

"你顺着拉希德街直走——这条街很长——然后拐个弯，到费萨尔桥，再到银行街——你知道银行街吗？"

"我什么都不知道。"维多利亚说。

"然后就到了另一条街——也是一座桥，就在它右边。到了那儿你可以找贝顿·埃文斯，他是英国顾问，一个非常好的人。他妻子也是个好人，她是在大战期间作为运输小队长到这边来的。哦，真是个大好人。"

"其实我不是真的想去博物馆，"维多利亚说，"我想找的地方是一个社团,类似于民间组织的俱乐部,叫'橄榄枝'。"

"如果你要橄榄,"马库斯说,"我可以给你弄些非常美味的橄榄,质量上乘。他们特意留给我的——留给蒂奥旅馆。好的,今晚我让他们摆到你桌子上。"

"那真是谢谢你了。"说着,维多利亚躲开他,往拉希德街走去。

"往左拐,"马库斯在她身后叫道,"别往右,但是你还要走很久才能到博物馆,你最好叫辆出租车。"

"出租车司机知道'橄榄枝'在哪儿吗?"

"不,他们哪儿都不知道!你要跟司机说,往左,往右,停,往前走——要怎么走,你得自己跟他们说。"

"这样的话,我还是走着去吧。"维多利亚说。

她来到拉希德街,往左转弯。

巴格达完全不是她想象中的模样。这里街道拥挤,人群熙来攘往,汽车喇叭持续发出噪声,行人也大声喊叫。欧洲的商品陈列在橱窗里。无论走到哪里,都有人随地吐痰——他们先是响亮地清一下嗓子,然后用力将痰吐出。根本没有什么神秘的东方装束,大多数人穿的都是破旧的西服、旧的军大衣和空军束腰外套。偶尔看到几个穿拖地僧侣服的男人和蒙着面纱的女人,但混杂在人群中,毫不起眼,几乎难以发现。发着牢骚的乞丐向她走来——是一个妇女,怀里抱着两个脏兮兮的孩子。脚下的路面凹凸不平,有几处甚至裂开了。

她继续朝前走着,突然,她感到陌生,感到迷茫,远离家乡的感觉油然而生。她没有旅行时该有的愉悦,有的只是困惑。

最后她来到了费萨尔桥,她走过去,继续往前。在行走的过程中,她不由自主地对橱窗中展示的各式各样的新奇东西产生了兴趣。这里有婴儿鞋、毛衣、牙膏、化妆品、手电筒、瓷杯、茶碟——全都陈列在一起。渐渐地，她入了迷，这些商品来自世界各地，汇集在一处就是为了满足人们的各种需求，这一点让她觉得很有意思。

维多利亚找到了博物馆，但是没有找到"橄榄枝"。对于一个在伦敦问路毫不费力的人来说，在这里居然找不到人问路，真是难以置信。她不懂阿拉伯语，经过店铺时，老板都跟她说英语，推销自己的商品。但当她询问去"橄榄枝"的路时，老板们都答不出来了。

如果可以问问警察就好了，但她看到这里的警察正在卖力地挥动着手臂，吹着哨子，她意识到，这个办法也行不通。

一家书店的橱窗里摆着英文书籍，她走了进去，询问"橄榄枝"，得到的回答却是礼貌地耸耸肩、摇摇头。很遗憾，他们也不知道。

然后，她沿着这条街继续向前走去。突然，一阵锤子敲打的声音传进她的耳朵，她朝昏暗的小巷望去，想起卡迪尤·特伦奇太太曾经说过，"橄榄枝"离铜器市集不远。这个地方，应该就是铜器市集了吧。

维多利亚走了进去，在接下来的三刻钟时间里，她完全忘记了"橄榄枝"，铜器市集把她迷住了。制作灯型，金属熔炼，一整套工艺流程完全呈现在这个伦敦人面前，而她过去只见过橱窗中的成品。她边走边看，最后出了市集，又来到一处卖条纹毯子和棉被的地方。欧洲的商品在这里以别样的风貌被展现，在阴暗的拱形巷子里，这些来自海外的商品充满异国情调，显得很奇怪，很罕见。就连廉价印花棉被上的俗丽颜色，也那么赏心悦目。

偶尔能听到"驾、驾"的声音，然后一头驴子或者一头驮着货物的骡子就会从她身旁经过。有时还会看到男人背上背着很重的东西，却总能保持平衡。脖子上挂着盘子的小孩朝她冲了过来。

"小姐，看看，松紧带，上好的松紧带，还有英国的梳子，梳子要吗？"

各种商品朝她拥来，几乎要触碰到鼻子，小贩们争先恐后地要她购买自己的货物。维多利亚就像走在快乐的梦中，她直到现在才看到了这个世界。纵横交错的小巷内全是阴凉的拱形小屋，每拐一个弯，就会看到完全意想不到的商品——一条巷子里都是裁缝店，裁缝们坐在里面手工缝制衣服，墙上挂着欧式剪裁的漂亮照片。另一条巷子里是钟表店和廉价珠宝店，还有巷子里全是卖天鹅绒和绣花锦缎的。接着往下走，转个弯，便会来到一条全是卖便宜货的巷子，这里有劣质的二手西装，古怪、退色的外衣，还有又长又松的背心。

不时可以看到一个大庭院，里面空无一物。

她又来到一个卖男士裤料的地方，戴着头巾的商人盘腿端坐在里面。

"驾！"

一头严重超载的驴子跑到了维多利亚身后，她只好躲到旁边的一条露天小巷里去。这条小巷弯弯曲曲，两旁是高大的建筑。她沿着这条小巷走下去，无意间却来到了目的地。从一块空地望过去，她看到一个很小的广场庭院，庭院尽头有一扇门开着，门上挂着一块牌子，上面写着"橄榄枝"。旁边还有一只毫不起眼的塑料鸟，嘴里衔着一根树枝。

维多利亚非常高兴，她快步穿过庭院，走进大门。接着，她发现自己置身于一间非常昏暗的房间,桌上堆满了书籍和刊物,还有更多的书摆放在架子上。要不是东一把西一把的椅子,这个地方看起来倒像个书店。

在昏暗的灯光下,一个年轻的女人朝维多利亚走来,小心翼翼地用英语问:"请问,有什么事吗?"

维多利亚打量着她,女人穿着一条灯芯绒裤子,上身是橘黄色的法兰绒衬衫,一头乌黑潮湿的头发,不怎么顺眼。她的形象本可以像一个布鲁姆斯伯里[①]人,可惜她的脸不像,反而让她像一个忧郁的地中海东部人——有着黑黑的眼睛,大大的鼻子。

"这里……请问……呃……拉斯伯恩博士在吗?"

令人抓狂!她到现在还不知道爱德华姓什么!连卡迪尤·特伦奇太太也只知道他叫爱德华!

"是的,拉斯伯恩博士在,这里是'橄榄枝'。你是想加入我们吗?那真是太好了。"

"可能会的,我能见见拉斯伯恩博士吗?"

年轻女人露出了疲惫的笑容。

"我们一般不去打扰他。这里有一份表格,我会告诉你怎么填,最后你需要在这里签字。不过你要先交两个第纳尔。"

"我还不确定是否在这里工作。"听到要交两个第纳尔,维多利亚吓了一跳,"我只是想见见拉斯伯恩博士,或者他的秘书——他的秘书就可以了。"

"让我来跟你解释一下。我们在这里的都是朋友,一群朋友在一起,将来也是朋友——一起读有教育意义的书籍,一起背诵诗歌。"

[①]英国地名。

"拉斯伯恩博士的秘书,"维多利亚一字一句大声说道,"他让我来找他。"

年轻女人脸上露出一副不高兴的执拗表情。

"今天不行,"她说,"我说了——"

"为什么今天不行?他在吗?拉斯伯恩博士在吗?"

"拉斯伯恩博士在楼上,但我不会去打扰他。"

这时,一种盎格鲁撒克逊人对外国人的偏见涌上维多利亚的心头。对她来说,"橄榄枝"非但没有建立国际友谊之情,反而起到了相反的效果。

"我刚从英国到这儿来,"她用卡迪尤·特伦奇太太的口气说道,"我给拉斯伯恩博士带来了一个非常重要的口信,必须亲自告诉他。请带我去见他!很抱歉打扰,但我必须见他。"

"立刻!"她又补充了一句,显得事情非常紧急。

在一个打定了主意的蛮横英国人面前,障碍往往都会被清除。年轻女人立刻转过身,把她带到屋子后面,上了楼梯,然后沿着一条走廊向里走。从这条走廊可以看到下面的庭院。然后,她在一扇门前停了下来,敲了敲门,里面传来一个男人的声音:"请进。"

维多利亚的向导打开房门,请她进去。

"这位英国来的小姐想见您。"

维多利亚走进屋内。

一张堆满了纸的大桌子后面,一个男人站起身,向她打招呼。

这是一位仪表堂堂的男人,大约六十岁,前额已经秃了,剩下的头发花白。从外表来看,这个人仁慈、善良、富有吸引力,话剧导演会毫不犹豫地给他一个大慈善家的角色。

他露出热情的微笑欢迎维多利亚,并向她伸出了手。

"刚从英国来,"他说,"第一次来东方,嗯?"

"是的。"

"真想知道你有什么感想,有时间一定要告诉我。让我想想,以前我们见过吗?我眼睛近视得厉害,对了,你还没告诉我你叫什么名字呢。"

"你不认识我,"维多利亚说,"我是爱德华的朋友。"

"爱德华的朋友,"拉斯伯恩博士说,"啊,真是太棒了,他知道你在巴格达吗?"

"还不知道。"维多利亚说。

"啊,他回来的时候肯定会大吃一惊的。"

"回来的时候?"维多利亚的语气有点儿失落。

"是的,他现在在巴士拉。我们有很多书要运过来,我让他去处理这件事了。海关总是无缘无故地拖延时间,明明很简单的手续到现在还没办完。只能跟他们的人直接沟通了,爱德华这方面很能干,他知道什么时候该强硬,什么时候该妥协,而且,事情完不成,他是不会罢休的。他是个有始有终的人,这对年轻人来说难能可贵,所以我觉得爱德华是个很不错的年轻人。"

他的眼神闪烁。

"但我认为我没必要在你面前赞美爱德华吧,姑娘?"

"爱德华什么时候……从巴士拉回来?"维多利亚声音微弱地问道。

"嗯……现在还不好说,他要等那边的事情处理完了才会回来——而且在这个国家,办事情不能太着急。把你在巴格达的地址告诉我,我保证,只要他一回来,我就让他联系你。"

"我在考虑……"想到自己经济上的困境,维多利亚孤注一掷地说,"我在考虑……我可不可以在这里做点儿什么?"

"我很高兴。"拉斯伯恩博士热情地说,"是的,你当然可以。只要愿意帮忙,我们都接受,尤其是英国姑娘。我们的工作目前进展得很顺利,相当顺利,但还是有很多事情要做。不过,大家也都挺感兴趣的,我们这边现在已经有三十个帮忙的志愿者了,三十个,每个人都有强烈的兴趣。如果你真的愿意,你也可以在这里创造价值。"

志愿者,这几个字让维多利亚不太高兴。

"我想找份有报酬的工作。"她说。

"哦,亲爱的。"拉斯伯恩博士的脸沉了下来,"那就难啦,我们这里领工资的人本来就很少,而且已经有这么多志愿者帮忙,人手也足够了。"

"如果没有报酬的话,我经济上负担不了。"维多利亚解释道,"我是个合格的速记打字员。"她补充道,脸都没红一下。

"我相信你有能力,亲爱的姑娘,我也敢说你非常优秀。但对我们来说,资金也是个问题。不过你在别的地方找到工作后,仍然欢迎你在业余时间加入我们,我们这里的大部分人也都有自己的正式工作。我敢保证,你帮我们工作的话,会受到很多激励和启发。这个世界上的野蛮、战争、误解和猜疑都将不复存在,我们需要的是人们能够欢聚在一起的世界。人们将拥有戏剧、艺术、诗歌——这些伟大的精神财富——再也没有狭隘的嫉妒或仇恨。"

"是的。"维多利亚含糊地说道。她想起了身边做演员或者从事艺术工作的朋友,她们似乎经常被一些微不足道的嫉妒之情所纠缠,而且总是怀有强烈的仇恨。

"我已经把《仲夏夜之梦》翻译成了四十种文字,"拉斯伯恩博士说,"四十组不同的年轻人为同一本名著而工作。年轻人,这就是秘密所在。除了年轻人，我对别人都没什么影响力，一旦头脑和精神僵化，就为时已晚了。不能这样，年轻人必须团结在一起。拿楼下的姑娘凯瑟琳来说吧，就是带你上来的那个，她是从大马士革来的叙利亚人，你们年纪相仿。通常来说，你们永远不会相遇，你们之间毫无交集。但在'橄榄枝'，你和她，还有其他很多人，俄国人、犹太人、伊拉克人、土耳其人、亚美尼亚人、埃及人、波斯人……你们会在一起工作，彼此喜欢，读同样的书籍，讨论电影和音乐——我们这里有伦敦来的优秀讲师。你们会发现，人和人拥有不一样的观点，不同的观点碰撞在一起，是一件美妙的事——啊，世界本来就是这样的。"

维多利亚觉得，拉斯伯恩博士认为不同观点的人凑在一起会互相喜欢，显然太乐观了。就像她和凯瑟琳，谁也没有喜欢上对方。而且维多利亚有很大把握，她们俩见得越多，就越不喜欢对方。

"爱德华太棒了，"拉斯伯恩博士说，"每个人都对他赞不绝口，他在姑娘圈子里可能更受欢迎。这里的男学生刚开始比较难相处，他们会互相怀疑，甚至到了有点儿敌对的程度。但姑娘们很崇拜爱德华，会为他做任何事情，他和凯瑟琳的关系尤其不错。"

"的确是这样。"维多利亚冷冷地说道。她对凯瑟琳的厌恶之情更强烈了。

"好啦，"拉斯伯恩博士微笑着说，"如果有机会的话，欢迎来帮我们。"

这是在下逐客令。他和维多利亚热情地握了握手。维多利亚走出房间，下了楼梯。凯瑟琳站在门边，跟一个刚进门的姑娘聊着天，那个姑娘手里拎着一个小小的手提箱，皮肤黑黑的，长得很漂亮,维多利亚突然意识到,自己在什么地方见过她。但那个姑娘看了看她,没有表现出一丝认识维多利亚的迹象。两个年轻女人原本在用维多利亚听不懂的语言热烈地交谈着,她一出现,两人就沉默了下来,直直地看着她。她从两人身边经过,走到门口,在出门前,维多利亚强迫自己用礼貌的语气对凯瑟琳说了句"再见"。

她从弯弯曲曲的小巷中走了出来,进入拉希德街,慢慢地走回旅馆。周围熙熙攘攘的一切,她都视而不见。她努力让自己的注意力集中在拉斯伯恩博士和他的"橄榄枝"上,而不是再想自己现在面临的窘境——在巴格达身无分文。在伦敦的时候,爱德华曾经说过他的工作有点儿"可疑",是什么可疑呢?拉斯伯恩博士?还是"橄榄枝"?

维多利亚很难相信拉斯伯恩博士有什么可疑的地方。在她眼中,拉斯伯恩博士是个走错了方向的好心人,这种人坚持用自己理想主义的眼光看待世界,而完全不顾现实。

那爱德华说的"可疑"是指什么呢?他说得很模糊,也许他自己也不知道。

拉斯伯恩博士会是个异乎寻常的骗子吗?

他说话时那种令人舒心的神态犹在眼前,维多利亚摇了摇头,当然,在谈到报酬时,他的神态有所改变。显然,他优先考虑的是别人不计报酬地为他工作。

但这也是人之常情啊,维多利亚想。

比如,格林霍兹先生也会有同样的想法。

第十二章

1

维多利亚拖着疲惫的双脚回到蒂奥旅馆。马库斯正坐在底格里斯河旁边的一片草坪上,和一位衣衫褴褛、身材瘦削的中年男人聊天,看到维多利亚,他马上站起身来热情地和她打招呼。

"一起喝一杯吧,琼斯小姐,马提尼还是鸡尾酒?这位是达金先生,这位是英国来的琼斯小姐。好的,亲爱的,你想喝点儿什么?"

维多利亚说要鸡尾酒。"再来点儿可爱的坚果?"随后她又满怀希望地建议道,她想到坚果是富含营养的。

"你喜欢坚果啊,喂,杰西!"他马上吩咐阿拉伯仆人去取。达金先生说他想喝一杯柠檬水,他的声音有点儿忧伤。

"啊,"马库斯叫道,"不太对劲儿。哦,卡迪尤·特伦奇太太来了,你认识达金先生吧,想喝点儿什么?"

"杜松子酒吧。"卡迪尤·特伦奇太太说着,朝达金先生随意地点了点头,"你看起来很热。"她对维多利亚说。

"我刚才去外面逛了逛。"

饮料送来后,维多利亚吃了一大盘开心果,还有一些薯片。不久,一个身材结实的小个子男人走上草坪,热情好客的马库斯马上去打招呼。他给维多利亚介绍道,这是克罗斯比上尉。克罗斯比上尉用凸出的眼珠直直地盯着维多利亚,维多利亚想,这人对女性魅力真是太敏感了。

"刚来?"他问她。

"昨天来的。"维多利亚答道。

"怪不得以前没见过你。"

"是不是很漂亮?"马库斯高兴地说,"哦,维多利亚小姐能住在我这里真是太好了,我要给她举办一个派对,一个非常棒的派对!"

"有鸡肉吗?"维多利亚满怀希望地问。

"有,有,还有鹅肝酱,斯特拉斯堡的鹅肝酱,可能还有鱼子酱。再来一道鱼,底格里斯河里的鱼,非常鲜美,但都要配上酱和蘑菇。然后还有火鸡,就像我们平时家里的做法一样,里面塞满大米、葡萄干和各种配料,烧得特别棒。真是太好了,不过你一定要多吃点儿,不能只吃一小勺。或者,你要是喜欢的话,还可以来一块牛排——一大块嫩牛排,这事由我亲自负责。我们要慢慢吃,吃好几个小时,这个派对肯定会非常棒。我自己不吃,我只喝酒。"

"那真是太好了。"维多利亚用虚弱的语气说。马库斯描述的这些美食让她饥肠辘辘,头晕眼花。她不知道马库斯是否真打算为她举办一个派对,如果是真的,那又是什么时候呢?

"我还以为你去巴士拉了呢。"卡迪尤·特伦奇太太对克罗斯比说。

"我昨天回来的。"克罗斯比说。

他抬头看着阳台。

"那家伙是谁?"他问,"穿着奇装异服,戴着大帽子。"

"哦,亲爱的,那是鲁伯特·科洛夫顿·李爵士。"马库斯说,"史瑞温罕姆昨晚把他从大使馆带到这儿来。他是个好人,杰出的旅行家,他骑着骆驼穿越撒哈拉大沙漠,还爬过很多高山。这种生活一点儿都不安逸,而且充满危险,我自己是不喜欢的。"

"哦,原来是那家伙。"克罗斯比说,"我看过他写的书。"

"我跟他坐同一班飞机来的。"维多利亚说。

两个男人很感兴趣地看着她,或者说,她认为他们很感兴趣地看着自己。

"这个人非常傲慢和自负。"维多利亚用轻蔑的语气说道。

"我认识他姑妈,她住在西姆拉。"卡迪尤·特伦奇太太说,"他们一家子都这样,挺聪明的,但难免有点儿喜欢吹嘘自己。"

"他在那里坐了一上午,什么事都没干。"维多利亚有点儿不满。

"他的胃不好,"马库斯解释道,"今天他什么东西都不能吃,真是太可怜了。"

"我真搞不明白,"卡迪尤·特伦奇太太说,"马库斯,你也什么都不吃,为什么还这么胖?"

"因为喝酒,"马库斯深深地叹了一口气,"我喝酒太厉害了。今晚我妹妹和她丈夫过来,我要和他们喝到明天早上!"他又叹了口气,接着像往常一样大声吼道,"杰西,杰西!再拿一份过来!"

"我不用了。"维多利亚连忙说道。达金先生也谢绝了,喝完柠檬水,他就慢悠悠地走开了。克罗斯比也回到自己的房间。

卡迪尤·特伦奇太太用手指甲轻轻弹了一下达金的杯子。"又是柠檬水啊,"她说,"这可不是什么好现象。"

维多利亚问她为什么这样说。

"如果一个男人只在独自一人的时候才偷偷喝酒,那就不是好现象。"

"是的,亲爱的。"马库斯说,"说的没错。"

"那他确实喝酒了?"维多利亚问。

"所以他老是不能升迁。"卡迪尤·特伦奇太太说,"勉强保住自己的职务,这就不错了。"

"但他是个好人。"对每个人都很友好的马库斯说。

"呸,"卡迪尤·特伦奇太太说,"他根本没本事。整天闲逛,浪费时间,毫无活力,不能掌控自己的生活。不少英国人来到东方以后就毫无作为了,他就是其中之一。"

维多利亚再一次谢绝了马库斯的酒,回到自己的房间。她脱掉鞋子,躺在床上严肃地思考起来。她的资金已经减少到只剩三英镑了,也许只够付马库斯食宿的费用。因为马库斯慷慨大方的性格,她可以靠酒精、坚果、橄榄和薯片来维持生命,那么接下来的几天,她的营养问题应该可以解决。但这样的日子又能维持几天呢?也许有一天马库斯就会把账单塞到她手里,他会允许自己在这里免费住上一阵吗?她不知道。她认为马库斯在做生意方面可不会粗心大意。当然,她应该找个更便宜的旅馆住下来,但她怎么知道哪里的旅馆更便宜呢?她应该马上给自己找份工作,但她又怎么知道哪里有工作可以给她做呢?哪种工作?向谁打听?一个几乎身无分文的人,被扔在一个陌生的国家,无论做什么事情都充满阻碍。要是对这个地方稍微有点儿了解,维多利亚就会对自己有信心——像往常一样。爱德华什么时候从巴士拉回来呢?或许——太可怕了——爱德华已经把她忘得一干二净了吧?自己究竟为什么像头蠢驴一样冲到巴格达来呢?爱德华到底是什么人？他是干什么的？他只不过是一个拥有迷人笑容、谈吐不凡的年轻人罢了。还有——他姓什么？如果知道的话，她就可以给他打份电报——也没用，自己连他住在哪里都不知道。她什么都不知道，这就是问题所在，这也是她脑子抽筋的风格。

而且，她找不到任何人可以给她建议或忠告。马库斯不行，他虽然善良，但不是个好的倾听者。卡迪尤·特伦奇太太也不行，她从一开始就对维多利亚抱有怀疑。汉密尔顿·克里普夫人不行，她已经不在了，去基尔库克了。拉斯伯恩博士也不行。

她一定要弄点儿钱，找份工作吧，随便什么工作都行。照看孩子、在办公室里贴贴邮票、去饭店当个服务员……否则，他们会把她带到领事馆，然后遣送回国，再也见不到爱德华……

想到这里，维多利亚的精神非常疲惫，很快，她睡着了。

2

几个小时后，她醒了过来，并且横下心做了一个决定。她走下楼，来到餐馆，把菜单从头到尾点了一遍，然后大吃了一顿。吃完之后，她感觉自己像条蟒蛇，行动迟缓，但是精神绝对振奋。

"再愁下去也没什么用，"维多利亚想，"一切都留到明天再说。到时候事情可能会有转机，要么是我想出了好主意，要么是爱德华回来了。"

上床之前，她踱步来到河边的大阳台上。根据巴格达人的说法，这时候已经是冬天，所以外面除了一位侍者之外，就没别人了。那位侍者正俯在栏杆上盯着底格里斯河看，维多利亚一出现，他就心虚地跳开，匆匆回到旅馆里去了。

对于刚从英国来的维多利亚来说,这只是一个普通的夏夜,空气有点儿凉而已。月光下的底格里斯河有一层神秘色彩,远处的对岸,隐约可以看到棕榈树的轮廓。

"好吧,不管怎么样,我已经到这里了。"维多利亚精神振奋地说,"而且我也会想办法坚持下去,总会有办法的。"

做出这番乐观的宣言后,维多利亚便回房上床休息了。刚刚的侍者又悄悄溜了出来,继续完成他的任务——把一根打了很多结的绳子从栏杆边垂下去。

不一会儿,黑暗中又出现一个人影。达金先生低声说:"都准备好了吗?"

"是的,先生,没什么可疑的地方。"

检查了一下绳子,达金先生感到十分满意,便又退回黑暗中。他脱下侍者的白西装,换上自己那件难以形容的蓝色条纹西装,然后从容地从阳台走到河边,那里正好有道台阶通往大街。

"现在晚上真是冷啊。"克罗斯比从酒吧间出来,走到达金先生旁边,"你刚从德黑兰过来,可能感觉不到吧。"

他们站着抽了两支烟。只要他们说话声音不大,那个地方就没人可以听到他们在说什么。克罗斯比小声说道:"那个女孩是什么人?"

"好像是那个考古学家庞斯福特·琼斯博士的侄女。"

"哦,那应该没问题。但她和科洛夫顿·李坐同一班飞机过来……"

"我倒是觉得,"达金先生说,"不应该想当然。"

他们又沉默着抽了支烟。

克罗斯比说:"你认为把事情从大使馆转移到这里,是明智的吗?"

"我是这么认为的,是的。"

"哪怕我们之前把最小的细节都考虑到了?"

"在巴士拉我们也把最小的细节都考虑到了——结果呢?还是出了差错。"

"我明白了。顺便跟你说一下,萨拉·哈桑被毒死了。"

"嗯,我知道。有迹象表明他们是通过什么途径在领事馆活动的吗?"

"我相信他们有自己的途径。那里出了点儿事,一个小伙子拔出了枪。"克罗斯比停了一下,又接着说,"理查德·贝克逮住了他,并且把枪缴了。"

"理查德·贝克。"达金若有所思地念道。

"你认识?他是……"

"没错,我认识他。"

沉默了一会儿,达金接着说道:"随机应变,现在只能这样了。像你所说的,如果我们把一切都安排好,那消息一旦泄露,对方就很容易想出对策。我很怀疑卡迈克尔是不是能靠近大使馆,而即使他能到那里……"他摇了摇头,"这里,只有你、我,还有科洛夫顿·李知道即将发生什么。"

"他们马上就会知道科洛夫顿·李从大使馆搬来这里了。"

"哦,当然了,这是不可避免的。但是克罗斯比,你不知道吗?不管他们有什么对策,最后一样要见机行事,他们必须快速地思考,匆忙地做出安排。可以这么说,危险来自蒂奥旅馆外部,不可能有人六个月以来一直在蒂奥旅馆里埋伏着。目前为止,蒂奥旅馆跟这件事没有任何牵连,我们之前也没考虑过要把蒂奥旅馆做为接头地点。"

他看了看手表。"我要去见见科洛夫顿·李。"

达金抬起手,正准备敲门,但好像没这个必要了。门无声地开了,好像正等着他光临。

旅行家的房间里只亮着一盏小台灯,而他自己就坐在台灯旁的椅子上。重新落座的时候,他把一支小型自动手枪轻轻放在桌上,离他的手很近,随时都能拿到。

他说:"怎么样,达金,你觉得他会来吗?"

"我觉得他会来的,鲁伯特爵士。"他说,"你以前见过他吗?"

对方摇了摇头。

"没有,我期待今天晚上和他见面。那个年轻人,肯定很有胆识。"

"是的,"达金的声音不带丝毫感情,"没错,他很有胆量。"

他感到有点儿奇怪,这个事实居然还用得着说。

"我的意思是,他不仅很有勇气,"对方说,"很多人在战争中都很有勇气,可以壮烈牺牲,但他……"

"有想法?"达金问。

"是的,他甚至有胆量相信根本不可能发生的事,可以冒着生命危险去验证一个荒谬的故事是不是真的荒谬。现在的年轻人一般都不会这么做,我希望他能来。"

"我相信他会来。"达金先生说。

鲁伯特爵士严肃地看了他一眼。

"你把一切都安排妥当了?"

"克罗斯比在阳台上,我会守着楼梯。卡迈克尔一进入你的房间,你就敲墙,我马上进来。"

科洛夫顿·李点了点头。

达金静静地走出房间。他朝左走,上了阳台,走到最里面的角落。这里也有一条打了很多结的绳子,一直垂到地面,被一些桉树和灌木丛遮掩着。

然后，达金先生往回走，经过鲁伯特爵士门口，来到自己的房间。他房间内还有一扇门，直通房间后面的走廊，离楼梯口只有几英尺远。达金先生将这扇门留了一个不起眼的小缝，然后坐下来，开始监视。

大约过了四个小时，一艘底格里斯河上常见的小船从上游缓缓而下，最终停靠在蒂奥旅馆附近的泥滩上。几分钟后，一个矫健的身影抓住绳子，在树丛的掩护下，蜷着身子向上攀登。

第十三章

　　维多利亚本打算上床睡觉，把所有问题留到第二天早晨，但由于睡了一下午，她发现自己特别清醒。

　　她打开电灯，捧着杂志，先把飞机上没看完的那则故事看完，接着织补了自己的尼龙长袜，又把新的长袜拿出来摆弄了一番。然后，她写了几封不同的求职简历——明天她需要问一下在哪儿投递——三四封给汉密尔顿·克里普夫人的信，每封信中，她都设置了不同的"无法预料的状况"，说自己在巴格达"陷入了困境"。接着又草拟了一两封求助电报，对象是自己唯一的亲戚，一位住在英国北部的执拗老人，一生中从来没帮助过别人。弄完这些，她又试了试新的头发样式。最后，她突然打了个哈欠，意识到身体在犯困，便决定上床休息。

　　就在这时，在没有一点儿预兆的情况下，维多利亚卧室的房门被猛地推开。一个男人冲了进来，将身后的门反锁，迫切地对维多利亚说："看在上帝分上，把我藏起来——快！"

　　维多利亚的反应一向不慢。仅在一瞬间，她就注意到来人呼吸急促，声音微弱，一只手死死地抓住胸前扭成一团的红色针织围巾。她立刻跳下床，开始冒险。

　　这个房间并没有多少藏身之处。一个衣柜、一个五斗柜、一张桌子、一张华丽的梳妆台，床很大——几乎是张双人床，回想起小时候捉迷藏的经验，维多利亚有了主意。

"快。"说着，她把枕头拿开，掀起床单和毯子，让男人横躺在床头，然后用床单和毯子盖住他，把枕头摆在上面。做完这一切，她坐在了床边。

几乎就在同时，响起了轻微、但持续不断的敲门声。

维多利亚喊："谁啊？"声音中透出疲倦，仿佛受了惊吓。

"请开一下门，"门外一个男人回答，"我们是警察。"

维多利亚披上晨衣，朝门口走去。这时，她注意到男人的红色针织围巾掉在地板上，她把围巾捡起来，塞进抽屉里。然后，她转动钥匙，将门打开一条缝，表情害怕地往外看。

一个留着黑发、穿着淡紫色衬衫的年轻人站在门外，他的身后是一个穿着警察制服的人。

"怎么了？"维多利亚颤声问道。

年轻人满脸堆笑，用还算流利的英语回答："非常抱歉，小姐，这个时候打扰您，"他说，"有个罪犯逃跑了，逃进了这家旅馆，我们必须每个房间都检查一下。他是个非常危险的人物。"

"哦，天哪！"维多利亚一边往后退，一边把门敞开，"快请进来检查一下，这太可怕了！请检查一下浴室，哦，衣柜——对了，我想你们不介意再看看床底吧，他可能在那儿躲了一晚上了。"

他们搜查得非常快。

"不，他不在这儿。"

"你确定他没有躲在床底下？哦，我真傻，他确实不可能，我上床前把门锁上了。"

"非常感谢，小姐，祝您晚安。"

年轻人鞠了一躬，然后和穿着制服的助手离开了。

维多利亚跟着他们走到门口，说："我最好再把门锁上，是吗？保险起见。"

"对，当然锁上最好了，谢谢您。"

把门锁好后，维多利亚在门口站了几分钟。她听到警察用同样的方式敲对面的门，门开了，双方你一言我一语说了几句，她听到了卡迪尤·特伦奇太太愤怒、嘶哑的声音，接着门关上了。几分钟后，门又开了，警察们的脚步声回到了走廊，他们敲下一扇房门的时候，距离维多利亚已经很远了。

维多利亚转身朝床走过去，她感到自己蠢得有点儿过分了。由于浪漫主义情结，再加上那人操着她家乡的口音，她很可能帮助了一个穷凶极恶的罪犯。把自己置于被捕者的一方，与追捕者作对，这样做的后果往往比较悲惨。唉，维多利亚想，不管怎么说，反正我现在是陷进去了。

她站在床边，没好气地说："起来。"

没有丝毫动静。维多利亚没有提高嗓门，但是用更为严厉的口气说："他们走了，你现在可以起来了！"

稍微隆起的枕头下面依然没有丝毫动静。维多利亚马上把枕头和被子掀起来。

年轻人还躺在那里，和刚藏进去时一样。不同的是，他的脸变成了淡灰色，眼睛也闭上了。

这时，维多利亚屏住了呼吸，她注意到了别的东西——床单染上了鲜艳的红色。

"哦，不，"维多利亚的口吻好像在恳求，"哦，别这样啊！"

似乎听到了恳求，受伤的男人睁开了眼睛。他盯着维多利亚，好像从远处看着一个模糊的东西。

他的嘴唇动了动——但声音太微弱，维多利亚根本听不清。

她弯下身。

"你说什么?"

这一次,她听清了,年轻男人非常艰难地吐出了两个词。但维多利亚不知道自己有没有听对,因为这两个词毫无意义。他说的是:"路西法……巴士拉……"

他的眼睑垂了下来,充满焦虑的眼睛抖动着,接着,他又说了一个词——是个名字,说完后,他的头骤然向后一仰,便再也不动了。

维多利亚呆呆地站着,心脏剧烈地跳动,她觉得有点儿遗憾,同时也感到非常气愤。她不知道接下来该做什么,她必须叫个人来。此刻她孤身一人,房间里还有具尸体,警察迟早会向她要一个解释。

就在她迅速开动脑筋想办法时,传来了轻微的声响,她转过头,发现房门的钥匙掉在了地上。她纳闷地盯着钥匙看时,又听到门锁转动的声音。门开了,达金先生走了进来,他小心地关上身后的门。

他走向维多利亚,轻声说道:"做得好,亲爱的,你的脑子很聪明。他怎么样了?"

维多利亚结结巴巴地说:"我觉得他、他死了……"

达金的脸色变了,闪过一丝强烈的愤怒,然后,他又恢复到前天维多利亚第一次看到时的样子——只不过优柔寡断、软弱无力的神态消失了,取而代之的是一种十分不同的神态。

他弯下腰,轻轻解开男人破旧的外套。

"正好刺中了心脏,"达金站起来说,"他是个勇敢的年轻人——也很聪明。"

维多利亚已经回过神来,说话也变得流利了。

"警察刚刚来过,说他是个罪犯,是吗?"

"不,他不是罪犯。"

"那些人——他们是警察吗?"

"我不知道。"达金说,"或许是吧,但都一样。"

然后他问维多利亚:"他说什么了吗——临死之前?"

"说过。"

"说什么了?"

"他说路西法,还说了巴士拉,停了一会儿,他又说了个名字——听起来像法国名字——但我不知道有没有听错。"

"你觉得听起来是什么?"

"我觉得是拉法奇。"

"拉法奇。"达金先生若有所思地重复。

"这究竟是怎么回事?"说完,维多利亚又补充道,"我该怎么办?"

"我们一定会尽快让你摆脱这件事。"达金先生说,"至于这一切是怎么回事,我之后再跟你说吧。当务之急,是要找到马库斯,这是他的旅馆,他人也很聪明,尽管人们跟他聊天的时候往往意识不到这一点。我现在就去找他,现在才一点半,他应该还没睡,他很少两点之前上床。趁我找他的时候,你梳洗打扮一下,马库斯对落难的漂亮小姐总是很容易产生同情心。"

说完,他走出了房间。维多利亚站在梳妆台前,仿佛置身于梦境。她把头发向后梳,往脸上擦了点儿粉,然后瘫坐在椅子上。她听到脚步声走近,达金先生没有敲门就进来了,他的身后是胖胖的马库斯·蒂奥。

这次,马库斯非常严肃,往日的笑容不见了。

"现在,马库斯,"达金先生说,"你得想办法处理掉这件事,这位可怜的姑娘都吓坏了。房间里突然闯进一个人,倒在地上——这位姑娘心地善良,把他藏了起来,警察没有找到他,现在他死了。也许,维多利亚这么做是不明智的,但姑娘们总是一副软心肠。"

"很显然,她不喜欢警察。"马库斯说,"没人喜欢警察,我也不喜欢。但为了旅馆,我必须和他们搞好关系。你是想让我送他们一笔封口费,让这事过去?"

"我们只想把尸体悄悄运出去。"

"非常好,亲爱的,我也是这么想的,我不希望我的旅馆里有一具尸体。但你觉得这容易办到吗?"

"我觉得没什么问题,"达金先生说,"你有个亲戚是做医生的,是吗?"

"没错,我妹夫保罗,他是医生。但他是个好人,我不想让他惹上麻烦。"

"他不会惹上麻烦的。"达金说,"听我说,马库斯。我们先把尸体从琼斯小姐的房间搬走,可以先转到我房间里,让她从这件事里抽身。然后,我需要用你的电话,十分钟内,会有个年轻人从街上跟跟跄跄地来到旅馆,他似乎喝醉了,大声嚷嚷着要见我,然后摇摇晃晃地进了我的房间,晕倒了。我出来找你,要求打电话叫医生,你想起了你的妹夫。他和这位喝醉的朋友一起上了救护车,在到达医院前,我的朋友就死了,因为他被刺伤了。你只需说,他在进旅馆前就已经被刺了。"

"我妹夫带走这个人,而扮演醉鬼的年轻人第二天早上自己悄悄离开,是这样吗?"

"就是这样。"

"好的,我的旅馆就不用受到打扰,而琼斯小姐也不必担心烦恼了，这真是个好主意。"

"那么，如果你确定外面安全的话，我就要把尸体转移到我房间去了。你的服务员半夜经常在走廊里乱逛，你现在去自己的房间，搞个宴会什么的，把他们都支开。"

马库斯点点头，离开了房间。

"你是个坚强的女孩，"达金说，"你能帮我一起把他从走廊搬到我的房间吗？"

维多利亚点了点头。两人把这个软弱无力的躯体架在中间，穿过没有人的走廊——远处是马库斯既兴奋而愤怒的声音——然后运到达金先生的床上。

达金说："去拿把剪刀，把染了血的毯子剪掉，我估计血没渗到床垫上，他的外套吸收了很多。一小时后，我去你房间找你。等等，我这瓶子里有酒，你喝一点儿。"

维多利亚听话地喝了一口。

"好姑娘，"达金说，"现在，回你的房间吧，把灯关上。我说过了，一小时后，我会去找你。"

"你会告诉我这一切是怎么回事吗？"

达金先生表情有点儿奇怪地盯着她看了一会儿，但没有回答这个问题。

第十四章

把灯关掉后,维多利亚躺在床上,在黑暗中聆听着。她听到有个醉鬼大声吵闹,然后一个声音说:"我觉得我应该来找你,老兄,我刚刚在外面和一个家伙吵了一架。"然后是铃声,其他人的说话声,有人在大声讨论什么,接着,一切安静了下来,只有远处某人的房间里,留声机播放阿拉伯音乐的声音。她觉得时间好像又过了几个小时,然后听到房门轻轻开了,她起身打开床头灯。

"很好。"达金赞许地说。

他挪了把椅子放在床边,坐了下来,紧紧盯着维多利亚,好像一个医生在诊断病人。

"可以告诉我了?"维多利亚要求道。

"也许,"达金说,"你该先跟我讲讲你的故事。你在这里做什么?为什么来巴格达?"

不知道是晚上发生的事情起了作用,还是因为达金本人——后来,维多利亚经过考虑,觉得原因是后者——这一次,维多利亚没有动用她的灵感去编造一个充满奇妙幻想的故事,而是开诚布公地告诉了他一切:遇见爱德华,决定来巴格达,碰巧认识汉密尔顿·克里普夫人以及自己经济上的捉襟见肘。

"我明白了。"她讲完后,达金这么说道。

沉默了一会儿，他才又开口讲话。

"也许我想让你摆脱这件事情，我不是很确定。但现在的问题是，你摆脱不了了！不管我怎么想，你已经牵扯进来了。既然如此，不如你去我那儿工作吧。"

"你能给我一份工作？"维多利亚坐在床上，脸颊上出现了兴奋的红晕。

"也许吧。但不是你想象的那种工作。我要给你的工作很严肃，维多利亚，而且很危险。"

"哦，这没关系。"维多利亚高兴地说。然后，她疑惑地补充道："不是什么欺诈的工作吧？尽管我撒过一些谎，但我不想做欺诈的工作。"

达金微微笑了一下。

"不可思议的是，你能随口编出让人信服的谎言，而这正是你能胜任这份工作的原因之一。不，我当然不会让你去做什么欺诈的工作，恰恰相反，这份工作是在维护法律和秩序。我要把情况跟你讲讲，当然，只是基本情况，然后你就会明白你要做的是什么工作，并且了解它到底有多危险。你是个有头脑的年轻姑娘，但我想你对国际政治从来没有什么了解吧，就像哈姆雷特说过的一句非常明智的话：'世上之事物本无善恶之分，思想使然。'"

"我知道每个人都在说，迟早又会爆发一场战争。"维多利亚说。

"没错，"达金说，"那大家为什么这么说呢，维多利亚？"

她蹙起眉头："因为俄国……共产党人……美国……"她停住了。

"你看，"达金说，"这些都不是你自己的想法和见解，只是从报纸上、广播里，还有人们的交谈中获得的认知。在这个世界上，有两种截然不同的观点，支撑着两个不同的阵营，这是事实。人们对此有个模糊的概念，这两种观点分别是'俄国共产主义'和'美国'。维多利亚，不管哪种观点，其实都应该追求和平、生产，做些建设性的活动，而不是去破坏。因此，无论是谁，持的是哪种观点，都要求同存异，满足于在自己的半球活动，从而寻求一个能达成一致的基础，最起码应该彼此宽容。然而，现在恰恰相反，有人正在做一些把隔阂扩大的事情，不断地搞破坏，想让不同观点的人越来越相互仇视。其中有几件事情，让我们怀疑搞这些活动的人来自第三方势力，这个第三方势力非常神秘，还没向这个世界暴露其真实身份。每当有一个机会可以让双方达成共识，或者有迹象表明双方可以消除猜疑的时候，总会发生一些事件让一方重新产生怀疑，或者让另一方产生恐惧。这些事件并不是偶发的事故，维多利亚，而是为了达到某种目的策划出来的。"

"但你为什么这样认为呢？谁在策划这些事？"

"我们之所以这么想，其中一个理由就是钱。这些钱不是从正常途径来的。维多利亚，钱永远是最重要的线索，从中可以看出世界上正在发生什么。医生摸你的脉搏，是为了了解你的健康状况，而钱，就是一切活动得以开展的血脉。没有钱，活动不会有进展，现在我们发现数量庞大的金钱被牵扯进来，虽然经过了聪明巧妙的伪装，但依然可以确定这些钱的来源和去向都有问题。欧洲的一些国家，只要经济有复苏迹象，就会出现大量民间组织的罢工运动，政府会受到威胁和恐吓，这些都是共产党人和激进的工人搞出来的——但支持这些运动的钱却并非来自共产党。经过追踪，我们发现这些钱是从一些非常奇怪、表面看似不太可能的地方来的。同样,在美国这一边和其他的地方,也产生了一波对共产主义歇斯底里的恐慌情绪,资金的来源也很怪,不是从资本主义那里来的——虽然最终还是要经过资本家的手。第三点,有几笔很大的款项似乎没有流通出去。简单点儿说吧,就像你每个月都要用工资买东西,手镯、桌子或者椅子等,而现在,这些东西都消失了,并且不再出现了。在世界各地,有很多人大量购买钻石和名贵的宝石,而这些东西经过十次、二十次转手,最终消失了,再也没了踪迹。

"当然,我说的这些,都是比较含糊的描述。重要的结论是,在某个地方存在着第三方势力,那些人有什么目的,我们还不清楚。他们挑起纷争,制造误解,为了达到目的,通过巧妙的伪装从事钱和珠宝的交易。我们有理由相信,这个集团在每个国家都有代理人,这些人在同一个地方扎根了很久。他们中有些人地位崇高,受人尊敬,有些人则扮演着卑微的角色,但都在为同一个不为人知的目的而工作。实际上,他们很像上次世界大战早期的'第五纵队',不过这一次,是世界范围的。"

"这些人是谁呢?"维多利亚问道。

"我们认为,他们来自不同的国家,我担心他们的目的是想改变整个世界。企图通过武力把所谓的太平盛世强加到人类头上,这是目前存在的一种最危险的幻想。对于那些只想中饱私囊的人来说,危害倒不是很大——因为他们的贪婪,最终注定要失败。但还有一些优秀的人——深信要由优秀的人来管理这个日益颓废的世界——维多利亚,这才是最邪恶的信念。当你说'我跟别人不一样',你就已经失去了我们渴望的两种最珍贵品质:谦卑和手足情谊。"

他咳嗽了一声:"好啦,我不给你布道了。我跟你说说我们现在要干什么吧。他们有很多活动中心，阿根廷有一个，加拿大有一个，美国至少有一个，还有——虽然还没确认，但可以想见——俄国也有一个。然后现在，我们遇到了一个非常有意思的情况。

"在过去两年中，有二十八个来自不同国家的非常有前途的年轻科学家，神不知鬼不觉地失踪了。同样的事情还发生在建筑工人、飞行员、电工和其他一些从事技术工种的人身上。这些失踪的人有几个共同点：年轻、有野心、没有直系亲属。除了我们了解的，肯定还有更多人失踪。由此，我多多少少有了点儿猜测，他们究竟想达到什么目的。"

维多利亚紧锁着眉头听着。

"你可能会说，当前，想在某个国家做一些事而不被这个世界发现，是不可能的。当然，我不是指地下活动——地下活动到处都有。我指的是大规模的生产事业。但你要记住，世界上仍然有很多人们不知道的地方，他们远离商贸，利用高山和沙漠让自己与世隔绝。那里的居民依然有权利禁止外人入境，那种地方，除了极个别孤独的旅行者之外，没有别人去过。在那里活动，消息永远都不会泄露，就算有消息传出去，顶多也是些荒谬的传言。

"我不想跟你详细介绍，总之那个地方可以从中国进入，但没有人知道中国的哪个地方是入口；也可以从喜马拉雅山进入，但这段旅程是漫长又艰辛的。要把全球的专业机器和专业人员运到那里，需要花费极大的财力和人力，没有人愿意拿那些机器和人力做这么漫长、劳累，又有可能没回报的工作。

"只有一个人对沿着这条特定路线侦查产生了兴趣，他不是个普通人，他在东方到处是朋友，在哪儿都有联系人。他出生在喀什，会说二十多种当地方言。他对这件事产生了怀疑，于是沿着路线侦查。他在那边打听到的事情令人难以置信，回到文明世界后，他发现没有人愿意相信他。他只好承认自己发了高烧，并且像一个胡言乱语的人一样接受了治疗。

"只有两个人相信他的故事。一个是我本人，对于听起来特别不可思议的事情，我通常都是相信的，那些事也通常都是真的。至于另一个人……"他犹豫了一下。

"是谁？"维多利亚问。

"另一个人是鲁伯特·科洛夫顿·李爵士，伟大的旅行家，他自己也到过很多偏远的地方，所以他认为这个故事有可能是真实的。

"重要的是卡迈克尔——就是我说的那个男人——决定孤身一人去调查。这是一段充满了绝望和危险的旅程，但他做好了一切准备，要把真相带回来。这是九个月之前的事了，这之后一直没有他的音讯，直到几个星期之前，我们收到消息，他还活着，并且得到了他想要的东西——确凿的证据。

"但对方也盯上了他，对他们来说，千万不能让他把证据带回来。而且我有充分的证据显示已经有他们的间谍渗透到了我们内部。即使是我自己负责的这个部门也有间谍，而且这个间谍，很可能是一个重要人物。

"他们在各个边境都派了人等他。一些无辜的人被他们错杀了，人的生命对他们来说不重要。但卡迈克尔都想方设法安全渡过了，直到今天晚上。"

"原来你说的这个人……就是他？"

"是的，亲爱的，他是个勇敢、坚强的年轻人。"

"他带回来的证据呢？被对方得到了吗？"

达金疲惫的脸上露出一丝微笑。

"我认为他们没得到。不,我了解卡迈克尔,我敢确定他们没得到。但他还没告诉我们证据在什么地方,以及如何拿到,就死了。所以我想,他在临死前应该会说点儿什么,给我们线索。"他慢慢地回忆,"路西法,巴士拉,拉法奇。他曾经去过巴士拉,想去领事馆汇报,但差点儿被人用枪打死。他可能把证据留在巴士拉的某个地方了。我要你做的,维多利亚,就是去巴士拉,把它找出来。"

"我?"

"没错,你没有经验,不知道自己要寻找的是什么。但你听过卡迈克尔临死前说的话,到了那儿之后,可能会给你什么启发。谁知道呢,新手通常都是幸运的。"

"我愿意去巴士拉。"维多利亚热切地说。

达金笑了。

"正合适,因为你男朋友在那儿,是吧?没关系,是个好伪装,有什么是比爱情更好的伪装呢?到巴士拉以后,你要多看,多听,并且照顾好自己。对于如何开展工作,我不会给你任何指令,事实上,我最好别给你指令。看起来,你是个有想法、有创造力的姑娘。要是你没听错的话,你觉得路西法和拉法奇是什么意思呢?我反正是一点儿头绪都没有,我愿意相信你的直觉,拉法奇是个人名,那就注意叫这个名字的人吧。"

"我怎么去巴士拉呢?"维多利亚用公事公办的口吻说,"还有,我的经费呢?"

达金掏出钱包,给了维多利亚一卷钱。

"这是你的经费。至于怎么去巴士拉,明天早上你跟卡迪尤·特伦奇这个傻老太太聊聊。就说你在参加挖掘工作之前想先去巴士拉看看，问问她住哪个旅馆比较好。她肯定会让你住在领事馆，然后会帮你给克莱顿太太打个电话。你很可能会在那里遇到爱德华。克莱顿夫妇十分好客，几乎每个去过那儿的旅客都住在他们家。除此之外，我只有一条忠告要给你，如果……呃……有什么不愉快的事情发生，有人质问你，诸如你知道什么情况，是谁让你做这些事的，你不必像个英雄一样硬撑，直接告诉他们就行。"

"非常感谢，"维多利亚充满感激地说，"我是非常怕疼的，如果有人对我用刑，我肯定坚持不住。"

"他们不会对你用刑的，"达金先生说，"除非他们喜欢虐待，用刑拷问已经过时了。现在只要用小针扎你一下，你就会老老实实地回答所有问题，而你自己什么都意识不到。我们现在生活在一个科学进步的社会，这就是我不会告诉你更多详情的原因。他们还不知道的事情，你也无法交代给他们。发生了今晚的事情之后，他们会很注意我，肯定会的，对鲁伯特爵士也会。"

"我可以告诉爱德华吗？"

"这取决于你自己。理论上说，你应该对任何人都守口如瓶。但事实是，这几乎不可能！"他的眉毛有些奇怪地往上扬了扬，"你会让他也陷入险境，绝对有这种可能。不过据我所知，他当年在空军里的表现很好，我认为他也是个不怕危险的人。两个人的力量肯定比一个人要大，他认为他正在为之工作的'橄榄枝'有点儿可疑，是吗？有意思，真有意思。"

"为什么这么说？"

"因为我们也这么认为。"达金说。

然后，他又补充道："最后我想说两点。第一，如果你不介意的话，以后请不要编造各种不同的谎言。那样很难记住，也不容易统一口径。我知道你在这方面是大师,但尽量简单一些,这是我的建议。"

"我会记住的。"维多利亚变得谦虚起来,"第二点呢?"

"要特别留心,有没有人提起一个叫安娜·舍勒的年轻姑娘。"

"她是谁?"

"我们也不是很了解她。如果能多知道一点儿她的事,可能就会更了解她了。"

第十五章

1

"你肯定要住在领事馆啊。"卡迪尤·特伦奇太太说,"别胡说了,亲爱的,你不能住在机场旅馆。克莱顿夫妇会很高兴的,我认识他们很多年了。我给他们拍份电报,你可以坐今晚的火车过去,他们跟庞斯福特·琼斯博士也很熟。"

维多利亚脸红了。兰格主教,别名叫兰古奥主教的那个人是一回事,而真正有血有肉、鲜活存在的庞斯福特·琼斯博士又是另一回事了。

维多利亚心虚地想,估计我可能会因为诈骗之类的事情被送进监狱。

然后她又想到,除非通过诈骗来获得金钱,严酷的法律才能将她定罪,于是她又高兴起来。至于是否真的如此,维多利亚不确定,因为跟普通人一样,她对法律缺乏了解。只不过,这样想就能让自己开心一点儿。

对维多利亚来说,这次乘火车的短途旅行充满了新鲜的魅力。虽然她认为这列车根本就不是快车,但她也意识到,可能是自己身上有西方人急躁的一面。

一辆领事馆的汽车在车站等着她,维多利亚乘这辆车到了领事馆。汽车驶进大门,来到一个漂亮的花园,在台阶前停住了,这段台阶通往一个环绕屋子的平台。克莱顿太太——一个充满活力,脸上总是洋溢着喜气的女人——推开门,出来迎接维多利亚。

"我们很高兴能见到你。"她说,"现在正是巴士拉最美丽的季节,没见过此番美景之前,你还不应该离开伊拉克。你很幸运,目前领事馆没多少人住,有时候我们都不知道如何安顿得了,不过现在正好没人,只有拉斯伯恩博士手下的一个小伙子住在这儿。哦,他长得特别漂亮。顺便说一句,你错过了和理查德·贝克认识的机会,他刚走,就是卡迪尤·特伦奇太太给我拍电报的时候走的。"

维多利亚不知道理查德·贝克是谁,不过现在看起来,他走了倒也是一件幸运的事。

"他去科威特几天,"克莱顿太太继续说着,"那个地方你也应该去看看——趁还没被毁掉,我担心它很快就要毁了。其实不管什么地方,迟早都会变成一堆废墟。你想先洗澡还是先喝杯咖啡?"

"我想先洗澡。"维多利亚充满感激地说。

"卡迪尤·特伦奇太太好吗?这是你的房间,浴室在这头。她是你的老朋友吗?"

"不是,不是。"维多利亚诚实地答道,"我们刚认识不久。"

"我猜,她刚认识你一刻钟,就把你的底细全摸清楚了,是吗?她这个人非常喜欢闲聊,我想你已经看出来了。她就是有这个奇怪的癖好,想把所有人的一切都了解清楚。但她是个好伙伴,而且牌技一流。你确定不想喝杯咖啡或来点儿别的什么吗?"

"真的不用了。"

"好的,那我们待会儿见。你东西都带齐了吧?"

克莱顿太太像一只快乐的小蜜蜂一样嗡嗡嗡地走开了。维多利亚洗了个澡,仔仔细细地打理了脸和头发。她马上就要和心上人团聚了。

如果可能的话,维多利亚希望和爱德华单独见面。她认为,爱德华不会说出什么很不得体的话来——很幸运,他知道自己姓琼斯,如果再加上庞斯福特这个名字,他也不会觉得奇怪。会让他觉得奇怪的是,她居然跟着来到了巴格达。关于这一点,维多利亚也不担心,只要和他单独待上一两秒,这个问题就能解释清楚。

打定主意之后,维多利亚穿上一件连衣裙——对她来说,巴士拉的天气跟六月的伦敦差不多,然后轻轻推开了纱门,来到外面的阳台上。在这里等,不管爱德华从哪个地方过来——估计他正在和海关纠缠——她都能截住他。

第一个走进来的是一个又高又瘦的男人,他正在思索什么。那人一走上台阶,维多利亚就准备躲进阳台的角落。然而刚要动身,她就看到了爱德华,他正穿过花园通往河岸的门,朝这边走过来。

为了忠于朱丽叶的传统,维多利亚在阳台上俯身,朝下面长长地嘘了一声。

爱德华——维多利亚觉得他看起来比以前更迷人了——突然转头,四处张望。

"喂,上边!"维多利亚压低了嗓音喊道。

爱德华抬起头,看到维多利亚的一瞬间,他的脸上充满了惊讶。

"上帝啊!"他大呼,"我的宝贝!"

"嘘,等着我,我马上下来。"

维多利亚快步跑过平台,跑下台阶,沿着屋子拐了个弯,来到爱德华面前。爱德华乖乖地站在原地,脸上依旧充满困惑。

"一大早我不可能喝醉啊,"爱德华说,"是你吗?"

"是我,是我。"维多利亚高兴地答道。

"你在这里干什么呢?你怎么来的?我还以为再也见不到你了呢。"

"我曾经也这么以为。"

"这真是个奇迹!你怎么来的?"

"飞过来的。"

"哦,对对,你肯定是坐飞机来的,不然不会这么快。但我想问……是什么天赐的美妙机缘,让你来到了巴士拉?"

"火车呀。"维多利亚说。

"你这个小坏蛋故意跟我捣乱呢。上帝啊,见到你我真是太高兴了。不过,说真的,你到底是怎么来的?"

"我跟一个叫克里普夫人的美国人一起来的,她的胳膊摔坏了。遇到你的第二天,我就获得了这份工作,而且你老是跟我说巴格达,搞得我都有点儿讨厌伦敦了。于是我就想,为什么不出来看看世界、开开眼界呢?"

"你真是个行动派,维多利亚。那克里普夫人呢,现在在哪里?"

"她已经去她女儿那里了,在基尔库克附近。的工作只是陪她来巴格达。"

"那你现在在干什么?"

"我在游览这个世界,"维多利亚说,"当然,这只是一个必要的借口而已。所以,我想我们在公共场合正式见面之前,我先提醒你一下,免得你说漏嘴,说什么上次见我的时候,我还是个速记打字员。"

"对我来说,你说自己是谁,你就是谁。来吧,让我听听你的介绍。"

"我准备这样说,"维多利亚开口道,"我是庞斯福特·琼斯小姐,我叔叔是著名考古学家,他正在这里的一些偏僻地区做挖掘工作,我很快就要到他那儿去了。"

"这里面一句真话都没有?"

"当然没有了,不过听起来是个好故事。"

"是的,非常精彩。但如果你跟老普兹福特·琼斯真的见面了怎么办?"

"不是普兹福特,是庞斯福特。我认为这不太可能发生,据我所知,考古学家一旦开始挖掘,就会发了疯似的持续挖掘,不会停下来的。"

"像小狗一样挖个不停,是吗?你说得有点儿道理。他真的有个侄女吗?"

"我怎么知道!"维多利亚说。

"哦,这么说来,你冒充的不是某个具体的人,这相对容易点儿。"

"是啊,毕竟一个人可以有很多侄女。或者,在紧急关头,我可以说我其实是他的表妹,只不过我喜欢叫他叔叔而已。"

"想得真周到。"爱德华赞叹道,"你真是个了不起的姑娘,维多利亚。我从没见过像你这样的姑娘。我本以为很多年之内都不会再见到你了,当我们再次相遇的时候,你可能已经把我完全忘了。可是现在,你就在我身边。"

眼前的爱德华满脸爱慕和讨好的神情,这让维多利亚有一种强烈的满足感。如果她是猫,早就满足地"喵喵"叫了。

"但你需要找个工作,对吗?"爱德华说,"我是说,你并没有获得一笔突如其来的财富或者有之类的遭遇吧?"

"完全没有!"维多利亚慢慢地说,"我想要一份工作。我已经去过你们那个叫'橄榄枝'的地方了,事实上,也见了拉斯伯恩博士,向他谋求一份工作。但他不太乐意——呃,提供一份有偿的工作。"

"那个老家伙在钱方面很小气,"爱德华说,"他希望每个人都是因为'热爱'才来工作的。"

"你觉得他是个骗子吗,爱德华?"

"不,我也不知道。表面上看不出诈骗的痕迹——他搞这些活动一分钱也赚不到。我只知道,他对工作有巨大的热忱,这一点是肯定的。而且,我不觉得他是个傻瓜。"

"我们先进去吧,"维多利亚说,"这事以后再谈。"

2

"我真不知道,你和爱德华居然认识。"克莱顿太太大声说道。

"哦,我们是老朋友了。"维多利亚笑着说,"事实上,我们只不过是有一段时间没见面。我不知道爱德华也在伊拉克。"

克莱顿先生——就是那个维多利亚眼看着走上台阶、若有所思的男人——这时候问道:"今天上午怎么样,爱德华,有进展吗?"

"看起来不是份轻松的工作,先生。有好几箱书在那儿,都已经清点清楚了,但各种手续真是没完没了。"

克莱顿笑了。

"你还没有习惯东方国家拖拖拉拉的工作效率。"

"我要找的那个办事员,好像不管我哪天去,他都不在。"爱德华抱怨道,"每个人都很高兴,也很友好——但什么忙都帮不上。"

大家都笑了起来,克莱顿太太安慰道:"总会办完的,拉斯伯恩博士专门派了个人过来负责这件事,真的挺明智。不然,很有可能要拖上好几个月。"

"自从巴勒斯坦那件事以来,他们就怀疑哪里都藏着炸弹,所有的文学作品都是颠覆性的危言耸听,总之就是什么都怀疑。"

"我希望拉斯伯恩博士不要把炸弹伪装成书籍,从这里往外运。"克莱顿太太笑着说。

维多利亚感到爱德华的眼睛突然亮了一下,好像克莱顿太太的这番话给了他一条新思路。

克莱顿的口吻带着一丝责备。"拉斯伯恩博士是个学识渊博、享有盛名的人,亲爱的。他是很多重要的研究学会的成员,在欧洲很有知名度。"

"那他走私炸弹就更容易了。"克莱顿太太的情绪没有受到一丝影响。

维多利亚看得出来,杰拉德·克莱顿很不喜欢这番口无遮拦的发言。

他冲妻子皱了皱眉。

中午的时候,由于海关休息了,爱德华和维多利亚吃完午饭,便一起走出去看看四处的风光。维多利亚很喜欢阿拉伯河,岸边长满了棕榈树。城内的运河里,有许多停靠在一起的阿拉伯小船,船头都是高高翘起的,这番景象很像威尼斯。然后他们信步走进市集,看了看科威特出产的嫁妆箱子——箱子上有各种黄铜配饰和花纹,还看了很多其他充满吸引力的商品。

在他们准备拐弯去领事馆的时候,爱德华决定再去海关交涉一下。维多利亚突然说道:"爱德华,你姓什么?"

爱德华目不转睛地盯着她。

"什么意思,维多利亚?"

"你姓什么。想起来了吗,你还没告诉过我呢。"

"你不知道吗?对,我好像是没告诉过你。我姓戈林。"

"爱德华·戈林。你知道吗,我去'橄榄枝'找你,当时我只知道你叫爱德华,别的什么都不知道,我真是太蠢了。"

"有个皮肤黑黑的女孩在那里吗?长长的头发束起来的那个。"

"有的。"

"她是凯瑟琳,她人特别好,如果你跟她说'爱德华',她马上就会知道是找我的。"

"我想,她确实知道。"维多利亚有所保留地说。

"她是个非常好的姑娘,你觉得呢?"

"是吧……"

"其实她不漂亮——事实上,没什么地方可以算得上好看,但是她很有爱心。"

"是吗?"这时,维多利亚的声音已冷如冰川。但是很显然,爱德华完全没有察觉。

"要是没有她帮忙,真不知道我的工作会变成什么样子。她帮我做一些规划,当我即将干蠢事的时候,又会及时拉我出来。我保证你们会成为好朋友的。"

"我觉得没有这个可能。"

"有的,有可能的。我打算在那里给你安排一份工作。"

"你怎么安排?"

"现在还不知道,但我肯定能办到。我可以跟老拉斯伯恩说,你是个出色的打字员。"

"他很快就会发现我并不是。"维多利亚说。

"不管怎么说,我会想方设法把你安排进'橄榄枝'。我不能看着你一个人东奔西跑,不然你再过几天可能就跑到缅甸或者非洲去了。不行,小维多利亚,我要把你放在我的眼皮底下,不会给你任何逃跑的机会。我一点儿都不信任你,因为你太喜欢到处跑了。"

这个白痴,维多利亚想,你不知道,就算是几匹野马,也不能把我从巴格达拉走。

她大声地说:"好吧,在'橄榄枝'工作,我想应该会挺有趣的吧。"

"我倒没有说这工作有趣。相反,非常严肃,同时,也很愚蠢。"

"你还是觉得其中有些可疑吗?"

"哦,那是我胡思乱想而已。"

"不,"维多利亚若有所思地说,"我觉得不是胡思乱想,这是真的。"

爱德华突然转向她。

"为什么这么说?"

"我听到一些传闻——从一个朋友那儿。"

"谁?"

"就是个朋友啊。"

"你这种女孩子,朋友太多了。"爱德华抱怨道,"你太坏了,维多利亚,我爱你爱得快发疯了,你一点儿都不在乎吗?"

"哦,在乎的。"维多利亚说,"……稍微有点儿吧。"

接着,她先掩饰好自己的得意,然后问:"爱德华,你知道跟'橄榄枝'联系的人当中,有个叫拉法奇的人吗?或者有没有在其他地方听到过。"

"拉法奇?"爱德华有点儿茫然,"不,我不知道,他是谁?"

维多利亚接着问:"那安娜·舍勒呢?"

这一次爱德华的反应截然不同,他突然抓住维多利亚的手臂,问:"关于安娜·舍勒,你都知道些什么?"

"哦!爱德华,放开我!我什么都不知道。我只是问一下你知不知道。"

"你从哪儿听到这个名字的?克里普夫人?"

"不,不是克里普夫人,至少我不记得她说起过。但她说起话来滔滔不绝,语速又很快,她说过什么人什么事,我都记不清楚了。"

"但你为什么认为安娜·舍勒和'橄榄枝'有关系呢?"

"有关系吗?"

爱德华慢慢地说:"我不知道,一切都……不清不楚。"

现在,他们已经来到领事馆的花园外,爱德华看了一下表。"我必须去处理那堆麻烦事了,"他说,"要是我懂点儿阿拉伯语就好了。但我们一定要再谈谈,维多利亚,我有太多事情想问你。"

"我也有很多事情要对你说。"维多利亚说。

如果换做另外一个温柔的女主角,正处于多愁善感的年纪,会想方设法让自己的男人远离危险。但维多利亚不是这种人。在她看来,男人生来就该经受危险的历练。就算她让爱德华远离这件事,爱德华也不会因此感激她。而且,如果没记错,达金先生也确实没有告诉她要让爱德华远离这件事。

3

当天傍晚日落时分,爱德华和维多利亚在领事馆的花园里散步。由于克莱顿太太坚持说外面很冷,维多利亚只好在连衣裙外面套了件羊毛外套。日落的景色十分美丽,但两个年轻人谁也没有注意,因为他们正在讨论更重要的事情。

"事情的开头很简单,"维多利亚说,"一个男人闯进了我在蒂奥旅馆的房间,而他已经被刺伤了。"

在大多数人看来,这样的开头并不简单。爱德华盯着她,问道:"被什么了?"

"刺伤,"维多利亚说,"至少在我看来他是被刀刺的。不过也有可能是被枪打的,我之所以不这么认为,是因为我没听到枪声。不管怎么样,他死了。"

"他要是死了,那是怎么进了你的房间的呢?"

"哦,爱德华,别蠢了!"

维多利亚把整个故事告诉了爱德华,不过她有时候直截了当,有时候含糊其辞。出于某些神秘的原因,维多利亚不能生动地讲一个真实的事件,她的叙述支离破碎,给人感觉就像撒谎一样。

等她讲完后,爱德华疑惑地看着她问:"你没事吧,维多利亚?我的意思是,你没……中暑……或者在做梦什么的?"

"当然没有。"

"因为我觉得这种事情不太可能真的发生。"

"但它确实发生了。"维多利亚有点儿生气。

"这太夸张了,什么世界上有各种力量,还有神秘组织的基地在西藏和俾路支①。这些事情不像真的,不可能存在。"

"所有的事情在发生之前人们都说不可能。"

"对上帝说真话,我的宝贝——这些都是你编的吗?"

"不是!"维多利亚恼火地叫了起来。

"你来这儿,就是为了打听一个叫拉法奇的人,还有一个叫安娜·舍勒的人——"

"你知道这个人,"维多利亚打断他,"你听说过这个名字吧?"

"我听说过这个名字,没错。"

"怎么听说的?在哪里?橄榄枝?"

爱德华沉默了一会儿,然后说:"我不知道这代表什么,只是……有点儿怪……"

"往下说,告诉我怎么回事。"

"你看,维多利亚,我和你不一样,我没有你那么敏感。我只是觉得有点儿怪,事情有些不对劲儿——但我不知道自己为什么这么想。你不管走到哪里,碰到什么事情,都能看出点儿端倪,并从中推断出一些事情来,可我没那么聪明。我只是模模糊糊地感到……嗯……不对劲儿……但我不知道为什么。"

"有时候我也有这种感觉。"维多利亚说,"就像坐在蒂奥旅馆阳台上的鲁伯特爵士。"

"鲁伯特爵士是谁?"

"鲁伯特·科洛夫顿·李爵士,跟我坐同一班飞机来的。他比较自负,哗众取宠,是个大人物,你知道吧?当我看到他坐在

---

① 南亚与西亚俾路支人居住的地区,包括巴基斯坦西南部与伊朗东南角。

蒂奥旅馆的阳台上时,就像你刚刚说的,我也感到了不对劲儿,但不知道是哪里不对劲儿。"

"哦,我想起来了,拉斯伯恩想请他来'橄榄枝'做个演讲,但他来不了。昨天上午他就飞回开罗或者大马士革之类的地方去了。"

"好,我们继续说安娜·舍勒。"

"嗯,安娜·舍勒,其实也没什么具体的事情,只不过有个姑娘说了一句话。"

"是凯瑟琳吗?"维多利亚马上问。

"我想是凯瑟琳说的。"

"肯定是凯瑟琳,所以你才支支吾吾不告诉我。"

"别胡说啦。"

"好吧,她说了什么?"

"凯瑟琳对另一个姑娘说:'等安娜·舍勒来了,我们的工作又能向前推进了。到那时候,就由她来直接给我们下指示——只由她一个人。'"

"真是重大发现,爱德华。"

"你要记住,我并不是很确定是不是那个名字。"爱德华提醒她。

"你当时觉得奇怪吗?"

"没有,我当然没觉得奇怪。我当时认为有个女老板要来,就像女王蜂一样。你确定这些事情不是你想象出来的吗,维多利亚?"

话刚说出口,他年轻的女朋友就瞪了他一眼,爱德华马上畏缩了。

"好吧,好吧。"他赶紧说,"但你得承认你说的这些真的很夸张,就像一部惊悚片——一个年轻人走了进来,说出一个毫无意义的词,然后死了。这太不像真的啦。"

"你没看到那些血。"维多利亚微微颤抖了一下。

"肯定吓了一大跳吧。"爱德华同情地说。

"是啊,"维多利亚说,"但你现在居然问我这些是不是捏造出来的!"

"对不起,但你说谎真的很厉害。兰格主教什么的……"

"哦,那只不过是人生的乐趣。"维多利亚说,"但这件事情很严肃,爱德华,非常严肃。"

"那个男人,达金——是叫这个名字吗——你觉得,他知道自己都跟你说了些什么吗?"

"是的,他说的话很令人信服。但是,爱德华,你怎么知道——"

一声呼喊从阳台传来,打断了她的话。

"进来吧,你们二位,正等着你们喝点儿什么呢。"

"来啦。"维多利亚喊道。

克莱顿太太看着他们朝台阶走过来,对丈夫说:"看来他们之间有事要发生。这对孩子不错——就是不太聪明。想听听我的看法吗,杰拉德?"

"当然了,亲爱的,我一向很乐意听你的看法。"

"我认为这个姑娘跑到这儿来参加她叔叔的挖掘工作,完全是为了这个小伙子。"

"我觉得不是这样的,罗莎,他们见面的时候,彼此都很惊讶。"

"呸,"克莱顿太太说,"完全不是。依我看,只有小伙子感到惊讶。"

克莱顿先生对她摇了摇头,笑了。

"她完全不像个考古者的样子。"克莱顿太太说,"考古的姑娘都是认真专注的,而且戴着眼镜,手上经常沾满泥土。"

"亲爱的,你可不能这样概括一类人。"

"而且,还要知识渊博。而这个姑娘,只是一个和善的小傻瓜,只知道点儿常识而已。相反,那个小伙子很不错,但很可惜,在那个无聊的'橄榄枝'工作——可能工作不太好找。他们应该给这种小伙子提供好一点儿的工作。"

"没那么简单,亲爱的,他们不是没想过办法。但是你看,年轻小伙子缺乏锻炼,没有经验,而且通常不太专注于一件事。"

当天晚上,维多利亚上床的时候,觉得脑子里一团乱麻。

她的目的达到了,找到爱德华了!由此产生的反应让她一直颤抖。接下来,能干什么就干什么吧,一种虎头蛇尾的想法在她脑中盘旋。

之所以感到发生的这一切毫不真实,有部分原因是因为爱德华的怀疑。她,维多利亚·琼斯,一个伦敦的小打字员,来到了巴格达,看到一个男人在眼前遭到谋杀,然后——充满戏剧性地——她成了一名特工。最后,在这个头上摇摆着棕榈树叶子的热带花园,她和心上人见面了。而且,这个地方可能离传说中的伊甸园不远。

一首童谣在她的脑中浮现。

去巴比伦有多少里?
六十英里又十英里。

黄昏之前能到吗?

一来一回都可以。

但她还没回去——她还在巴比伦。

也许再也不会回去了——她和爱德华住在巴比伦。

在花园里的时候,有一件事情她本来打算问爱德华的。伊甸园……她和爱德华……她正要问爱德华,克莱顿太太突然叫他们,现在她想不起来了,但她必须想起来,因为那个问题很重要,没有意义……棕榈树……花园……爱德华……萨拉森人的女仆……安娜·舍勒……鲁伯特·科洛夫顿·李爵士……事情不对劲儿,要是能想起来就好了……

在旅馆的走廊上,一个女人朝她走来……一个穿着女式西装的人……一个人……但等靠近的时候,她看到了凯瑟琳的脸。爱德华和凯瑟琳在一起……荒唐!"跟我来,"她对爱德华说,"我们会找到拉法奇。"突然,拉法奇出现了,戴着一副柠檬黄的羊羔皮手套,脸上有一小撮尖尖的黑胡子。

爱德华走了,只剩下她自己。她必须在蜡烛燃烧完之前离开巴比伦。

一切都归于黑暗。

谁在说话?暴力,恐怖……罪恶……破旧卡其外套上的血。她在奔跑……沿着旅馆的走廊……他们在后面紧追不舍。

伴着一声惊呼,维多利亚醒了过来。

4

"要咖啡吗?"克莱顿太太问,"你的鸡蛋要怎么做,炒鸡蛋如何?"

"太好了。"

"你看起来精神不太好,身体不舒服吗?"

"没事,昨晚睡得不太好。床挺舒服的,我也不知道怎么回事。"

"把收音机打开好吗,杰拉德,该听新闻了。"

收音机哗哗作响的时候,爱德华走了进来。

昨晚举行的会议上,总理就减少以美元支付的进口货物问题发表了详细声明。

来自开罗方面的消息,鲁伯特·科洛夫顿·李爵士的尸体在尼罗河中被发现。(维多利亚马上放下手中的咖啡杯,克莱顿太太发出一声惊呼。)鲁伯特爵士坐飞机从巴格达抵达开罗后马上离开了旅馆,当晚也没有回来。失踪二十四小时后,他的遗体被发现。死因并非溺水,而是心脏被刺。鲁伯特爵士生前是一位著名旅行家,因穿越中国和俾路支而闻名,著有多本专著。

"谋杀!"克莱顿太太惊呼,"我现在觉得开罗比其他任何地方都要糟。你以前听说过这件事吗,杰里①?"

"我知道他失踪了,"克莱顿先生说,"据说收到了别人送来的便条,然后就急匆匆地走了出去,没有告诉别人他要去哪里。"

"你明白了吧?"早饭后,当两人又单独待在一起时,维多利亚跟爱德华说,"都是真的,先是卡迈克尔,现在是鲁伯特·科洛夫顿·李爵士。我以前说他哗众取宠,真是太对不起

---

① 杰拉德的昵称。

他、太不厚道了。任何知道这件古怪的事情或者对此有所怀疑的人，都被他们除掉了。爱德华，你有没有觉得，下次要轮到我了？"

"看在上帝的分上，别觉得这么想很好玩，维多利亚。你的想法太有戏剧性了。我觉得谁也不会除掉你，因为你什么都不知道。但是，拜托你，凡事还是小心点儿。"

"我们都得小心，我已经把你也拉进来了。"

"哦，那没关系，正好可以减轻你的负担。"

"嗯，你一定要当心。"她突然颤抖了一下。

"太可怕了，他本来活得好好的——我是说科洛夫顿·李——现在居然死了。真可怕，真的太可怕了。"

第十六章

1

"找到你的那个小伙子了吗?"达金先生问。

维多利亚点了点头。

"那找到其他东西了吗?"

维多利亚沮丧地摇了摇头。

"好,打起精神来。"达金先生说,"记住,干我们这行的,行动往往没有结果。你或许已经在那里找到了什么线索,只是目前还没人知道。不过我本来就没指望你能带来什么好消息。"

"我能接着试试吗?"维多利亚问。

"你想做吗?"

"是的,我想。爱德华说他可以在'橄榄枝'给我找份工作,如果我机灵点儿,多注意周围的情况,或许可以打听到点儿什么。他们知道一些关于安娜·舍勒的事情。"

"有意思,维多利亚,你是怎么知道的?"

维多利亚把爱德华对她说的话复述了一遍——听到凯瑟琳说"等安娜·舍勒来了,就听她指示。"

"非常有趣。"达金先生说。

"安娜·舍勒是谁?"维多利亚问,"你肯定知道些什么吧,不可能只有名字。"

"当然不是只有名字。她是一个美国银行家的首席秘书——这个银行家是一位国际银行首脑。十天前,她离开纽约,来到伦敦。然后,她就失踪了。"

"失踪?没有死吗?"

"就算是死了,我们也没找到她的尸体。"

"但她有可能死了吧?"

"是的,有这个可能。"

"她……准备来巴格达?"

"不知道。根据那个叫凯瑟琳的姑娘所说,她本来应该计划来巴格达的。或者说,她正在路上。目前为止,我们没有理由相信她死了。"

"也许我在'橄榄枝'能打听到一些情况。"

"是的,但我必须再次提醒你,务必小心,维多利亚。你现在面对的这个组织非常冷酷无情,我不想听到你的尸体在底格里斯河被发现的消息。"

维多利亚打了个寒战,嘟嘟囔囔地说:"就像鲁伯特·科洛夫顿·李爵士。你知道吗,那天在旅馆里的时候,我就觉得他身上有点儿不对劲儿,有什么事情让我感到惊讶。唉,但愿我能想起来是什么……"

"某些地方……不对劲儿?"

"是的,就是和平常不一样。"看到达金先生询问的眼神,维多利亚摇着头急切地解释道,"我会想起来的……应该会。但我不觉得这能说明什么。"

"任何小事,都可能很重要。"

"如果爱德华给我找到工作,他认为我应该像其他女孩一样,住集体公寓，或者自己租个房子，而不是住在这儿。"

"这可以减少一些闲言碎语，巴格达的旅馆开销确实挺大的。你的小伙子想法很正确。"

"你想见见他吗？"

达金先生果断地摇了摇头。

"不，告诉他，不要接近我。至于你，很不幸，卡迈克尔被杀的晚上你正好在这里，所以肯定会受到怀疑。但爱德华，不管从哪方面来看，都跟这件事情、跟我没有任何关系——这很重要。"

"我一直想问你，"维多利亚说，"究竟是谁刺死了卡迈克尔？是跟踪他的人吗？"

"不，"达金先生缓缓地说，"这不可能。"

"不可能？"

"他是坐当地人的小船来的，后面没有人跟踪。因为我派人去监视了河岸，所以这一点我很清楚。"

"这么说来……是旅馆里的人干的？"

"是的，维多利亚。准确地说，是旅馆里住我们这一楼层的人，因为当天晚上我亲自守着楼梯，没有任何动静。"

他看着维多利亚困惑的脸，平静地说道："旅馆这一层并没有多少人。你、我、卡迪尤·特伦奇太太、马库斯、他的妹妹、妹夫、两个在这里工作了很多年的老仆人。还有一个叫哈里森的人，他来自基尔库克，除此之外我们对此人一无所知。还有一个在犹太人医院工作的护士……可能是他们当中的任何一个人。但有一条理由，可以把他们全都排除掉。"

"什么理由？"

"卡迈克尔警惕性很高，他知道这次任务最关键的时刻就要来临。他有感知危险的本能,是什么让他丧失了警惕性呢?"

"那些警察……"维多利亚刚想说。

"哦,他们是后面才来的——从大街上来的。我猜他们是得到了什么信号。但是他们没有刺死卡迈克尔,杀死他的,是一个他很熟悉、很信任的人,会让他觉得不需要设防的人。要是我知道……"

2

目的已经顺利达到了,可没想到结果会是这样。来到巴格达,寻找爱德华,揭穿"橄榄枝"的秘密——这一切看起来多像一个令人欣喜的计划。而现在,目的已经达到了,维多利亚虽然很少自我反省,但现在她也禁不住要想:自己究竟在干什么!和爱德华团聚时的那种狂喜劲头已经过去。她爱爱德华,爱德华也爱她,这几天他们都在一起工作——但如果冷静下来想想,他们究竟在干什么呢?

不知道爱德华用了什么手段,也许是由于他的坚持,也许是因为他巧妙的说服手段——"橄榄枝"给维多利亚安排了一份报酬很低的工作。大部分时间,她都待在一间小小的暗室里,房间里总是亮着电灯,她用一台总是出故障的打字机打出了许多通知和信件,还有一些有关"橄榄枝"的活动安排。爱德华曾经感觉"橄榄枝"有点儿不对劲儿,达金先生也同意这个看法。维多利亚来这儿,是为了尽其所能地调查这个机构,但就她目前看来,这里根本没什么好调查的!"橄榄枝"举办各种活动——都是宣讲国际和平的美好前景——还有各式各样的聚会。在会上,人们喝着橘子水,吃着令人胃口大减的食物。在这种场合,维多利亚就像在扮演一位女主人，帮助各种人交流，互相介绍，增进国际友人之间的感情。而那些人则更倾向于用充满敌意的目光瞪着对方，然后把点心狼吞虎咽地一扫而光。

就维多利亚所知，这里没有暗流，没有密谋，没有小圈子，一切都光明正大，平淡无奇到叫人感到乏味。有不少皮肤黝黑的年轻人向她示爱，还有些人借书给她看，她逐一浏览之后，发现那些书都很枯燥。这时，她已经搬出了蒂奥旅馆，和几个在"橄榄枝"工作的外国年轻女孩住在一起，她们租的房子在底格里斯河西岸。凯瑟琳就是女孩中的一个，维多利亚觉得凯瑟琳老是用怀疑的眼神看着自己，不过到底是因为凯瑟琳怀疑她是"橄榄枝"内部的间谍，还是因为和爱德华有关的更为微妙的原因，维多利亚并不清楚。她更愿意相信是后者，爱德华给她安排了工作是众所周知的事情，所以，几对黑眼珠都带着嫉妒看着她。

维多利亚不太高兴地想，爱德华太有吸引力了。所有的女孩都为他倾倒，而爱德华呢，对每个人都是同样和和气气的。根据她和爱德华的约定，他们在别人面前不能表现出特别亲昵的迹象。如果他们能调查到某些有价值的事情，也不能表现出是两人合作的成果。爱德华对待她的态度，跟他对其他任何女孩子一样，甚至还多一丝冷淡。

虽然"橄榄枝"本身很普通，但维多利亚强烈地感觉到，这个组织的创始人可不普通。有一两次，她注意到拉斯伯恩博士那双若有所思的黑眼珠看着她，尽管她用小猫一样天真无邪的眼神回应，但内心还是闪过一阵惊慌。

有一次，她被叫到博士跟前——解释打错字的事情——那就不仅仅是朝她一瞥那么简单了。

"跟我们在一起工作，你感到愉快吗？"他问。

"哦，是的，非常愉快，先生。"她又补充道，"很抱歉我出了这么多错。"

"出点儿差错没关系，一台没有灵魂的机器对我们来说才没用。我们需要年轻人，热情饱满，志向远大的年轻人。"

维多利亚装出一副踌躇满志的样子。

"你必须热爱工作……热爱你为之奋斗的目标……憧憬辉煌的未来。你对此深有感触吗，亲爱的孩子？"

"这一切对我来说都很新鲜，"维多利亚说，"我不认为自己已经完全理解了。"

"在一起……在一起……世界各地的青年必须在一起，这是头等大事。你喜欢晚上的自由讨论会吗？喜欢同事之间的关系吗？"

"哦，是的！"其实，她很讨厌。

"求同存异，不要有纠纷。要念手足之情，不要彼此仇恨。慢慢的，一切肯定会好起来的，你能感受到吗？"

维多利亚想到那些气量狭小、喜欢妒忌、彼此厌恶、总是争吵的人，在伤害完对方后，还等着对方道歉。她一时之间不知该怎么回答。

"有时候，"她谨慎地说，"人们不太容易相处。"

"我知道……我知道。"拉斯伯恩博士叹了口气。他高高的额头上出现了几道皱纹，整个人显得有点儿忧愁。"我听说，迈克尔·拉寇年把伊萨克·纳侯姆的嘴角都打裂了？"

"他们只不过有点儿小争执。"维多利亚说。

拉斯伯恩博士悲伤地沉思着。

"要有耐心和信心，"他喃喃自语，"耐心和信心。"

维多利亚恭恭敬敬地表示同意，转身走开。接着，她发现打印稿忘了拿，于是又返回去。这次拉斯伯恩博士看她的眼神把她吓了一跳。那是一种十分明显的怀疑的眼神，她感到很不自在，不知道自己正受到怎样严密的监视，也不知道拉斯伯恩博士对她的真实看法。

达金先生给她的指令非常明确，如果有什么事需要汇报，必须按照特定的流程联系他。他给了她一条旧得已经退色的粉红手帕，如果有事需要汇报，她必须像往常一样，在太阳下山的时候沿着房间附近的河岸散步。在她住的房子前面有一条长约四分之一英里的狭窄小路，这条小路上有一道台阶，可以通往一处系满小船的码头。台阶尽头有一些木柱子，其中一根木柱子上面有一根生锈的铁钉。如果想跟达金先生联系，维多利亚必须把粉色手帕剪下一部分，挂在这根铁钉上。维多利亚心里苦涩地想着，目前为止，似乎并没有什么事情值得联系达金先生，她只不过马马虎虎地做着一份报酬很低的工作而已。就连爱德华也是偶尔才能看到一次，因为拉斯伯恩博士老是派他去远方。目前，他刚从波斯回来。就在他外出期间，她和达金有过一次短暂并且没什么实际意义的会面。她被指示去蒂奥旅馆，问管理员自己是否遗落了一件羊毛衫在那儿，对方回答说没有。这时，马库斯走了出来，立即请她去河岸旁边喝一杯。与此同时，达金也摇摇晃晃地从街上走了进来，马库斯于是邀请他一块儿去喝酒。不一会儿，达金正在喝柠檬水的时候，马库斯被人叫走了，只剩下他们两人，在一张刚刚油漆过的小桌子边对坐。

维多利亚忧心忡忡地坦白，事情一点儿进展都没有，而达金先生却相当宽容地要她安心。

"亲爱的孩子，没关系，你都不知道你在调查什么，甚至不知道那里是否值得调查。总体而言，你对'橄榄枝'有什么想法吗?"

"完全搞不懂。"维多利亚慢慢地说。

"是的,没错,搞不懂。但你觉得有假吗?"

"我不知道,"维多利亚依然慢慢地说,"一谈到文化,人们就不愿意去细想了,你懂我的意思吗?"

"如果是慈善事业,或者金融方面的事情,人们就会多想想。但涉及文化,人们就觉得没什么好多想的,是吗?你说的一点儿没错,我丝毫不怀疑你在那里可以找到真正的志愿者和爱好者。但这个组织是否有可能被利用了呢?"

"我觉得那边在进行很多共产主义的活动,"维多利亚犹豫地说,"爱德华也这么认为——他让我读卡尔·马克思的书籍,然后观察周围会有什么反应。"

达金点了点头。

"有意思。那现在有什么反应吗?"

"没有,还没什么反应。"

"拉斯伯恩博士这个人如何?会不会有假?"

"其实我觉得他……"维多利亚的声音听起来疑惑不定。

"我很担心这个人,"达金说,"因为他是个大人物。如果共产党人真的在策划些什么,学生和年轻革命者是很难有机会接触到总统的,警察稍微采取些措施,就能防止炸弹从街上扔过来。但拉斯伯恩不一样,他享有盛名,在慈善事业上做过贡献。他可能会和一些来访的大人物有近距离接触,这太有可能了!我想多了解这个人。"

没错,维多利亚想着,一切事情都围绕着拉斯伯恩展开。几个星期前,在伦敦第一次遇见爱德华的时候,他就说"可疑",而且根源就在拉斯伯恩身上。维多利亚突然很确定,肯定发生过什么事情，或者谁说过什么话，引起了爱德华的不安。因为她相信，人的脑子就是这样运转的，如果产生了某种模糊的怀疑或者不信任，那绝不是有预感——而是某件事引起的。如果爱德华可以好好回想一下，能想起来就好了。要是他们两人一起回忆，一起商量，可能也会有所帮助。维多利亚又想到，自己也应该好好回忆一下，当她走到蒂奥旅馆的阳台上，看到鲁伯特爵士坐在阳光下的时候，是什么让自己感到惊讶。当然，她可能以为鲁伯特爵士本该住在大使馆，而不是蒂奥旅馆，但这件事不会让她产生那么强烈的震惊。她要反复回忆那一整天的事情，还要督促爱德华，把以前跟拉斯伯恩博士的见面详情也反复回忆。下次跟他单独见面时，必须跟他说说，但要跟爱德华单独见面，又谈何容易。他刚去过一趟波斯，现在刚回来不久。在"橄榄枝"里面，想进行私人交流是不可能的事情，上一次大战时的口号——"隔墙有耳"——似乎写得到处都是。在她租的那个亚美尼亚人的房子里，私人交流也是绝不可能的。维多利亚觉得，自己想见爱德华的那种心情，跟在伦敦那会儿没什么区别！

不久之后，事实就证明这番话并不正确。

爱德华带着一些手稿来找她，他说："维多利亚，拉斯伯恩博士想让你把这些材料马上打出来。特别注意一下第二页，那里有几个生僻的阿拉伯名字。"

维多利亚叹了口气，往打字机里插了张纸，像往常一样快速地打起字来。拉斯伯恩博士的笔迹不难辨认，维多利亚很庆幸这次打错的字比平时少了很多。一页打完，她开始打下一页，这时，她意识到爱德华要她注意第二页是什么意思了。第二页上面用别针固定着一张小字条，上面是爱德华的笔迹。

明天上午十一点，沿着底格里斯河，朝拜梅阿里旅馆散步。

明天是星期五，他们放假，维多利亚此刻的情绪就像温度计里的水银一样直线上升。她要穿上浅绿色的套衫，还要洗一下头发。她租的那套房子设施比较简陋，所以她很少有机会自己洗头发。"但确实需要洗一下了。"她喃喃地说。

"你说什么？"凯瑟琳从另一张桌子前的一堆通知和信封中抬起头来，问道。

维多利亚把爱德华的字条撕成碎片，轻声说："我想洗洗头发，但这里的理发店都脏得吓人，不知道该去哪里呢？"

"是的，都又脏又贵。不过我认识一个姑娘，洗头技术很好，毛巾也很干净，我可以带你去。"

"太感谢你了，凯瑟琳。"维多利亚说。

"我们明天去吧，明天放假。"

"明天不行。"维多利亚说。

"为什么？"凯瑟琳用怀疑的眼光盯着维多利亚。

维多利亚觉得自己对凯瑟琳的厌恶之情更强烈了。

"我想出去散散步——呼吸一下新鲜空气。这里太闷了。"

"你去哪儿散步？巴格达没什么地方好散步的吧。"

"我找找看。"维多利亚说。

"去看场电影更好一点儿，或者，明天有个有趣的讲座，去吗？"

"不，我就想出去散步。我们英国人都喜欢散步。"

"因为你是英国人，所以你就那么骄傲，那么自负？英国人有什么了不起的？在我们这儿，都对英国人吐口水！"

"如果你对我吐口水，你会有惊喜的。"维多利亚说。像平时一样，不知道为什么，在"橄榄枝"里她特别容易动怒。

"你想干什么？"

"你试试看。"

"你为什么看卡尔·马克思的书？你根本就看不懂，你笨得要命。你以为他们会同意你加入共产党吗？你的政治素养还差得远呢！"

"我为什么不能看？它就是写给我们看的——写给我们工人看的！"

"你不是工人，你是资产阶级。你甚至连打字都打不好，看看你出了多少错。"

"有些聪明人也不会拼写，"维多利亚理直气壮地说，"你老是跟我说话，我怎么工作？"

她以惊人的速度打了一行字——然后失望地发现，她无意间按下了大写键，打了一整行感叹号、数字和括号。维多利亚把这张纸从机器上换下来，然后认认真真地重新打了一遍，完工后，她把打完的资料送到拉斯伯恩博士那里。

拉斯伯恩博士从头到尾看了一遍，小声嘟囔着："设拉子是伊朗的，不是伊拉克……不管怎么样，你也不能把伊拉克打成伊拉科……瓦西特，不是巫西特……呃……谢谢你，维多利亚。"

维多利亚正要离开房间，又被叫住了。

"维多利亚，你在这里工作觉得愉快吗？"

"哦，是的，拉斯伯恩博士。"

拉斯伯恩博士那双浓眉毛下的黑眼珠盯着她，维多利亚感到更不安了。

"很抱歉，我们付的工资不能令你满意。"

"没关系,"维多利亚说,"我喜欢这份工作。"

"真的吗?"

"哦,是的。"随后她又补充道,"我觉得,在这里工作很有意义。"

她清澈的眼睛看着博士的黑眼睛,没有一丝慌乱。

"你生活上……没问题吧?"

"哦,是的,我找到了一个很便宜的地方,和一群亚美尼亚人住在一起。我过得很好。"

"目前,巴格达很缺速记打字员。"拉斯伯恩博士说,"我觉得我可以帮你找一份更好的工作,比这边的待遇要好得多。"

"但我不想去别的地方工作。"

"如果你明智的话,就应该换个地方。"

"明智?"维多利亚支支吾吾地问。

"我是这个意思。这只是一个警告……忠告。"

现在,他的话里有一丝隐隐约约的威胁。

维多利亚把眼睛睁得更大了。

"我真的不太懂您的意思,拉斯伯恩博士。"她说。

"有时候,对自己不了解的事情敬而远之,是比较明智的做法。"

这一次,她清楚地感受到对方话里的威胁,但她继续装出小猫般天真无邪的表情。

"你为什么来这里工作,维多利亚,因为爱德华?"

维多利亚有点儿生气了,她红了脸。

"当然不是!"她生气地说。

拉斯伯恩博士点了点头。

"爱德华有他自己的路要走。要等很多很多年,他才会拥有一个对你有用的地位。如果我是你，我就放弃爱德华了。要我说，现在你有一个很好的工作机会，有很好的薪酬和发展前景——而且你会找到真正属于你的位置。"

维多利亚想，他还在盯着自己看，非常仔细地盯着看。这是一次考验吗？她装出一副热情的模样，说道："但我确实对'橄榄枝'很感兴趣，拉斯伯恩博士。"

他耸了耸肩膀，维多利亚转身走开了。她能感觉到，自己离开房间的时候，拉斯伯恩博士的眼睛一直盯着她的背后。

这次谈话让她有点儿不安。是什么事情引起了他的疑心呢？难道他已经猜到，自己是安插在"橄榄枝"的间谍，是来打听秘密的？他的声音和神态让她感到不舒服，还有点儿害怕。他认为自己来这里工作是为了接近爱德华，这让她很生气，当时她坚决地否认了，但现在她意识到，如果让拉斯伯恩博士认定她来这儿的目的是爱德华，会比让他猜测是达金先生安排她过来的要安全得多。不过，由于她脸上泛起了白痴般的红晕，可能会让拉斯伯恩博士认定她就是为爱德华而来的——那倒真的变成了一件好事。

尽管如此，当天晚上睡觉的时候，维多利亚还是有点儿不安，心里总有一丝挥之不去的恐惧。

第十七章

1

第二天早上,维多利亚随便找了几个理由就独自外出了,并没有遇到任何麻烦。她先跟人打听了拜梅阿里旅馆,得知那是一幢坐落在河边的大房子,沿着西岸一直走就能看到。

维多利亚一直没有什么机会游览周边环境,所以,当她沿着河边的小路一直走到尽头时,感到十分满意,又充满惊喜。她转向右边,沿着河岸慢慢地散着步,有几个地方不太安全,河流把堤岸冲塌了,也没人来修补或重建。有一幢房子的台阶就在塌陷处的前面,如果你在黑夜中往前多迈一步,便会跌入河流中。维多利亚看了看下面湍急的水流,小心翼翼地绕了过去。然后,她来到了一条宽阔平坦的路上,右边的一幢房子给人一种神秘的感觉,完全想不出房子的主人是什么样的人。偶尔经过几幢大门敞开的住宅时,维多利亚偷偷往里瞧,发现每户人家都大不相同,各有千秋。有一幢住宅的门内有一个正在喷水的喷泉,周围有很多舒适的座椅,还有一个花园和高高的棕榈树,看起来就像舞台上的背景。隔壁那户住宅从外面看并没有什么不同,门内却是一条又暗又乱的通道,五六个穿着破布的脏小孩正在嬉戏。接着,她走到了一大片棕榈树林里。往左看去,有一些被水淹没、不知深浅的石阶,一个阿拉伯船夫坐在一只简陋的小船里,一边比手势,一边叫喊,显然是在问她是否要坐船去对岸。维多利亚觉得自己应该是走到了蒂奥旅馆的对面——尽管从这边过去,对面的建筑物形状都差不多,而且旅馆本来就大同小异。她走上一条穿越棕榈林的小路,经过两幢带阳台的大房子,来到了一幢紧靠着河岸的大房子前,旁边还有一座周围环绕着栏杆的花园。那条小路从河岸穿过来,直达这幢房子,想来,这就是拜梅阿里旅馆了。

几分钟后,维多利亚已经穿过大门,来到一处更肮脏的地方。这里看不到河水,因为被生锈铁丝网围起来的棕榈树林把视线遮住了。她的右边是粗砖泥瓦垒起来的摇摇欲坠的墙面,一些孩子在棚子里的泥地上玩耍,乌云一样的苍蝇在垃圾堆上飞舞。从河那边通过来的一条路上停着一辆轿车——是一辆有点儿破旧的老爷车——车的旁边,站着爱德华。

"好的,"爱德华说,"你来了,上车吧。"

"我们去哪儿?"维多利亚一边钻进破旧的车子,一边高兴地问道。爱德华看起来像个喜欢开玩笑的人,他转过头来,冲着维多利亚咧嘴一笑。

"我们去巴比伦,"他说,"是时候休息一天了。"

轿车猛烈地震了一下,起动了,然后在铺满石子的路上疯狂地向前驶去。

"去巴比伦?"维多利亚叫道,"听起来好棒!真的是去巴比伦吗?"

汽车打了个左转弯,在一条宽阔平坦的大路上继续行驶。

"是的,不过别抱太大期望。巴比伦——如果你知道我在说什么——和以前完全不一样了。"

维多利亚喃喃说道：

去巴比伦有多少里？
六十英里又十里。
黄昏之前能到吗？
一来一回都可以。

"小时候我经常唱这歌，陶醉其中，而现在，我们居然真的要去巴比伦了！"

"而且我们要在黄昏之前回来，或者说我们应该在黄昏之前回来。"

"这辆车看起来随时会抛锚。"

"很有可能，这车出什么状况都不稀奇。不过伊拉克人真是厉害得吓人，他们用绳子把车扎一扎，然后说一声'真主保佑'，车就又能开了。"

"真主一直在保佑，是不是？"

"是的，他们什么都不用干，都交给全能的真主。"

"路不太好走啊。"维多利亚在座位上颠簸着，喘着气说。看似平坦的道路，其实并不好走，虽然很宽，但路面上布满了坑坑洼洼的车辙。

"接下来会更糟。"爱德华喊道。

他们一路跌跌撞撞、却开开心心地向前进，所经之处卷起阵阵尘土。一辆满载着阿拉伯人的大卡车行驶在路中央，无论怎么按喇叭，都不肯避让。

他们驶过了带有围墙的花园，驶过了成群结队的妇女和孩子，还有大批的驴子，这一切对维多利亚来说都充满新鲜感。而且，爱德华坐在她旁边，和她一起去巴比伦，也给这段旅程增加了不少魅力。

两个小时后他们到达巴比伦，浑身像散了架一样。这里到处都是毫无意义的废墟，一堵堵被烧塌的砖墙，维多利亚感到很失望，她本来以为这里会有圆柱塔和拱门，就像她看过的巴勒贝克[①]的照片一样。

但是，当她跟着导游爬过一个个小土堆、一道道砖墙后，这种失望的心情越来越弱了。她漫不经心地听着导游的介绍，当她们跟着人群走向伊师塔门，看着高高的墙壁上模糊不清又令人难以置信的动物浮雕时，她突然意识到，过去这里是多么辉煌壮观，然而这座令人骄傲的城市现在一片死寂，沦为废墟，她真想多了解一些这里的历史。不一会儿，他们参观完古迹，便坐在巴比伦石狮下面，拿出爱德华带的食物，开始野餐。导游离开的时候友好地提醒他们，一定要去博物馆看看。

"一定要去吗？"维多利亚柔声说，"博物馆里的东西都放在盒子里，还有标签，一点儿都不真实。我去过一次大英博物馆，简直糟透了，脚还累得不行。"

"过去的东西总是很无聊，"爱德华说，"未来才是更重要的。"

"这里倒不无聊，"维多利亚拿着三明治，指着前面一块毁坏的砖石说，"在这里有一种——伟大的感觉。那首诗是什么意思？'当你是巴比伦的国王，我就是基督徒的奴隶。'大概就像我们这样，你和我，我是这么觉得的。"

"我认为，有基督徒的年代，早就已经没有巴比伦国王了。"爱德华说，"公元前五六百年，巴比伦就不存在了，考古学家经

---

①黎巴嫩东北部的城镇名。

常做这些报告——但我从来没记住过具体的时间——我是说在希腊和罗马时代之前。"

"你想做巴比伦的国王吗,爱德华?"

爱德华深深地吸了一口气。

"我想做。"

"那你就把自己当做当时的巴比伦国王,而现在的你,只不过拥有一个新的身份而已。"

"那个时候,他们就知道应该如何做一个国王。"爱德华说,"所以他们才能统治世界。"

"我倒更愿意做个奴隶,"维多利亚若有所思地说,"基督徒,或者其他教徒也行。"

"弥尔顿说得很对,"爱德华说,"'宁在地狱为王,不到天堂当差',我一直很钦佩他笔下的撒旦。"

"我没读过弥尔顿的诗,"维多利亚有点儿不好意思地说,"但我在赛德勒·维尔斯看过《科玛斯》,玛格·芳登的舞蹈简直像下凡的天使一样美。"

"如果你是个奴隶,维多利亚。"爱德华说,"我会给你自由,然后把你带到我的后宫——那里。"他指着一片废墟,补充道。

维多利亚的眼睛闪烁了一下。

"说到后宫……"她刚要开口说。

"你现在和凯瑟琳相处得怎么样?"爱德华急匆匆地问。

"你怎么知道我要说凯瑟琳的事?"

"是吧,你确实要说她喽?老实说,维琪[①],我希望你和凯瑟琳能成为朋友。"

[①]维多利亚的昵称。

"别叫我维琪。"

"好吧,宝贝。我想让你和凯瑟琳成为朋友。"

"男人怎么这么蠢!总是想让他的女朋友们互相喜欢。"

爱德华一下子坐了起来,他刚才一直双手放在脑后斜躺着。

"你搞错了,宝贝。不管怎么说,你刚才说的后宫那番话都是蠢话。"

"不,才不是!那些姑娘都目不转睛地盯着你,而且都对你钟情,这让我快发疯了。"

"好极了,"爱德华说,"我就喜欢你发疯。说回凯瑟琳吧,我想让你和凯瑟琳做朋友,是因为我确信,想打听出我们想知道的事情,她是个绝佳途径。她应该知道些什么。"

"你真这么想吗?"

"别忘了,她说起过安娜·舍勒。"

"我早就忘了。"

"你看了卡尔·马克思的书,结果怎么样?"

"没人直接联系我,也没人邀请我参加活动。事实上,凯瑟琳昨天跟我说,共产党是不会接受我的,因为我政治素养不够,没接受过教育。而且还要看完一大堆沉闷的书——说实话,爱德华,我的脑子不适合干这个。"

"你的政治素养不够,是吗?"爱德华大笑起来,"可怜的宝贝。好吧,好吧,凯瑟琳对头脑、感情、政治意识都很看重,而我的小宝贝却是个伦敦打字员,甚至连三个音节的单词都不会拼。"

维多利亚突然皱了皱眉头。爱德华的这番话让她想起了自己跟拉斯伯恩博士奇怪的对话,她把这件事告诉了爱德华。爱德华看起来非常不安,反应比她预料的更强烈。

"这件事很严重,维多利亚,非常严重。你试着把他说的话一字不差地告诉我。"

维多利亚使劲儿回忆,然后把拉斯伯恩博士的话一字不差地告诉了爱德华。

"但我不明白,"她说,"你怎么会这么焦虑?"

"是吗?"爱德华显得心不在焉,"你没看出来——我亲爱的姑娘,难道你没意识到,这表明他们已经看穿你了吗?他们在警告你,要你立即停手!这事不妙,维多利亚,非常不妙。"

停顿了一下,他面色严峻地说:"你知道,共产党人是很残忍的,什么事都干得出来,这是他们的信条之一。我不希望你被人敲一下脑袋,然后扔进底格里斯河,亲爱的。"

坐在巴比伦的废墟中,辩论着在不久的将来自己是否会被人敲头并扔进底格里斯河,维多利亚想,这可真够奇怪的。她半闭着眼睛,恍惚地想着,等一会儿,我就会醒来,发现自己在伦敦,巴比伦的危险只不过是一个富有戏剧性的梦。也许——她把眼睛完全闭上——我现在就在伦敦,闹钟马上就要响了,然后我会起床去格林霍兹的办公室上班——那里没有爱德华……"

想到这儿,她睁开眼睛,急切地想确认爱德华是否真的坐在面前——在巴士拉的时候,我想问他什么呢,当时被他打断了,就忘了——原来不是做梦。这里的阳光炙热、耀眼,和伦敦完全不同。巴比伦的废墟反射着太阳苍白的光芒,后面是一片棕榈林,爱德华就坐在那里,面对着她。他微微卷曲的头发长到脖子处,显得格外好看,脖子也很漂亮——由于日晒的缘故,变成了棕红色——没有一点儿瑕疵——很多男人的脖子由于衣领摩擦,会有囊肿和粉刺——就像鲁伯特爵士,长着一个大疖子。

维多利亚突然惊呼一声,笔直地坐了起来。那些白日梦已经飞出了脑海，此刻她非常激动。

爱德华转过身来，好奇地看着她。

"怎么了，宝贝？"

"我想起来了，"她说，"鲁伯特·科洛夫顿·李爵士的事。"

爱德华依旧茫然地看着她，她开始解释，但并没有解释得很清楚。

"有个疖子，"她说，"在脖子上。"

"脖子上有个疖子？"爱德华依旧很困惑。

"是的，在飞机上，他就坐在我前面，你知道吗，他外套上的帽子甩到了背后，于是我就看到了——一个疖子。"

"他为什么不能长疖子呢？当然，这挺疼的，但很多人都长啊。"

"是的，是的，很多人都长。但关键是，那天早上在阳台上的时候，疖子没有了。"

"什么没了？"

"疖子没有了，哦，爱德华，你稍微想一想我的意思。在飞机上时，他有个疖子，但是在蒂奥旅馆的阳台上时，他没有疖子，跟你的脖子一样光滑。"

"嗯，我想，疖子可能是消退了。"

"哦，不，爱德华，这不可能。才过了一天，而且，那个疖子才刚开始变大，不可能消退下去——我是说，不可能完全消退，不留一丝痕迹。所以，现在你明白了吧？已经很明显了，蒂奥旅馆的那个人不是鲁伯特爵士！"

她兴奋地点了点头。爱德华盯着她。

"你疯了吗，维多利亚？那个人肯定是鲁伯特爵士，你还发现别的不同之处了吗？"

"你不明白吗,爱德华,我从来没看清过这个人的长相——只有疖子——只有大致的轮廓。他的帽子,宽大的外套,盛气凌人的态度,要假冒他简直太容易了。"

"但大使馆应该知道……"

"他不是没住在大使馆吗?他到蒂奥旅馆去了,接他的人是一个小秘书,大使正在英国,而且他经常到处旅行,很长时间都不在国内。"

"但为什么……"

"当然是因为卡迈克尔!卡迈克尔本来是要去巴格达见他的——把自己调查出来的结果告诉爵士。但是他们此前从未见过面,所以卡迈克尔不知道他见到的是不是真正的爵士,而且,他不会有任何防备。很明显了,是鲁伯特·科洛夫顿·李爵士——冒名顶替的那个——刺死了卡迈克尔!哦,爱德华,肯定是这样的!"

"我一个字也不相信,这太疯狂了。你别忘了,鲁伯特爵士后来在开罗被暗杀了。"

"我现在知道究竟发生什么了,哦,太可怕了,爱德华,我看着这一切在眼前发生。"

"你看着一切在眼前发生?维多利亚,你肯定疯了。"

"不,我现在特别理智!听着,爱德华,有人在我的房门上敲了一下——那是在黑里欧波里斯的旅馆——当时我以为敲的是我的门,于是我打开门往外看了一眼,但不是,那人敲的是隔壁鲁伯特爵士的房门。敲门的是飞机上的乘务员,或者说空中小姐,不知道你们怎么叫。她问鲁伯特爵士是否可以去英国海外航空公司的办公室一趟,还说办公室就在走廊那头。不久,我从房间出来,经过一个房间,上面挂着英国海外航空公司的牌子,门正好开了,鲁伯特爵士走了出来,样子有点儿奇怪。我当时想,他是不是听到了什么消息,所以走路的样子跟以前不太一样。你明白了吗,爱德华?这是个圈套,冒名顶替的人就在房间里等着,只要他一进去,他们就把他砸晕,然后有人出去顶替他。我认为,他们把他藏在开罗的什么地方,也许把他当成一个残疾人藏在旅馆里,一直给他用麻醉药,等假冒的人回到开罗后,就把他杀了。"

"真是个惊心动魄的故事,"爱德华说,"但坦白讲,维多利亚,这一切都是你想出来的,你并没有任何证据。"

"那个疖子……"

"哦,去他妈的疖子!"

"还有一两件事呢。"

"什么事?"

"挂着英国海外航空公司牌子的那个房间,之后就不挂这个牌子了。我后来发现,英国海外航空公司的办公室其实在大厅的另一头,当时我都有点儿糊涂了。这是一件。还有,那个空姐,敲鲁伯特爵士房门的那个空姐,后来我又看见她了——就在巴格达——而且,是在'橄榄枝'!我第一次去那儿的时候,她也去了,还跟凯瑟琳谈话呢。当时我就想,我之前在哪里见过这人。"

沉默了一会儿,维多利亚又说:"现在,你可以相信,这些不是我想象出来的吧。"

爱德华缓缓说道:"这一切都和'橄榄枝'有关,还跟凯瑟琳有关。维多利亚,不开玩笑了,你必须去接近凯瑟琳。奉承她,巴结她,跟她多聊一些合作的想法,不管用什么方法,跟她搞好关系,这样就能知道她有些什么朋友,经常去什么地方,在'橄榄枝'之外还跟谁有联系。"

"这并不容易,"维多利亚说,"但我会试试看的。达金先生那里怎么办,我应该都告诉他吗?"

"当然要告诉了,但再等一两天吧,也许我们能打听到更多事情。"爱德华叹了口气,"过两天,我打算晚上带凯瑟琳出去看卡巴莱歌舞表演。"

这一次,维多利亚没有被嫉妒折磨。爱德华说这番话时态度很坚决,因此不必担心他在执行任务时寻欢作乐。

2

维多利亚发现这些秘密后十分兴奋,连第二天跟凯瑟琳友好地打招呼都变得容易了起来。她说她很感谢凯瑟琳那天告诉她巴格达有个地方可以洗头,她现在太需要洗头了。这一点毋庸置疑,维多利亚的黑发因为巴比伦的风沙已经染上了一层红锈色。

"嗯,你的头发看上去很糟糕。"凯瑟琳不怀好意地看着维多利亚的头发说道,"昨天下午风沙那么大,你还出去玩?"

"我租了辆车去巴比伦转了转,"维多利亚说,"非常有意思。不过回来的路上风沙太大了,差点儿把我弄瞎。"

"巴比伦是很有意思,"凯瑟琳说,"但你应该和某个了解巴比伦的人一块儿去,还可以给你详细介绍介绍。你的头发嘛,我今晚就带你去我认识的美国姑娘那儿,她会用洗头膏帮你洗的,这样洗最好了。"

"不知道你的头发是怎么保养的,真漂亮啊。"维多利亚一边说着,一边用羡慕的眼神看向凯瑟琳那头厚厚的、油腻的、像腊肠一样的卷发。

一抹微笑出现在凯瑟琳总是酸溜溜的脸上。维多利亚想,爱德华要自己奉承她,真是没错。

当天晚上,当她们走出"橄榄枝"时,两个女孩的关系已经亲密无间了。凯瑟琳带着维多利亚在一条狭窄的小巷里穿来穿去,最后敲响了一扇不显眼的小门,这扇门上并没挂理发店的招牌。一个长相普通,但非常精明的年轻女人出来迎接她们,她的英语不是很流利,语速很慢。她把维多利亚带到一个非常干净的水盆前,上面有一个闪亮的水龙头,旁边则摆满了瓶子和各种乳液。凯瑟琳离开了,维多利亚便把一头乱七八糟的头发全权交由安柯米恩小姐的双手打理。不一会儿,她的头发就变成一堆奶油般的泡沫。

"现在,请你……"

维多利亚把头低到水龙头下。水流经过她的头发,又汩汩地流入排水管道。

突然间,她闻到一股刺鼻的甜味,这股气味让她联想到医院。一块湿透了的布紧紧地蒙住了她的鼻子和嘴巴。她使劲挣扎,不停扭动,但那块湿布还是牢牢地按在她脸上。她开始感到窒息,头晕眼花,耳朵里仿佛听到轰鸣的声音……

之后,她跌入到深不见底的黑暗。

第十八章

维多利亚恢复意识的时候,感觉时间已经过去了很久。乱七八糟的记忆碎片在她的脑中浮现:在车中颠簸,有人用阿拉伯语喋喋不休地讲话,有时还会争吵,有人用手电筒照她的眼睛,她感到很恶心。隐隐约约记得自己躺在床上,有人抬起她的胳膊,突然扎了她一针,痛得要命,然后意识就更加模糊了。好像到处都是黑暗,还有一阵阵焦躁的紧迫感……

现在,她迷迷糊糊地苏醒过来,知道自己是维多利亚·琼斯。而维多利亚·琼斯身上发生过的一切好像已经是很久之前的事了,几个月……甚至几年……也可能只有几天。

巴比伦——阳光——尘土——头发——凯瑟琳。没错,就是凯瑟琳,面带微笑,香肠一样的头发下面是狡猾的眼睛。凯瑟琳带她去洗头发,然后……然后发生什么了?可怕的香味,好像现在还能闻到,太恶心了,氯仿,没错,他们用氯仿把自己麻醉了,然后带到了……这是什么地方?

维多利亚试着小心翼翼地坐起来,她似乎是躺在一张床上——一张很硬的床。她的头很痛,依然感到晕眩,昏昏欲睡——非常想睡觉。就是因为那一针,他们给她扎了一针,是麻醉药吧,所以现在还不太清醒。

好,不管怎么说,他们并没杀死她——为什么?——因此现在情况还不算太糟。如今的当务之急——这位处于半清醒状态的维多利亚小姐现在只想睡觉。于是她又睡了过去。

再一次醒过来时,她觉得头脑清醒多了。现在已经是白天了,所以她能更清楚地看到自己在什么地方。

她正在一间很小、但是屋顶很高的房间里。苍白的墙壁带点儿灰色,看起来很不协调。地面是非常结实的泥地。屋里的家具不多,其中之一就是她现在正躺着的床,上面有一条脏兮兮的毯子。屋里还有一张摇摇晃晃的桌子,上面有一个裂开的搪瓷盆,下面放着一只锌桶。房间里只有一扇窗户,上面钉着网状的木头格子。维多利亚小心翼翼地下了床,朝窗户走去,这时,她感觉头痛又加剧了,心里不由得一阵奇怪。透过木格子,可以清楚地看到窗外是一个花园,后面有一片棕榈树林。虽然会被英国郊区的户主蔑视,但就东方人的标准来看,这个花园已经很漂亮了。花园中有很多亮橙色的金盏花,几株土黄色的桉树,还有些纤细的柽柳。

一个脸上有蓝色刺青的小男孩手腕上戴着一堆手镯,正在蹦蹦跳跳地玩球。他哼着一首歌,就像远处有人在吹奏一样。

接着,维多利亚把注意力转向门,这是一扇既高大又结实的门。她走过去,没抱什么期望地推了推,果然上锁了。于是,她走回来,坐在床边。

她在哪儿?毫无疑问,不在巴格达。那接下来要做什么?

过了一两分钟,她猛然意识到最后那个问题毫无意义。更值得考虑的问题是,那些人要对她做什么?她十分不安地想起了达金先生曾经的嘱咐,她可以将自己所知道的一切和盘托出。不过,也可能在她昏迷不醒的时候,他们早就知道了想知道的一切。

不管怎样,维多利亚应该感到庆幸——自己仍然活着。如果她能活着等到爱德华找到她——发现她失踪后,他会怎么做呢?回去找达金先生吗?还是单独行动?他会威胁凯瑟琳,逼她说出真相吗?维多利亚越努力想象爱德华行动的画面,爱德华的身影就越模糊,最后变成了一个抽象的幻影。爱德华究竟有多聪明?这个问题很重要。爱德华充满魅力,讨人喜欢,但他的脑子怎么样?因为很显然,以她目前所处的困境,聪明的头脑才是最重要的东西。

达金先生当然有这样聪明的头脑。但他有这个动力吗?或者仅仅是把她的名字从自己脑中的名册上划掉,输给了对手一分,然后在后面写一句"愿你安息"?毕竟,对于达金先生来说,自己只是他众多下属中的一员。他也是碰运气的,如果运气不好,也就只好认命。维多利亚认为达金先生不会采取行动拯救她,毕竟,他以前就警告过自己。

拉斯伯恩博士也曾警告过她——是警告还是威胁?而且,在她拒绝了威胁之后,他们没有耽误时间,直接采取了行动。

但我还活着,维多利亚又一次这么想。她决定凡事往好的方面想。

外面传来脚步声,慢慢地近了,接着是一把特大号钥匙在生锈的锁里转动的声音。房门咯吱咯吱响了几声,打开了,出现了一个阿拉伯人。他手里托着一个旧锡盘,上面有几个碟子。

他看上去情绪不错,露齿笑着。说了几句维多利亚听不懂的阿拉伯语之后,他放下托盘,张开嘴巴,指了指喉咙,然后转身走出房间,又把门锁好了。

维多利亚好奇地走向托盘,只见上面有一大碗米饭,一些卷起来的卷心菜叶子,一大片阿拉伯面包,还有一壶水,一个玻璃杯。

维多利亚先喝了一大杯水,然后开始吃米饭、面包和菜叶子,这些菜叶子有股特殊的肉味。把托盘上的东西全部吃光后,她感觉好多了。

她开始尽最大的努力,想把整件事情回忆清楚。她是被人用氯仿麻醉后绑架的,那是什么时候的事?她完全记不起来了。只记得自己昏昏沉沉地睡着又醒来好几次,由此推测,可能已经过去好几天了。她已经被人带出了巴格达——到了哪里呢?她同样毫无头绪。由于不懂阿拉伯语,她连问个问题都不行。她无法打听到任何地点、人名,也不知道日期。

几个小时过去了,她越来越苦恼。

晚上,那个看守又托着一盘子食物进来了。这一次他旁边还跟着两个女人,她们穿着退了色的黑衣服,脸被面纱蒙住了。她们并没有走进房间,只是站在门口,其中一个女人怀里还抱着个婴儿。她们站在门口咯咯地笑个不停,维多利亚感觉到她们正在打量自己。一个欧洲女人被囚禁在此,这让她们觉得很兴奋、很有趣。

维多利亚用英语和法语跟他们说了几句话,但她们只是咯咯地笑。同为女人,却没法正常沟通,这真是太奇怪了,维多利亚这么想着,又试着缓慢而艰难地说出几个刚学到的阿拉伯词语。

"感谢真主。"

刚说完,那两个女人就高兴地说了一大串阿拉伯话,还激动地点着头。维多利亚朝她们走过去,但那个阿拉伯人很快后退几步,挡住了她的去路。他示意那两个女人回去,自己也走了出去,随手把门关上,重新上了锁。走出去之前,他将一个词重复了好几遍。

"卜克拉……卜克拉……"

这个词维多利亚以前听到过，它的意思是"明天"。

维多利亚坐在床上思考起来。明天？明天，可能有人要来，也可能有事要发生。明天，她的监禁生活就要结束——或者不会？还是说，监禁生活的结束，也就意味着自己生命的结束。前前后后想了一遍，维多利亚发现"明天"不是个好词，她本能地感觉到，如果明天之前她能逃到别的地方，肯定要比在这里好。

但这可能吗？她第一次认认真真地考虑这个问题。她首先走到门边，检查了门锁，发现动不了手脚，这种门锁无法用发卡轻易拨开——而且，就算是能用发卡拨开的，她也没把握自己有这个本事。

只剩下窗户了。她很快就发现，窗户是个很有希望的地方。木头格子已经破旧不堪，不过，就算她能弄断几根腐烂的木条逃到外面，也不可能一点儿声音都不发出来，肯定会引起他们的注意。此外，由于监禁她的房间是在楼上，这意味着她必须还要准备一根绳子，不然直接跳下去可能会扭伤脚，或者把别的部位弄伤。维多利亚经常在书上看到人家把床单撕了再拧成一股绳子，她用怀疑的目光打量着床上那条厚棉被，还有千疮百孔的毯子，好像都不适合做绳子。她没有剪刀，不能把棉被剪开，虽然毯子可以用手撕，但它已经这么破了，肯定撑不住自己的体重。

"真该死！"维多利亚大声骂道。

她越来越急迫地想找出逃跑的点子。据她判断，看守的脑子都很简单，对他们来说，只要把她关在房间里，就没问题了。他们不会想到，她正想着逃跑，理由很简单，她是个囚犯，而囚犯是不会逃跑的。给她注射麻醉药，带她来这里的那个人，现在应该不在——这一点她很确定。他，她，或者他们，将会在"明天"到达。他们把她放在一个遥远的地方,让头脑简单的当地人负责看守,这些人很善于服从指令,但要应付机智的小花招就不那么得心应手了。对于一个年轻的欧洲姑娘在生死存亡关头所迸发出来的潜能,他们大概也不太了解。

"我一定要想办法逃出去!"维多利亚对自己说。

她走到桌子前,开始进食,保持体力是必须的。晚餐又有米饭,还有几个橘子,一小杯橙汁旁放着一点儿肉。

维多利亚把食物一扫而光,又喝了点儿水。当她把水壶放回桌子上时,桌子微微倾斜了一下,水洒了一些。洒到水的地面部分出现了小水坑。看着这个小水坑,维多利亚·琼斯小姐富有创造力的头脑中诞生了一个主意。

唯一的问题是,钥匙是否还插在门外的锁上?

太阳正在下山,很快,这里就会变黑。维多利亚走到门前,跪在地上仔细观察巨大的钥匙孔,钥匙孔里并没有透出光线。现在,她需要的是一样能戳动钥匙的东西——铅笔或钢笔都行。手提包被他们拿走了,真是太可恶了。她皱着眉头,环顾房间四周,桌上唯一的餐具是个大汤匙,虽然这东西或许以后有用,但目前派不上任何用处。维多利亚坐了下来,苦思冥想。不一会儿,她大叫一声,脱下了一只鞋子,把里面的皮革鞋垫抽了出来,紧紧地卷起来之后,发现果然非常硬。她走回门前,蹲下来,用力将卷起的鞋垫往钥匙孔里捅去。非常幸运,那把大钥匙只是松松地插在锁眼里,捅了三四分钟,努力就有了回报,钥匙掉在了门外的地上。因为是泥土地,所以没有发出声音。

维多利亚想,现在趁天还没黑,我必须抓紧了。她把水壶拿过来,小心翼翼地在门口倒了一点儿水,那个地方,据她判断,离钥匙掉落之处最近。然后,她用汤匙和手拼命挖这片小泥地。

随着水壶里的水不断倒出来，挖掘工作也越来越有成效，最后，门底下被她挖出了一条凹槽。她趴在地上，试图往外观察，但很难看清楚外面。她把袖子卷了起来，发现手和一小截手臂能从这条凹槽伸出去。她的手指在外面不断探索着，终于触摸到了某样金属质感的东西。虽然摸到了钥匙，但手臂无法再往前伸，不能把钥匙抓过来。她马上采取下一个对策，把自己已经被撕破的背带上的别针取了下来，弯成了钩状。将这个"钩子"嵌在一小块阿拉伯面包上后，她再次趴下来工作。就在她急得快要哭出来的时候，别针勾住了钥匙。她把钥匙拖到手指可以碰触到的地方，然后，从稀泥里拉进了房门。

维多利亚跪在地上，万分敬佩自己心灵手巧的发明。她用沾满泥土的手抓起钥匙，插进了锁孔。这时她听到外面隐约有野狗的吠叫声，于是稍等了一会儿，然后，转动钥匙。她微微一推，门便开了一条小缝。维多利亚透过缝隙谨慎地向外观察。这扇门连接着一个小房间，房间另一头有一扇门开着。等了片刻之后，维多利亚踮起脚尖走了过去。这间屋子的房顶有好几处破漏，地上也坑坑洼洼。房间尽头的那扇门连接着一道楼梯，楼梯是用粗砖垒砌而成的，架在房子的边上，楼梯下面是一个花园。

这就是维多利亚观察到的全部情况。她又蹑手蹑脚地返回囚禁她的房间。今天晚上不太可能会有人来了，她想等到天完全黑下来，等这个村庄，或者这个城镇都进入梦乡之后，再离开。

另外，她还注意到一样东西。有一块被撕得不成形的黑布，躺在外面那个房间的门边。她猜那是一件破旧的斗篷，等走的时候，可以罩在西装外面。

维多利亚不知自己究竟等了多久。在她看来，这段等待的时间漫无止境。最后，附近的当地人发出的各种嘈杂声终于渐渐沉寂下去。远处留声机里刺耳的阿拉伯歌曲也停止播放了,沙哑的喊叫声、吐痰声都消失了,远处妇女的大笑声、孩子的啼哭声也没有了。

最后,她听到远处传来一声吠叫,似乎是只豺狼,此外只有断断续续的狗叫声。她知道,这些狗会叫上一整晚。

"好,出发了!"维多利亚一边说着,一边站起了身。

考虑片刻后,她从外面把囚禁她的房间的门锁上,钥匙依然留在锁里。然后,她穿过外面那间房间,捡起了破旧的黑布,来到门外,站在楼梯顶部。这时已经有月亮了,但还没有升高。凭借月光,她能够清楚地看到路面。她轻轻地走下楼梯,当离地还有大约四级楼梯时,她停了下来。她现在所站的位置跟花园的泥土围墙一样高,如果继续往下走,就得绕着房子走到外面。她能够听到楼下房间里传来的打鼾声。如果在墙头上走,可能是更好的选择。这堵围墙足够厚,在上面行走没问题。

她选择了第二个方案。她在围墙上敏捷地走着,但难免摇摇晃晃,很快,她来到了直角拐弯处。从这里看,外面好像是一片棕榈林,而且这里有段地方塌掉了。维多利亚决定就从这里下去,她半跳半滑地下了围墙,几分钟后,她就穿越棕榈林,往更远处围墙的缺口跑去。她来到一条未经人工修筑的小路,这条路实在太窄,连小汽车都无法通行,只有驴子能走。小路的两侧都是土坯墙,维多利亚快步往前走去。

这时,狗疯狂地吠叫起来。两条淡黄褐色的野狗从一扇门出来,对着她狂吠。维多利亚捡起一把瓦砾和石块,扔了一块过去。两条狗大叫一声,跑开了。维多利亚继续向前进,转过一个弯后,她来到了一条大街上。虽然说是大街,但路面仍旧很窄,还有很深的车辙印。这条街穿过一个村庄,村里都是土坯房子,月光下望去，一片灰白。棕榈树在围墙后面若隐若现，狗吠声清晰可闻。维多利亚深吸一口气，跑了起来。狗又开始猛烈地吠叫，似乎是在告诉人们，这里有一个夜贼，但是没有人对此感兴趣。不久，她跑到了一处空旷的地方，这里有一条浑浊的小溪，溪上架着一座残破不堪的拱形桥。再往前看，这条路，或者说这条小径，似乎通向没有尽头的地方。维多利亚继续奔跑着，直到累得快不能呼吸。

那个村庄已经被远远地甩在身后了。月亮在天空中高悬，她的左边、右边、前边，全都是光秃秃的石头地，这片土地没有耕作过的痕迹，也没有人居住的迹象。这里的地势很平坦，周围只能依稀看到一个轮廓。至少，维多利亚没有看到任何路标，她不知道这条路最终会通向哪里。她对星座的位置完全没有头绪，所以甚至连东南西北都分不清楚。这一大片旷野，给她一种特殊的恐怖感。但她不可能回头，只能继续向前。

她停下来喘了口气，向后看了看，确信目前为止还没人发现自己已经逃跑了。于是，她保持每小时三点五英里的速度，往未知的前方稳步前行。

终于破晓了，此时的维多利亚已经筋疲力尽、腿脚酸疼，接近崩溃的边缘。看到天边出现亮光，她可以确定，自己大致是在往西南方向行走。但是，她连自己在哪儿都不知道，辨认出方向又有什么意义呢？

前方不远处的路边有一座结实的小山丘。维多利亚离开小路，往山上走去，她沿着陡峭的山壁拾级而上，最后来到了山顶。

站在山顶，周围的景色一览无余。她再一次觉得自己从那个村庄逃出来没有任何意义。因为四周空空荡荡，什么都没有……晨光中的景色十分美丽。土地和地平线连在一起，闪烁着微弱的光彩，有杏黄色、奶油色、粉红色，这番景象真的很美，但同时也带来一种恐惧。我现在明白了，维多利亚想，一个人说自己在这个世界上是孤独的时候是什么心情了……

地上到处都是长不高的矮草丛，还有些干枯的荆棘。但除了这些植物，这里非但没有耕作的痕迹，甚至连生命的迹象都没有。这里只有维多利亚·琼斯。

从这个地方也看不到她逃出来的村庄。看来，她夜间走的小径，通往的是一片无人区。维多利亚想，自己居然走了这么远，连村庄都看不见了，真是难以置信。有一会儿，她非常恐慌地想要回去，不管怎么说，那个地方还有人……

但她控制住了自己。她想要逃跑，并且已经成功了，此地离囚禁她的地方也只有数英里之遥，从这一点来说，她的麻烦远没有结束。他们只要有辆车——不管多破多旧——就能轻而易举地追上她。一旦他们发现自己逃跑了，肯定会派人来追。但她又能躲到哪里呢？这里没有任何可以藏身的地方。维多利亚还带着那件随手捡来的破烂黑斗篷，现在，她暂且把它裹在身上，并遮住了脸。她不知道自己现在是什么模样，因为没有镜子。如果她把西式皮鞋和尼龙丝袜脱下来，赤着双脚慢吞吞地走，或许不会引起别人的怀疑。她知道，一个蒙着面纱的阿拉伯妇女，无论衣衫多么褴褛，样子多贫穷，都不会受人怀疑。如果有男人跟她打招呼，那是非常不礼貌的事情。但这种伪装能骗过开着汽车过来搜寻她的西方男人吗？不过，不管怎么说，这是她唯一的机会。

她太累了，而且口渴难耐，但她毫无办法。她决定躺在小山丘边，这是最好的办法。在这里，她能听到汽车开过来的声音。小山丘边上有个地方，因为常年风吹雨淋，形成了一个小缺口，如果躺在缺口里，她还能看清楚车上坐的是谁。

她可以绕到山丘后面躲藏起来，这样，从路上经过的人便不会发现她。

然而，她现在最迫切的，就是想回到文明社会。据她分析，目前唯一的机会就是拦住一辆路过的欧洲人的汽车，并且要求搭车同行。

但她必须确定车上坐的欧洲人不是来追她的人。不过，她该如何确定呢？

因为一直担惊受怕，加上长途跋涉后的劳累不堪，维多利亚居然睡着了。

醒来时，烈日当空。她感到闷热不堪，四肢僵硬，头晕目眩，而且口渴得难以忍受。维多利亚呻吟了一声，可是这声呻吟刚从干裂的嘴唇间吐出，她就猛地闭上了嘴，仔细聆听起来。虽然隐隐约约，但毫无疑问，她听到的是汽车的声音。她小心翼翼地抬起头，这辆车不是从囚禁她的村子方向而来，而是往那个方向去的。这就说明，这辆车不是来追她的。汽车距离还很远，从这边看去只是一个小黑点。维多利亚仍然躺着，尽可能地隐藏自己，看着那辆车越来越近。这时，她多么希望有一副望远镜啊。

汽车在一个低洼处消失了几分钟，然后在不远处重新出现，它正在爬坡。车子里有个阿拉伯司机，他旁边坐着一个欧洲男人。

现在，维多利亚想，我得做一个决定。这是她的机会吗？她是否应该跑到路边，招呼汽车停下来呢？

她刚想站起身，又感到一阵不安，于是停下了动作。假设，仅仅是假设，那两个人是敌人呢？

毕竟，她无法知道啊！这条小径非常荒芜，没有其他车会从这里经过，也没有卡车，甚至连驴子的足迹都没有。眼前的这辆小汽车可能是要开往昨晚她逃出来的村子……

应该怎么做呢？她必须在一瞬间做一个可怕的决定。如果是敌人，那一切都完了。如果不是敌人，就是她逃生的唯一机会。因为如果她继续漫无目的地行走，很有可能会死于脱水和暴晒。到底该怎么做呢？

就在她蜷缩着身子犹豫不决时，那辆车子的声音发生了变化。它放缓了速度，转了个弯，离开小径，驶过石头路面，朝她藏身的小山丘驶来。

他们看到她了！他们正在找她！

维多利亚从缺口处滑了下去，爬到山丘背面，躲开驶来的汽车。她听到汽车停了下来，有人下来了，"砰"的一声关了车门。

接着，有人用阿拉伯语说了什么，之后又没动静了。突然间，没有一丝征兆，一个男人出现在维多利亚的视线中。他正绕着山丘走着，已经走到了半山坡。他始终盯着地面，不时停下来捡点儿东西。不管他在找什么，看起来都不像在找一个叫维多利亚·琼斯的姑娘。而且，显然他是一个英国人。

维多利亚如释重负，她挣扎着站起身，向那人走去。那人抬起头，吃惊地看着维多利亚。

"谢天谢地，"维多利亚说，"看到你来这里，我真是太高兴了！"

那人还是目不转睛地盯着维多利亚。

"你是谁？"他开始发问，"英国人吗？但是……"

维多利亚突然大笑起来，然后把裹在身上的斗篷甩开。

"我当然是英国人啦，"她说，"请问，你能把我带回巴格达吗？"

"我现在不去巴格达，我刚从那里过来呢。不过，你一个人站在这片荒原中间干什么呢？"

"我被绑架了,"维多利亚气喘吁吁地说,"我本来想给自己的头发来点儿洗发水,他们却给我来了点儿氯仿。等我醒来时,已经在一个阿拉伯人的屋子里了,就在那边的村子里。"

她朝村庄的方向做着手势。

"在曼达利?"

"我不知道叫什么名字。昨晚我逃出来了,走了整整一夜,然后躲在这个小山丘后面,因为我怕你是坏人。"

她的救助者脸上带着一种奇怪的表情,一直注视着她。他大约三十五岁,金发,脸上有某种目空一切的神情,说起话来有种官方的口吻,但简明扼要。现在,他戴上了一副夹鼻眼镜,正透过镜片,带着厌恶盯着维多利亚。维多利亚意识到,她刚才所说的话,这个人一个字都不信。

她顿时勃然大怒。

"我说的是真的!"她说,"每一个字都千真万确!"

这位陌生人看起来更不相信她了。

"相当精彩。"他冷冷地说。

维多利亚绝望了。她说谎时,别人觉得是那么可信,而现在她在陈述事实,却无法让人相信,真是太不公平了。确实,她在称述事实时总是显得苍白乏味,难以令人信服。

"如果你没有带喝的东西,我会渴死在这儿。"她说,"如果你扔下我走掉,我也会渴死在这儿。"

"当然,我不会这么做的。"陌生人语气生硬地说,"让一个英国姑娘独自在荒原中流浪是不合适的。天哪,你的嘴唇裂得好厉害……阿卜杜勒!"

"什么事,先生?"

司机从山丘的另一边出现了。

那人用阿拉伯语吩咐了他几句,后者跑向汽车,很快,就带着一个大大的保温瓶和一只塑料杯子回来了。

维多利亚贪婪地喝起水来。

"啊!"她说,"感觉好多啦!"

"我叫理查德·贝克。"英国人说。

维多利亚做了回应。

"我叫维多利亚·琼斯。"她说。然后,为了挽回刚才那种不利局面,打消对方流露出来的显而易见的不信任,她又补充道:"我要去找我的叔叔庞斯福特·琼斯博士,参加他的挖掘考古工作。"

"多巧啊!"贝克惊讶地看着她,说道,"我正要去挖掘工地,那地方离这里只有十五英里了。我简直是最适合来营救你的人了,是不是?"

如果说维多利亚很惊讶,那未免太委婉了。她已经被惊得目瞪口呆,一句话也说不出来。她只好既温驯又沉默地跟着理查德上了车。

"我想,你就是那个人类学家?"理查德把后座上的东西清理掉,让维多利亚坐上去,"听说你要来,但没想到来得这么早。"

他站了一会儿,从口袋里掏出各种陶瓷碎片,维多利亚想起来了,刚刚在山丘上,他捡的就是这些碎片。

"看起来很像古代的人造小山丘。"他指着山丘说道,"不过我没看出什么特别之处。最有可能是亚述人的遗迹——也许是帕提亚人的,或者是卡赛特王朝的角斗场地。"他又笑着补充道,"我很高兴,虽然你身陷麻烦,但出于考古的本能,还是去勘察了这片山丘。"

维多利亚刚想开口,又把嘴闭上了。司机松开了离合器,车子起动了。

她能说什么呢?事实上,一到考古队的营地,她的谎言立刻就会被揭穿。但是,在那里被揭穿,然后悲痛地悔过,总比此时此刻在荒郊野外主动向理查德·贝克承认要好得多。到了那里,最坏的结果只是被送回巴格达。然而,这个习习难改的维多利亚又想到,到达营地之前,没准她又能想出什么新的主意。于是她立即开动脑筋,运用起她的天赋。就说记错了?她本来是和一个姑娘一起出来的,后来那个姑娘要求她……不,真的不行,据她判断,最好将所有事实和盘托出。不过,她宁愿对庞斯福特·琼斯博士和盘托出——不管他是一个怎样的人,也不愿意对理查德·贝克和盘托出。这人总是扬着眉毛,一副目中无人的态度,而且,他完全不相信自己告诉他的真实经历。

"我们不去曼达利。"贝克先生从前排座位转过身,对她说,"再走一英里,我们就从这条路上岔开,往荒原走。这里没有指路牌,要找到正确的转弯处,有点儿困难。"

不一会儿,他朝阿卜杜勒说了什么,汽车便一个急转弯,朝荒原驶去。维多利亚看到,就算周围没有指路牌,理查德·贝克也会用手势指挥阿卜杜勒"右转"、"左转"。不久之后,理查德满意地叫了一声。

"找到路了!"他说。

维多利亚根本看不到路在哪儿。但过了一会儿,她确实能看到地上隐隐约约的车辙了。

他们刚刚穿过一条清晰可见的车辙,理查德叫了一声,命令阿卜杜勒停车。

"给你看一件很有意思的东西,"他对维多利亚说,"既然你刚来这里不久，那应该没见过。"

两个男人顺着车辙道向汽车走来。其中一人背着一张长条板凳，另一个人背着一件钢琴大小的木制品。

理查德跟他们打招呼，他们也很高兴地回礼。理查德给他们递烟，欢乐祥和的氛围似乎越来越浓。

然后，理查德转向维多利亚。

"想看场电影吗？很快你就能看到一场精彩的演出了。"

他跟那两人说了句话，两人高兴地笑了起来。他们把板凳放下来，示意维多利亚和理查德坐上去。然后他们把那个圆的大家伙也放了下来，它上面有两个眼洞，维多利亚一看，大叫道："我在码头见过这东西，很像男管家偷窥女主人的门洞。"

"不错，"理查德说，"不过这个比较简陋。"

维多利亚把眼睛凑到玻璃窥视孔上，那两个阿拉伯人中的一个慢慢转动手柄，另一个则开始吟唱一首单调的歌曲。

"他在唱什么？"维多利亚问。

理查德便伴着歌声给她翻译。

"再靠近些，你会看到更神奇、更美妙的一幕，那是古代的神迹。"

一张颗粒粗糙的黑人收割小麦的照片映入维多利亚眼帘。

"这是美国的农民。"理查德解释道。

继续往下——

"西方世界一个王后的照片"——欧仁妮王后假笑着，用手抚摸着自己的长发；一张蒙特内格罗王宫的照片；还有一张盛大展览会的照片。

这些奇奇怪怪的照片一张接着一张显示，每张照片之间毫无联系，有时候他们还会用奇怪的术语来解释这些照片。

最后是亲王迪斯雷利，挪威峡湾，还有瑞士的滑冰运动员。至此，这出"追忆旧时光"的奇怪演出结束了。

表演者在演出结束时这么说道："刚刚，我们带您看了在遥远的国家发生的种种神奇且不可思议的事。请您慷慨捐赠，以回馈刚刚所见的神奇，因为那些事情绝对都是真实的。"

演出全部结束，维多利亚喜形于色。"真是不可思议，"她说，"令人难以置信。"

流动电影院的两位主人露出了骄傲的笑容。维多利亚从凳子上站起身，坐在另一端的理查德便摔倒在地，样子颇不雅观。维多利亚赶忙道歉，但她并不觉得自己做错了什么。理查德给那两人付了钱，然后双方礼貌地道别，并给彼此送上最真诚的祝福。理查德和维多利亚再次上车，那两个人则艰难地走进荒原。

"他们会去哪儿？"维多利亚问。

"他们会走遍全国。我第一次遇到他们是在外约旦，他们正好从死海到安曼去。现在，他们肯定是去卡尔巴拉，当然，是走人迹罕至的道路，好给偏远村庄的人们演出。"

"也许有人会让他们搭车吧？"

理查德大笑起来。

"他们大概不会搭车。有一次，我看到一个老人要从巴士拉走到巴格达，我便请他搭车。当时我问他，多久会到，他说两个月。我告诉他，上我的车，当天晚上就能到巴格达。但他谢绝了我的好意。就算早两个月到达，对他来说也没什么不同。在这里，时间没有任何价值。一旦你这么想，就会有一种奇怪的满足感。"

"是的，我可以想象。"

"我们欧洲人做事比较急躁，这一点阿拉伯人很难理解。我们的习惯是，聊天的时候直接说出观点，但他们觉得这样很没礼貌。在他们看来，你应该好好坐下来，漫无目的地聊上一个小时——或者你愿意的话，一句话不说也没问题。"

"如果我们在伦敦的办公室里这么做的话，就太奇怪了。那会浪费很多时间。"

"是的，但我们又回到刚刚的问题上来了：时间是什么？浪费又是什么？"

维多利亚思索着这两个问题。车依然漫无目的地开着，但司机好像对方向很有把握。

"我们要去的地方在哪儿？"最终，她决定还是问一下。

"你说阿斯旺山丘吗？在这片荒原的中间。不一会儿你就能看到金字形神塔了。好，你现在看左边，那里，看到我手指的地方了吗？"

"那是云朵吗？"维多利亚问，"不像山啊。"

"是山，是库尔德斯坦的雪山。只有天气好的时候才能看到。"

维多利亚产生了一种梦幻般的满足感。要是能永远像现在这样坐着汽车兜风该多好！要是她没有这么悲惨，不用说谎该多好！一想到自己即将迎来不开心的结局，她像小孩一样缩紧了身子。庞斯福特·琼斯长什么样呢？是不是高高的个子，长长的灰胡子，总是皱着眉？没关系，不管他多生气都不怕。自己的智谋，在凯瑟琳、橄榄枝和拉斯伯恩博士面前都不会吃亏。

"就要到了。"理查德说。

他向前指着。维多利亚看到远处的地平线上有一些丘疹一样凸起的小黑点。

"看上去还有好几英里呢。"

"不，没有多少路程了，你一会儿就知道了。"

果然，那个小黑点以惊人的速度变大，先是变成了一团，然后变成了小山丘,最后变成了巨大的山丘。它的旁边不规则地排列着泥砖房。

"这就是考察队的营地。"理查德说。

在一片狗吠声中,汽车开到了房子跟前。身穿白色长袍的仆人跑出来迎接他们,他们一个个笑逐颜开。

彼此问候过后,理查德说:"他们没想到你这么快就到了。不过他们会把你的床铺准备好,热水也会马上送过去。我想,你肯定希望先洗个澡,休息一下吧?庞斯福特·琼斯博士正在山丘上面工作,我上去找他,易普拉辛会照顾你的。"

他离开了。维多利亚跟着满面笑容的易普拉辛走进屋子。从外面的阳光中进入屋子,维多利亚起初觉得屋子里很暗。他们穿过客厅,客厅里有一张大桌子和几把破椅子。然后他们绕过一个院子,来到了一个只有一扇小窗户的房间。房间里有一张床,一个做工粗糙的五斗柜,一张桌子,桌子上放着壶和盆子,旁边还有一把椅子。易普拉辛笑着点了点头,拿进来一罐看起来很浑浊的热水,还有一条质地粗糙的毛巾。接着,她又带着歉意的笑容进来了一次,把一面小镜子小心翼翼地挂在墙上的钉子上。

能有机会洗澡,维多利亚对此感激不尽。她开始意识到自己是多么的疲惫不堪,身上又沾满了多少尘土。

"我估计我现在的模样肯定相当可怕。"她一边自言自语,一边走向小镜子。

有好几分钟时间,她一直盯着镜中的自己,眼神充满了困惑和不解。

这不是她——不是维多利亚·琼斯。

然后,她才意识到,虽然五官还是维多利亚·琼斯小巧精致的五官,可头发却变成淡金黄色了!

第十九章

1

理查德在挖掘现场找到了庞斯福特·琼斯博士,博士正蹲在挖掘队长旁边,轻轻敲着一面短短的断墙。

庞斯福特·琼斯博士随手打了个招呼,欢迎他的新同事。

"理查德,我的孩子,你来了啊。我还以为你星期二到呢,我也不知道我为什么会这么想。"

"今天就是星期二。"理查德说。

"真的吗?"庞斯福特·琼斯博士好像完全不在意,"你下来,看看这里,有什么想法?我们才挖了三英尺,这面墙就露了出来,它非常完整,似乎还有油漆过的痕迹。过来谈谈你的想法。我觉得它很有价值。"

理查德跳进掘沟,两位考古学家立刻沉浸在真正的学术探讨当中,谈话持续了一刻钟。

"对了,"理查德说,"我带了个姑娘过来。"

"哦?是吗?她是干什么的?"

"她说她是你的侄女。"

"我的侄女?"庞斯福特·琼斯博士费力地把自己的思绪从土坯墙上拉回来,"我认为我没有侄女啊。"他那怀疑的语气仿佛在说他有个侄女,但自己把她给忘了。

"我想,她来这边是要跟你一起工作。"

"哦!"庞斯福特·琼斯脸上的疑虑立刻消失了,"那肯定是维罗妮卡。"

"我记得她说自己叫维多利亚。"

"是的,是的,维多利亚,艾默生从剑桥给我写了封信,提到了她。据我所知,她是个人类学家,一个非常能干的姑娘。我真想不通,为什么有人会去做人类学家,你能理解吗?"

"我听你说过,有个研究人类学的姑娘要来。"

"目前为止,我们的工作和她的专业还没什么联系。当然了,我们才刚开始。我记得她要两周之后才到,但我没仔细看那封信,后来又把它弄丢了,所以实在记不得信里是怎么说的了。我妻子下周到——也可能再下一周到——咦,我把信放哪儿了?我记得维罗妮卡要和她一起来的,当然,也许我全都搞错了。好吧,好吧,我敢说我们会让她有所作为的,会挖出很多陶器来的。"

"她没什么古怪的地方吧?"

"古怪?"庞斯福特·琼斯博士盯着他,"哪方面?"

"呃……她脑子不糊涂吧?"

"我记得艾默生说过,她前段时间学习十分辛苦,好像是要拿毕业证书还是学位证书什么的。但我不记得他说过她脑子糊涂,怎么了?"

"我是在路边遇到她的,当时她一个人在那儿转悠。就在离我们开车拐弯处一英里的小山丘那儿。"

"我记得,"庞斯福特·琼斯博士说,"你知道,有一次我在那个小山丘上捡到一片仆墨时期的陶器碎片。在南方这么偏远的地方，能找到这个真是不可思议。"

理查德不愿让他把话题又转回到考古上，于是坚持继续往下说："她给我讲了个不可思议的故事，说她去理发店洗头发，结果人家用氯仿把她麻醉了，然后把她绑架到了曼达利，并且囚禁在了一户人家中。半夜的时候，她逃了出来——我从没听过这么荒谬的故事。"

庞斯福特·琼斯博士摇了摇头。

"听起来十分不可能，"理查德说，"伊拉克现在局势很稳定，治安也很好，比以前安全多了。"

"没错，这番话显然是她编造出来的。所以我才问你，她是不是脑子糊涂。她肯定是一个神经质的姑娘，这种姑娘会说牧师爱上了她，或者医生强奸了她。她会给我们带来不少麻烦的。"

"哦，我想她会平静下来的。"庞斯福特·琼斯博士乐观地说，"她现在在哪儿？"

"我让她先洗一洗，打扮一下。"理查德犹豫着说，"她好像没带任何行李。"

"是吗？这确实挺棘手的。她不会要我把睡衣借给她吧？我自己也只带了两套，而且其中一套已经破得不行了。"

"在我们的卡车下周去巴格达之前，她得自己想办法应付。我真搞不懂她当时在干什么——一个人待在荒郊野外。"

"现在的女孩子都有点儿奇怪。"庞斯福特·琼斯博士含糊地说道，"什么地方都要去。你要是想继续工作下去，就会觉得她们碍手碍脚。这个地方已经够偏僻了，你认为不会有人来，但就在你最不需要的时候，那些汽车和人都来了，让你大吃一惊。哦，工人停止挖掘了，一定是午饭时间到了，我们回去吧。"

2

维多利亚提心吊胆地等待着。她发现,庞斯福特·琼斯博士与想象中的完全不同。他矮矮胖胖,头顶半秃,眼睛炯炯有神。让维多利亚感到惊讶的是,他居然张开双臂,朝她走来。

"哦,哦,维罗妮卡——我是说,维多利亚。"他说,"真是出人意料,我本来以为你下个月才到呢。但你现在来了,我很高兴。艾默生怎么样,哮喘病好点儿了吗?"

维多利亚打起精神,谨慎地答道,艾默生的哮喘病并不严重。

"他太喜欢把自己的喉咙包裹起来了。"庞斯福特·琼斯博士说,"这样做大错特错。我跟他说过,那些整天待在大学里的研究者都过于注重自己的健康了。不去想它——这才是保持健康的最佳方法。嗯,我希望你能安顿下来,我妻子下周到,也可能是下下周,你知道她最近身体不太好。我一定要把她的那封信找到。理查德告诉我你的行李丢了,那怎么办呢?我们下个星期才会派车去巴格达。"

"我能坚持到下个星期的,"维多利亚说,"事实上,也只能坚持了。"

庞斯福特·琼斯博士咯咯地笑了起来。

"理查德和我没办法借给你太多东西。牙刷可以,我们仓库里还有一打——还有脱脂棉,如果你需要的话……让我想想……爽身粉……还有备用的袜子和手帕。别的恐怕就没有了。"

"已经很好了。"维多利亚高兴地笑着说。

"这里不像个墓穴,"庞斯福特·琼斯博士提醒她,"有一些保存完整的墙,远处的沟里还有很多陶器碎片。不管怎么样,我们会让你整天都忙个不停的。忘了问了，你会拍照吗？"

"略懂一点儿。"维多利亚小心翼翼地说。她稍微松了口气，因为庞斯福特·琼斯博士提到的是她以前确实做过的事情。

"太好了，太好了，你会洗胶卷吗？我还是老办法，用板子洗，暗室也很简陋。你们年轻人喜欢新鲜事物，往往对以前的旧货不感兴趣。"

"我不会。"维多利亚说。

维多利亚到考察队的仓库里挑选了一把牙刷、一支牙膏、一块海绵，又拿了些爽身粉。

她极力思索，试着想明白自己在这里的身份是什么。很显然，她被误认成了一个名叫维罗妮卡的姑娘，那个人会来参加探险队，而且是个人类学家。维多利亚甚至连人类学家是干什么的都不知道。要是手边有本词典，她一定要查上一查。那个姑娘大概至少一个星期后才来。非常好，还有一周时间——在她到来之前，或者卡车去巴格达之前，自己就是维罗妮卡，而且一定要保持最好的状态。她一点儿都不担心庞斯福特·琼斯博士，他似乎是个既乐观又糊涂的人，但是她很担心理查德·贝克。她不喜欢他用思索的目光看着她，而且她心里明白，除非特别小心谨慎，否则他迟早会看穿自己的身份。幸运的是，她曾在伦敦的考古研究所当过打字秘书，时间很短，但对一些关于考古的词语一知半解，而这些知识现在很有可能会派上用场。但她必须十分小心，一点儿差错都不能出。很幸运，维多利亚认为，男人总是觉得自己比女人更优越，所以就算自己出了差错，也不会引起什么猜疑，最多是给他们一个证据来证明女人有多么可笑愚蠢！

她特别需要这段时间，就像给一个死刑的人缓刑。从"橄榄枝"的角度来说，她的突然失踪会让他们感到不安。她已经从监狱里逃了出来，之后发生的事情很难追踪。理查德的汽车并没有经过曼达利，所以没人会猜到她现在正在阿斯旺山丘。不，在他们看来，维多利亚可能已经消失在空气中了。他们也许会推断她已经死了，误入荒原，最终死于精疲力竭。

很好，让他们这样想吧。当然，遗憾的是，爱德华也会这样想。不过，爱德华必须忍受这种痛苦，不管怎么说，他不会忍受太长时间的。在他因为告诉自己要跟凯瑟琳交朋友而备受折磨的时候，她就会突然出现，起死回生，而且不再梳栗色马尾辫，变成了一个金发女郎。

想到这里，她又在想为什么他们——先不管他们是谁——要把自己的头发染了。维多利亚认为，其中必定有某种理由——是某种无论怎么想也想不通的理由。而且，不久之后，她的头发又会长出来，到时候根部是深色的，那样看上去会很奇怪。一个染金发的姑娘，脸上却没有擦粉，也没有涂唇膏！还有哪个姑娘会像自己这样不幸呢？没关系，维多利亚又想到，我还活着，不是吗？而且我看不出有任何理由不高兴——因为无论如何，还有一个星期呢。到一个考古挖掘队里看看他们在做什么，是一件很有意思的事情。只要她情绪饱满，不露出马脚，就不会有问题。

但她发现要扮演这个角色并不容易。有人引用人名、出版物、建筑式样和陶器种类时，她都得小心翼翼地记住。幸运的是聆听者无论到哪儿都是受欢迎的。当别人聊天时，她就当一个认认真真的聆听者。这样听着听着，她也学会了一些考古术语。

每当独自一人在屋子里时，她就拼命地偷偷看书。这里有大量考古学方面的书籍，很快她就对这个专业有了些粗浅的认识。出乎意料地，她觉得这里的生活非常迷人。早晨，人们给她送来茶点，然后，她来到挖掘现场，有时帮理查德拍照片，有时修补一下陶器。看工人干活儿的时候,她十分欣赏他们娴熟的技术。看到小孩子跑来跑去,用篮子搬泥土的时候,她觉得听他们发出的歌声和笑声是一种享受。她掌握了文物的历史时期特征,在挖掘过程中能辨认出不同时期的文物,对这一期的挖掘工作也渐渐熟悉起来。她唯一害怕的事情就是挖出墓穴,人们期待她作为一名人类学家可以大显身手,但她读的那些书籍并没有教她这方面的知识。"要是真的挖出骨头或者坟墓来,"维多利亚自言自语道,"我就要得一场重感冒——不,是最严重的胆囊病,必须卧床不起。"

但一直没有坟墓出现,一座宫殿的墙壁却慢慢被挖掘了出来。维多利亚对此着了迷,而且,这并不需要她展现特殊的资质和专业技能。

理查德·贝克有时候依然会用怀疑的目光打量她,她能感觉到,虽然他没说话,但眼神中是充满挑剔和苛刻的。不过他的态度一直表现得很友善,也很开朗,而且对维多利亚的热情表示赞赏。

"你从英国到这儿来,一切都是新鲜的。"有一天,理查德说,"我还记得我第一次有多激动。"

"那是多久之前的事了?"

他笑了。

"很久啦,十五年——不,有十六年了吧。"

"你一定对这个国家非常了解。"

"哦,我不仅在这儿考古,还有叙利亚——波斯也去。"

"你阿拉伯语讲得很好吧,要是穿上他们的衣服,能装扮成阿拉伯人吗?"

他摇了摇头。

"哦,不,还差得远呢。我怀疑是否真能有英国人可以假扮成阿拉伯人——不管多长时间。"

"劳伦斯① 行吗?"

"我认为劳伦斯也不行。我知道的人中,只有一个人可以假扮成另一个国家的人而让当地人也难以辨别。他是在本地出生的,父亲曾经是喀什的领事,也担任过其他偏远地区的领事。他从小就会讲各种古怪的方言,我相信,这些话他到现在还会说。"

"他后来怎么样了?"

"毕业后,我们就失去了联络。哦,我们是大学校友,我们都叫他苦行僧,因为他能打坐入定很长时间。我不知道他现在在做什么——虽然我也可以猜出个大概。"

"毕业之后就再也没见过了吗?"

"说来也怪,前几天我就碰见他了——在巴士拉。这事太奇怪了。"

"奇怪?"

"是的,一开始我没认出他。他装扮成一个阿拉伯人,包着头巾,穿着条纹长袍,外面还裹着一件旧军大衣。他戴着一串阿拉伯人有时候会戴的琥珀念珠,像过去一样用手指拨弄着珠子——不过,其实他在打摩斯密码。他正在发信息——对我发信息!"

"他说什么了?"

"我的名字——绰号,还有他的绰号,然后是一个随时准备的信号,因为可能即将发生危险。"

---

①托马斯·爱德华·劳伦斯 (Thomas Edward Lawrence,也称"阿拉伯的劳伦斯",Lawrence of Arabia,1888—1935),一战时期的英国陆军情报军官,因在阿拉伯起义中担任英国联络官而出名。

"那发生危险了吗?"

"是的,当他站起来准备往外走的时候,一个不起眼的旅行商人突然拔出左轮手枪。我朝他的胳膊打了一拳,卡迈克尔就逃走了。"

"卡迈克尔?"

听到维多利亚的口气,他立刻把头转了过来。

"这是他的真名,为什么——你认识他?"

维多利亚心想,要是我说"他死在了我床上",肯定太奇怪了。

"是的,"她缓缓说道,"我曾经认识他。"

"曾经认识他,怎么了……难道……"

维多利亚点了点头。

"是的,"她说,"他已经死了。"

"什么时候?"

"在巴格达,蒂奥旅馆。"她又马上补充道,"这件事被瞒了下来,没人知道。"

理查德缓缓点了点头。

"我明白,无非是那种事。但是,你……"他看着她,"你怎么知道的?"

"我被牵扯进去了——一个偶然的机会。"

理查德若有所思地盯着维多利亚看。

维多利亚突然问道:"你在学校时的绰号是路西法,是吗?"

理查德看起来很惊讶。

"路西法?不,我当时的绰号是猫头鹰,因为我总戴着闪闪发光的眼镜。"

"你认识叫路西法的人吗——在巴士拉?"

理查德摇了摇头。

"路西法，黎明之子——堕落的天使。"

他补充道："或者，这个词还有一种解释，是老式的蜡烛火柴，要是我没记错的话，它的优点是在风中也不会被吹熄。"

他一边说着，一边仔细端详维多利亚，而维多利亚紧紧皱着眉头。

"我希望你能告诉我，"她马上说，"在巴士拉究竟发生了什么。"

"我已经告诉你了。"

"不，你没告诉我，发生这件事的时候，你们在什么地方？"

"哦，我明白了。我其实是在领事馆的休息室里，等着见克莱顿领事。"

"当时还有谁？旅行商人，卡迈克尔，还有呢？"

"还有好几个人，有个又黑又瘦的法国人，也可能是叙利亚人。还有个老人，我猜他是波斯人。"

"旅行商人拔出左轮手枪，你阻止了他，卡迈克尔跑了出去——怎么跑的？"

"一开始，他是朝领事的办公室走去，在走廊的另一头，那里还有个花园——"

她打断了理查德的话。

"我知道，我在那里住过两天。事实上，我住进去的时候，你刚走。"

"哦？是吗？"他又仔细地打量起维多利亚来，不过维多利亚没有察觉。她正在回想领事馆那条长长的走廊，但大门是在另一头，打开后就是阳光和绿树。

"哦，我刚刚说，卡迈克尔一开始是往那边走，然后他突然转身，冲出了大门，跑到了大街上。那是我最后一次见到他。"

"那个旅行商人后来怎么样了？"

理查德耸了耸肩膀。

"我记得，他当时编了一段故事，说什么前一天晚上有个人袭击了他，还抢走了他的钱，他把领事馆的这个阿拉伯人当成了那个强盗。之后的事情就不清楚了，我坐飞机去了科威特。"

"那时候，住在领事馆的有哪些人？"维多利亚问。

"有个叫克罗斯比的人——在石油公司工作。没有别人了。哦，对，还有一个刚从巴格达来的人，但我没见着他，所以不知道名字。"

"克罗斯比。"维多利亚想起了克罗斯比上尉，想起他胖胖的五短身材，还有说话断断续续的样子。一个很普通的人，很正派，不耍手腕。而且，卡迈克尔到蒂奥旅馆的那天，克罗斯比上尉已经在巴格达了。是不是因为看到克罗斯比上尉站在走廊另一头，阳光下现出了一个轮廓，所以卡迈克尔放弃了去领事办公室，而突然选择冲回大街呢？

她思考着这个问题，陷入了沉思当中。当她抬起头，发现理查德·贝克正仔细地看着自己的时候，感到有点儿心虚。

"你为什么想了解这些事情？"他问。

"只是感兴趣。"

"还有别的问题吗？"

维多利亚问道："你认识一个叫拉法奇的人吗？"

"不，不认识。男人还是女人？"

"我也不知道。"

她又开始思考起克罗斯比上尉。克罗斯比？路西法？

路西法是否就是克罗斯比上尉呢？

3

当天晚上,维多利亚对庞斯福特·琼斯博士和理查德·贝克道过晚安,便上床休息了。之后,理查德对博士说道:"我能看看艾默生写的那封信吗?我想知道关于这个姑娘,他是怎么说的。"

"当然可以,亲爱的,当然可以。我就放在身边的某个地方了。我记得在信纸反面我还写了点儿笔记,他对维罗妮卡评价很高,如果我没记错的话,他说她对考古工作有强烈的兴趣。我觉得她是一个很迷人的姑娘——非常迷人。行李丢了,她也没有大惊小怪,而是勇敢地接受。遇到这种情况,大多数女孩都会要求第二天去巴格达买套新衣服。我觉得她很有活力。顺便问一句,她是怎么把行李弄丢的?"

"她被人用氯仿麻醉了,绑架了,关在一个当地人家里。"理查德冷淡地说。

"对对对,你告诉过我,我想起来了。这不太可能,让我想起了——想起了什么来着?对了,伊丽莎白·坎宁,你还记得吗?她失踪了两个星期,重新出现后说了一番别人都不相信的话。她说的话和事实相矛盾,非常有意思——要是我没记错,她编了一套吉卜赛人的故事,她的长相不好看,应该不会与什么男人有瓜葛。而我们这位小维多利亚——维罗妮卡——我总是叫不准她的名字,她长得很漂亮,很可能牵扯到一个男人。"

"她要是没染发,会更漂亮的。"理查德冷冷地说。

"她染过头发?没错,你在这方面很有研究。"

"艾默生的信,先生……"

"当然,当然,我不记得放在什么地方了。但你可以到处找找——我也急着找它呢,因为我在背面做了点儿笔记,还画了线圈和珠子的素描。"

第二十章

第二天下午，庞斯福特·琼斯博士隐约听到汽车的声音，他厌恶地叫了一下。过一会儿，他发现那辆车七拐八拐地穿过荒原，朝小山丘驶来。

"来参观的，"他恶狠狠地说，"而且是在最不恰当的时候。东北角那片玫瑰图案的油漆现在正在做醋酸纤维素鉴定，我得去监督一下。这些人肯定都是从巴格达过来的白痴，只会喋喋不休，还要我们带着他们参观。"

"维多利亚很适合干这件事。"理查德说，"听到了吗，维多利亚？带着他们到处转转，想说什么就说什么。"

"我说的可能都是错的，"维多利亚说，"你们知道，我真的还很缺乏经验。"

"我觉得你知道得挺多啊，"理查德高高兴兴地说，"你今天早上说的关于平凸砖的言论似乎是直接从德隆格斯的书里引用的。"

维多利亚的脸稍微有点儿变红了，她暗自决定，下次在表现自己学识的时候要更为小心。有时候，理查德怀疑的目光透过厚镜片瞥向她的时候，会让她非常不自在。

"我会尽力的。"她温顺地说道。

"我们把杂事都推给你了。"理查德说。

维多利亚只是微笑，并没有应答。

最近五天的工作，确实让她感到很惊讶。冲洗底片时，她要用脱脂棉蘸着水冲洗，使用的灯笼十分简陋，光线也不足，里面的蜡烛总是在关键的时刻熄灭。暗室里的桌子是一个装运货物的箱子，工作时她不得不蹲着，或者跪着——这间暗室，如理查德所说，简直是现代摩登与中世纪东方文明的结合。庞斯福特·琼斯博士向她保证说，这个季度，会有更多的设施进来——不过目前，每一分钱都要省下来发给工人们，做出成果。

一篮接一篮的陶器碎片，起初让她觉得又新奇又好笑（尽管她很小心，没有流露出来），都是粗糙器皿的碎片，到底有什么用？

后来，随着融入这份工作，她知道这些碎片可以重新拼凑，在装有细沙的箱子里组装起来，她便开始感兴趣了。她学着辨认器皿的形状和样式。而且到了最后，她能独立思考，判断这些器皿在三千年前有什么用以及如何使用。在这片小区域中，有几幢简陋的小屋子被挖掘了出来，她的脑中浮现出一幅画面：当年，这些小屋子就坐落于此，人们住在里面，屋内有人们生活的必需品，人们也有各自的工作。在他们的生活中，有希望，也有恐惧。由于维多利亚深具想象力，要在脑中勾勒这样一幅画面，是很容易的。有一天，考察队发现了一个小土罐，里面有六个金耳环，维多利亚被这一发现迷住了。理查德笑着对她说，这可能是给女儿的嫁妆。

盛着粮食的盘子，为嫁妆而准备的金耳环，骨头针，手推石磨和研钵，小塑像和护身符……这些东西反映出普通人们重要的日常生活，每一件里面都饱含感情。

"这些东西太迷人了，"维多利亚对理查德说，"我本来一直以为考古学是研究皇帝陵墓和古代宫殿的。

"而且无非是巴比伦的法老。"她补充道，嘴角泛起一丝奇怪的微笑，"但我现在非常喜爱眼前的这一切，因为它们都是属于普通人的——就跟我一样。如果丢了什么东西，我们现在都能在圣安东尼百货商店找到，有一次非常幸运，我买到一个陶瓷猪，还有一个非常漂亮的花碗，里面蓝色，外面白色，我经常用它来放蛋糕。后来我把它打破了，又去买了一个完全一样的。现在我能理解为什么古代人要把他们心爱的碗和碟子重新拼起来，用沥青小心地黏合住了。事实上，生活都是差不多的，不管古代还是现在。"

她一边想着这些事情，一边看着参观者沿着小山丘的一边爬了上来。理查德上前迎接他们，维多利亚跟在身后。

来参观的是两个法国人，对考古很感兴趣，他们目前正在叙利亚和伊拉克旅游。一番寒暄之后，维多利亚带着他们参观挖掘现场，鹦鹉学舌似的跟他们讲述现在的挖掘现状，就跟背书一样。但维多利亚毕竟是维多利亚，免不了还是添油加醋了一番。照她自己的说法，这不过是让整个叙述更有趣而已。

她注意到后面那个人的脸色很不好，没有丝毫兴趣，只是跟着走。过了一会儿，那人说要是不介意的话，他想回屋休息。他说从早上开始就感到不适——现在太阳晒得他更难受了。

然后，他就朝考察队的宿舍走去。另外一个法国人轻声解释道："很不幸，他的胃病又犯了。当地人都称之为'巴格达腹泻'，是吧？他今天就不该出来。"

参观结束后，那个法国人继续与维多利亚交谈着。最后，他们派人把费多斯——那个生病的法国人——叫过来。庞斯福特·琼斯博士用殷勤好客的口气建议说，客人们应该喝完下午茶再走。

然而，法国人拒绝了他的好意，说他们天黑之前必须离开，否则就找不到路了。理查德·贝克马上说，这个想法很对。这时，生病的费多斯也到了，于是，他们上了车，飞速离开了。

"我觉得这才刚开始，"庞斯福特·琼斯博士哼了一声，"接下来每天都要有人来参观了。"

他拿起一大片阿拉伯面包，抹上厚厚一层杏子酱。

喝完茶后，理查德回到自己的房间。他有几封信要回，此外还要写几封信，为第二天去巴格达做准备。

突然，他皱起了眉头。从外表看，他并非一个井井有条的人，但他放置衣服和文件时有自己的方式，从来不会搞混。现在，他发现所有的抽屉都被人翻过了。不是仆人们干的，这一点他有十足的把握。一定是那个生病的参观者，他找了个借口来到宿舍，不动声色地把这里的财产搜查了一通。可以肯定的是，没有任何东西遗失。钱没有被动过，那他们在找什么？想到这里，理查德的脸色变得严肃起来。

他来到文物收藏室，看了看抽屉，里面的印章也还在。他露齿一笑——什么都没少。他又走到客厅，庞斯福特·琼斯博士正在外面的庭院里和工人聊天，只有维多利亚在那里，身体蜷成一团看书。

理查德开门见山地说："有人把我的房间搜了一遍。"

维多利亚吃惊地抬起头。

"为什么？谁干的？"

"不是你吗？"

"我？"维多利亚愤怒地说，"当然不是了！我为什么要搜你的东西！"

他盯着她看了一会儿,接着说:"肯定是那个该死的法国人——装病回宿舍的那个。"

"他偷了什么东西吗?"

"没有,"理查德说,"什么都没被偷。"

"但为什么——"

理查德打断了她:"我认为你应该知道。"

"我知道?"

"是的,听你自己的讲述,有很多奇怪的事情发生在你身上。"

"哦——没错。"维多利亚看上去很震惊,她缓缓说道,"但我不明白他为什么要搜你的房间。你又没有牵扯到——"

"牵扯到什么?"

维多利亚没有回答,她沉默了一会儿,似乎陷入了沉思。

"很抱歉,"她终于开口,"你刚刚说什么?我没在听。"

理查德没有重复,而是换了一个问题:"你在看什么书?"

"你们这里没有多少轻松的小说。只有《双城记》、《傲慢与偏见》和《弗罗斯河上的磨房》。我正在看的是《双城记》。"

"以前没看过吗?"

"没有,我以前觉得狄更斯很枯燥。"

"这个观点很糟糕。"

"我现在发现,这本书很刺激。"

"你读到哪儿了?"理查德从她的肩膀后面看过去,读出声来,"这个织毛衣的女人开始数一。"

"我觉得她太可怕了。"维多利亚说道。

"你说德法奇太太?她是个令人印象深刻的角色,虽然我对是否真能把一个个人名织进毛衣里去持怀疑态度。不过,当然了,我不会织毛衣。"

"哦，我认为这是可能的。"维多利亚思忖着说道，"平针、反针、再来个花式针，有时候错针，有时候再少织几针——是的，确实能做到。当然这都是伪装，看起来就像一个不太会织毛衣的人犯下的拙劣错误。"

突然，两件事情就像闪电一般出现在她的脑海，让她受到爆炸般的冲击。一个名字，还有一个画面——那个男人紧紧抓住一条破烂的红色针织围巾。之后，她匆匆忙忙地把围巾捡起来，塞到了抽屉里。与此同时，男人说出了那个名字，德法奇——不是拉法奇——是德法奇，德法奇太太！

直到理查德很有礼貌地跟她说话，她才从把自己的思绪拉回现实。

"你没事吧？"

"没有，没有，我只是想起了一些事情。"

"我明白了。"理查德高傲地扬了扬眉毛。

明天，维多利亚想，他们就要一起去巴格达了。明天，她的"缓刑"也将结束。这段时间，她过得很安全，很平静，有充足的时间让自己恢复生气。而且，她还很享受——每天都很有意思。也许我是个胆小鬼，维多利亚想，也许真的就是这样。以前，她总是兴高采烈地谈论冒险，然而当冒险真的来临，她却不喜欢了。被人用氯仿麻醉的时候，她拼命挣扎，接着慢慢昏迷过去。一想到这个，她就感到非常恐惧。在被囚禁的房间里，阿拉伯人对她说"明天"的时候，她更是怕得要命。

现在，她不得不再次回到这种生活。因为她受雇于达金先生，从他那儿拿报酬，而想要这份报酬，就必须非常勇敢！甚至，她可能还需要回到"橄榄枝"。一想到拉斯伯恩博士盯着自己看的漆黑眼珠，她不禁微微颤抖起来。他已经警告过自己了……

不过，也许不必回去了。达金先生会说，别回来了，他们都已经知道你了。但她一定要回到住的地方，把东西拿出来，因为她随手塞进行李箱的正是那条红围巾……去巴士拉之前，她把所有的东西都打包塞进了行李箱。只要能把红围巾送到达金先生手上，她的任务就完成了。也许，她会像电影中的人物一样，对自己说："干得漂亮，维多利亚！"

她抬起头，发现理查德·贝克正看着自己。

"顺便问一句，"理查德说，"你明天能搞到护照吗？"

"护照？"

维多利亚考虑了一下她现在的处境。在与考察队的关系方面应该采取什么行动，她目前还没制订好计划，这也是她一贯的风格。既然真正的维罗妮卡（或者维希尼亚）很快就会从伦敦来这儿，自己退让回避是非常需要的。但是，究竟是一走了之，还是坦白自己的欺骗行为并做出适当的忏悔，她还没有想好。维多利亚总是更倾向于认为，肯定会发生什么事情，让她时来运转的。

"嗯，"她敷衍着说道，"我不清楚。"

"其实，只是为了应付那些警察。"理查德解释道，"他们要把护照编号、姓名、年龄、特征全都登记下来，一大堆东西呢。既然你没有护照，我认为我们无论如何都要把你的姓名和特征告诉他们。顺便问你一句，你姓什么？我总是叫你'维多利亚'。"

维多利亚打起精神。

"得了吧，"她说，"你知道我姓什么，就跟我知道自己姓什么一样清楚。"

"也不能完全这样说。"理查德的嘴角向上翘起，带着一丝残忍的笑意说道，"我确实知道你姓什么。反而是你，不知道自己姓什么！"

透过镜片,他的目光直直地盯着维多利亚。

"我当然知道自己的名字了!"维多利亚生气地说道。

"好,那你告诉我——现在就告诉我!"

他的口气突然变得粗鲁严厉。

"撒谎没有任何好处,"他说,"游戏结束了。你倒是挺聪明的,读了很多相关资料,能讲出一些知识来——但你不可能一直骗下去。我给你设了个圈套,你果然上钩了。我引用过一些乱七八糟的狗屁给你,你居然全盘接受了。"停顿了一下,他又说,"你不是维罗妮卡,你是谁?"

"第一次见面的时候,我就告诉过你了。"维多利亚说,"我是维多利亚·琼斯。"

"庞斯福特·琼斯博士的侄女?"

"我不是他的侄女——但我确实姓琼斯。"

"那时候,你还跟我说了一些其他事情。"

"是的,没错,而且那些事情都是真的!但我看得出来,你不相信我。这让我很头疼,虽然我有时候会说谎——事实上,经常说谎——但那时说的都是真的。于是,为了让我的故事更可信,我就自称是庞斯福特·琼斯博士的侄女。来到伊拉克之后,我一直这么说,从来没有露出过马脚。我怎么知道你要来这里!"

"当时你肯定很震惊吧?"理查德冷酷地说,"不过你掩饰得很好,装得若无其事。"

"内心不一样,"维多利亚说,"我真的非常震惊。但我觉得,等到了这里再解释——无论如何,这里至少是安全的。"

"安全?"他琢磨着这个词,"听着,维多利亚,你给我讲过一个冗长而且前言不搭后语的故事。你说你被氯仿麻醉了,这是真的吗？"

"当然是真的！难道你看不出来吗，要是我想编个故事，我可以编得更生动，而且讲得更好！"

"因为现在有点儿了解你了，所以我也有点儿相信了。但你必须承认，如果是第一次听，你的故事完全就是天方夜谭。"

"但你现在却觉得有这种可能了，为什么呢？"

理查德缓缓说道："因为，如果你说你跟卡迈克尔的死有所牵连——那应该就是真的了。"

"所有的事情就是从那一刻开始的。"维多利亚说。

"你最好跟我讲一讲。"

维多利亚非常认真地看着他。

"我不知道，"她说，"能不能相信你。"

"正相反，不知道你意识到没有，我才是一直怀疑你是不是打入内部的间谍的人，为了从我身上获取些信息，你很有可能就是这样的身份。"

"你的意思是说，你也知道一些关于卡迈克尔的事情，而且他们也很感兴趣？"

"他们？是谁？"

"我得跟你和盘托出了，"维多利亚说，"没有其他办法了——而且，如果你是他们当中的一员，那你应该早就知道了。所以告诉你也无所谓。"

她告诉他，那天晚上卡迈克尔的死，她和达金先生的会面，她来到巴士拉，成为"橄榄枝"的一名员工，凯瑟琳对她充满敌意，拉斯伯恩博士对她的警告以及最终被人绑架，包括她的头发不可思议地被染色了。只有两件事，维多利亚没有告诉他，一件是红围巾，一件是德法奇太太。

"拉斯伯恩博士?"理查德抓住这一点,"你认为他也跟那帮人是一伙?是幕后黑手?但是,亲爱的姑娘,他可是个重要人物,在全世界都有知名度。世界各地都有人给他钱,支持他的事业。"

"那他就不可能做这些事情了?"维多利亚问。

"其实我也一直认为他是个自命不凡的傻瓜。"理查德沉思着说。

"而且,他这样的身份反而是个很好的伪装。"

"是的,是的,我想也是。你之前问过我的拉法奇是谁?"

"只是另外一个名字而已,"维多利亚说,"还有个叫安娜·舍勒的。"

"安娜·舍勒?不,我从来没有听过这个名字。"

"她是个重要人物,"维多利亚说,"但我不知道她究竟为什么重要。所有的事情都搅在一块了。"

"再跟我说一下,"理查德说,"是谁把你带进这一系列事情中来的?"

"爱德——哦,应该是达金先生。他是石油公司的人,我想。"

"这个人是不是总是无精打采,弯腰曲背,看起来没什么生气?"

"是的——但其实不是这样的。我是说,他并不是没有生气。"

"他爱喝酒吗?"

"别人说他爱喝酒,但我并不这么认为。"

理查德靠在椅背上,看着她。

"菲利普斯·奥本海姆,威廉·拉·丘克斯,他还扮过很多著名的人物。这些都是真的吗?你又是真的吗?你不会是什么受迫害的女主角或者邪恶的女冒险家吧?"

维多利亚平静地说:"你真正要考虑的是,跟庞斯福特·琼斯博士说起我的时候,你会怎么说呢?"

"什么都不说,"理查德说,"没这个必要。"

第二十一章

一大早，他们就出发前往巴格达。不知为何，维多利亚情绪很低落。每当她回头看向挖掘队的基地时，喉咙就像哽了一团东西一样难受。不过，由于卡车的颠簸，她身体非常不适，所以也无暇顾及其他了。他们又一次行驶在那条所谓的"路"上，不断超越慢悠悠的驴子以及各种风尘仆仆的大卡车，将近花了三个小时，才来到巴格达的郊外。他们在蒂奥旅馆前下了车，然后司机又载着厨师出去采购货物了。旅馆里有一大堆信件正等着庞斯福特·琼斯博士和理查德。突然，大腹便便、喜气洋洋的马库斯出现了，他以一如既往的热情欢迎了维多利亚。

"啊，"他说，"我们很久没见啦。你也不来我的旅馆了，一个星期——不，两个星期，怎么啦？今天在这里吃午饭吗？还是那些菜？小鸡？大牛排？只有火鸡不行，因为还没塞调料和米，想吃火鸡的话，必须提前一天跟我说。"

很显然，至少在蒂奥旅馆，还没人知道维多利亚被绑架的事。也许爱德华接受了达金先生的建议，没有去警察局报案。

"你知道达金先生在巴格达吗，马库斯？"维多利亚问道。

"达金先生——啊，他是个好人——当然，他也是我的朋友。他昨天来过这里——不，是前天。还有克罗斯比上尉，你知道他吗？他是达金先生的朋友，今天刚从科曼莎回来。"

"你知道达金先生的办公室在哪儿吗?"

"当然了,谁都知道,伊拉克伊朗石油公司。"

"好的,我要去找他,坐出租车去。我想确认一下出租车司机是不是认识路。"

"我来告诉他。"马库斯亲切地说。

他陪着她走到走廊尽头,跟以前一样粗野地喊了起来。一个仆人匆忙跑过来,马库斯命令他去叫一辆出租车。然后,维多利亚被带到了出租车前,马库斯跟司机说了一下怎么走,然后退后几步,摇了摇手。

"还有,我想订个房间。"维多利亚说,"可以吗?"

"可以,可以,我给你留个漂亮的房间,再给你一块大牛排,今天晚上我们还有一点儿特别的东西——鱼子酱。在吃这些之前,我们要先喝上几杯。"

"太好了,"维多利亚说,"哦,对了,马库斯,你能借我点儿钱吗?"

"当然可以了,亲爱的,给你,要多少拿多少。"

随着刺耳的喇叭声,汽车猛地发动了。维多利亚手里抓着一堆硬币和纸钞,跌回座位上。

五分钟后,维多利亚走进伊拉克伊朗石油公司,要求与达金先生见面。

维多利亚进门的时候,达金先生正在写东西。他在桌子后面抬起头,看到是维多利亚,便站起身来,一本正经地跟她握手。

"嗯……琼斯小姐,是吧?拿杯咖啡来,阿卜杜勒。"

阿卜杜勒刚把隔音门关上,达金先生便轻声说道:"你不该来这儿,你知道的。"

"这次我非来不可,"维多利亚说,"有件事我必须马上告诉你——在我身上还没发生其他事情之前。"

"你身上？你发生过什么事情？"

"你不知道？"维多利亚问，"爱德华没告诉你？"

"就我所知，你仍然在'橄榄枝'工作，没人告诉我发生了什么事情。"

"凯瑟琳！"维多利亚喊道。

"抱歉，你说什么？"

"狡猾的凯瑟琳！她肯定对爱德华编造了什么故事，然后那个笨蛋就相信她了！"

"来，你好好说说，"达金先生说，"呃……要我说……"他谨慎地打量着维多利亚的金发，然后说，"我觉得你还是黑头发好看。"

"这只是我要跟你说的其中一件事。"她说。

敲门声响起，仆人端着两小杯甜咖啡走了进来。等他走出去之后，达金说："现在，不要着急，好好跟我说说看。在这里讲话外面听不到。"

维多利亚讲起了她的冒险故事。像平时一样，她在跟达金先生讲话时，总能讲述得流畅生动又简洁明了。最后，她以卡迈克尔掉在地上的红围巾和德法奇太太的联想作为结尾，结束了整个故事。

然后，她迫切地看着达金。

刚进门时，她觉得达金先生的腰更弯了，模样也更疲累。但是现在，他眼睛里闪烁着她从未见过的光芒。

"我应该多读读狄更斯的书。"他说。

"所以你觉得我是对的？你也认为他当时说的是德法奇吧——而且你也认为确实有情报织进了围巾？"

"我认为,"达金先生说,"这是我们目前为止取得的第一次重大突破——真的很感谢你。但现在最重要的是那条红围巾,它在哪儿?"

"跟我留下的那些东西放在一起。那天晚上我把它塞到了抽屉里,后来打包的时候,我记得把所有的东西都放到一起了,没有特意去整理什么。"

"你从来没对任何人提起那条围巾是卡迈克尔的吧?"

"没有,因为我早就把它给忘了。去巴士拉的时候,我把这些东西都放进了手提箱,之后,就再也没打开过了。"

"嗯,那应该不会出什么问题。就算他们搜过你的东西,也不会意识到一条又破又旧的围巾会这么重要——除非有人泄露了消息。这一点,据我所知,也是不可能的。现在我们要做的是把你的东西都取出来,送到——对了,你有地方住了吗?"

"我在蒂奥旅馆订了个房间。"

达金点了点头。

"你住在那儿真是最合适不过了。"

"我还——你还要我——回'橄榄枝'去吗?"

达金仔仔细细地打量着她。

"你怕吗?"

维多利亚扬起下巴。

"不,"她挑衅似的说道,"如果你希望我回去,我就回去。"

"我觉得没有必要了——而且也不明智。不论他们是怎么知道的,我猜那里已经有人对你的行动产生了怀疑。既然如此,你就不可能再打听出什么来了,所以最好还是脱身吧。"

他笑了。

"不然,下次见你,你的头发可能就变成红色了。"

"我最想搞清楚的就是这件事!"维多利亚叫道,"他们为什么染我的头发?我想破了脑袋也没有主意,你知道吗?"

"只有一个令人不快的理由,那就是——让你的尸体不容易被认出来。"

"但如果他们想让我变成尸体,为什么不直接杀了我呢?"

"很有趣的问题,维多利亚。这倒是我最想搞清楚的事。"

"对此你没有任何想法?"

"毫无头绪。"达金先生微微地笑了一下。

"说到线索,"维多利亚说,"你还记得吗,我说那天早晨在蒂奥旅馆看到鲁伯特·科洛夫顿·李爵士时,觉得有点儿不对劲儿。"

"我记得。"

"你以前没见过他本人吧?"

"从没见过。"

"我觉得也是。因为,你知道吗,他不是鲁伯特·科洛夫顿·李爵士!"

于是,她又一次生动地讲起了故事,故事的开头,便是鲁伯特爵士脖子后面那颗刚刚长出来的疖子。

"原来是这样,"达金说,"不然我实在想不通,为什么那天晚上卡迈克尔放松了警惕,被人杀害了。他安全地找到了科洛夫顿·李,而科洛夫顿·李刺了他一刀,他挣扎着逃走了,在倒下之前,闯进了你的房间,临死的时候,手里还紧紧抓着围巾——他确实是个烈士。"

"你觉得是不是因为我要告诉你这些事,所以他们绑架了我?但除了爱德华,谁也不知道啊。"

"我觉得,他们一定想尽快把你消灭。'橄榄枝'里的事情,你打听到的太多了。"

"拉斯伯恩博士警告过我,"维多利亚说,"与其说是警告,不如说是威胁。我估计他已经意识到我是混进去的间谍了。"

"拉斯伯恩,"达金先生冷冷地说道,"不是一个傻瓜。"

"很高兴我不用再回'橄榄枝'了,"维多利亚说,"刚才我装得挺勇敢的样子——事实上,我快吓死了。但我不去'橄榄枝'的话,要怎么找爱德华呢?"

达金笑了。

"人不向山走去,山就向人走来。现在就给他写个便条,告诉他你在蒂奥旅馆,并要他把你的衣服和行李都带过去。今天上午我要就协会举办晚会的事情去找拉斯伯恩博士。捎个便条给他的秘书,对我来说再容易不过了——这样,你的那个敌人凯瑟琳就没什么危险,也不会来搞破坏了。至于你,这就回蒂奥旅馆住下来。还有,维多利亚……"

"嗯?"

"如果你陷入了麻烦——不管是什么麻烦——一定要让自己逃出来。我会尽我所能保护你,但你的对手非常可怕,而且十分不幸,你知道他们太多的秘密。只要你的行李一到蒂奥旅馆,我雇你所做的工作就结束了,明白了吗?"

"我现在就直接回蒂奥旅馆,"维多利亚说,"不过,我要在路上买点儿扑面粉、唇膏,还有雪花膏,毕竟……"

"毕竟,"达金先生说,"姑娘见心上人之前,肯定要全副武装。"

"我想让理查德·贝克知道,如果我打扮打扮,还是很漂亮的,但好像又没什么意义。"维多利亚说,"可爱德华……"

第二十二章

维多利亚把金色的头发扎好,在鼻子上扑过粉,又涂过唇膏之后,来到蒂奥旅馆的阳台上坐下。她又一次扮演着一个现代朱丽叶,等待罗密欧的到来。

罗密欧在最合适的时候出现了,他站在草坪上张望着。

"爱德华!"维多利亚喊道。

爱德华抬起头。

"哦,你在这里,维多利亚!"

"快上来。"

"好的。"

一会儿工夫,他就到了阳台上。此刻,阳台上只有他们两个人。

"这里很安静,"维多利亚说,"等一下我们下去,让马库斯弄点儿喝的。"

爱德华困惑地看着她。

"我说,维多利亚,你怎么把头发搞成这样了?"

维多利亚气恼地长叹一声。

"谁要是提起我的头发,我就想用棍子朝他脑袋敲几下。"

"我比较喜欢原来的颜色。"爱德华说。

"跟凯瑟琳说去!"

"凯瑟琳？她跟这个有什么关系？"

"全跟她有关系！"维多利亚说，"你让我和她成为朋友，我照做了。你不知道，这主意让我倒了大霉！"

"这段时间你上哪儿去了，维多利亚？急死我了。"

"你着急了，是吗？你觉得我去哪儿了？"

"凯瑟琳给我捎来了消息，她说你让她转告我，你要马上去摩苏尔，办一些非常重要的事情，是好消息。并且会在适当的时机与我联系。"

"而你全信了？"维多利亚用一种近乎怜悯的口吻说道。

"我认为你找到了什么线索，你自然不会跟凯瑟琳多说……"

"你就没想过，凯瑟琳在说谎，而我已经被人打晕过去了？"

"什么？！"爱德华盯着她。

"我被人用氯仿麻醉了……还差点儿饿死……"

爱德华迅速环视周围。

"上帝啊！我做梦也想不到——我们别在这里谈，你看看旁边，都是窗户。去你房间吧？"

"好的，你把我的行李带过来了吗？"

"带来了，我把它们交给搬运工了。"

"因为要是一个人两个星期都不换衣服……"

"维多利亚，到底发生什么了？我把车开来了，我们去德文郡吧，那地方你从来没去过，是吗？"

"德文郡？"维多利亚惊讶地看着他说。

"哦，就在巴格达城外，离这里不远，这个季节那里很漂亮。来吧，我好像好几年没见到你了。"

"我们一起去过巴比伦之后，就再也没见过了。但拉斯伯恩博士和'橄榄枝'是怎么说的？"

"该死的拉斯伯恩博士,我受够那个老家伙了。"

他们跑下台阶,来到爱德华停放汽车的地方。爱德华驾车穿过巴格达,向南方驶去。一开始是沿着一条大道行驶,之后离开大道,颠簸着穿过路途弯曲的棕榈林,越过一座座小桥。最后,出人意料地,车子停在了一片小树林中,四周尽是小水流。周围的树大都是杏树,正是开花时节,景色十分宜人。前方不远处便是底格里斯河。

他们下了车,一起走过鲜花盛开的树林。

"真美。"维多利亚深深地叹了口气,说道,"好像回到了英国的春天。"

这里的空气既温暖又柔和。不一会儿,他们坐在一根倒在地上的大树干上,头顶上垂悬着粉红色的花朵。

"现在,亲爱的,"爱德华说,"跟我说说出什么事了。这些日子我太难熬了。"

"真的吗?"她笑着问。

然后,她告诉了他全部事情。讲到女理发师;讲到闻到氯仿的气味,她拼命挣扎;讲到醒来之后被人注射,又昏迷过去;讲到如何逃出来,幸运地遇到了理查德·贝克;讲到如何在去考察队的途中自称维多利亚·庞斯福特·琼斯;还讲到如何近乎奇迹般地扮演一位来自伦敦的人类学学生。

听到这里,爱德华大声笑了起来。

"你太不可思议了,维多利亚!你居然能想到这些事情——还能编出故事来。"

"我知道,"维多利亚说,"你是指我编造那些叔叔出来。庞斯福特·琼斯,还有之前的主教。"

这时,她突然想起在巴士拉的时候她想问爱德华什么问题了。当时克莱顿太太叫他们去喝饮料,而打断了她的发问。

"我之前就想问你,"她说,"你是怎么知道我编造主教的那些事的?"

她感到爱德华握住自己的那只手变得僵硬了。但他很快回答——非常快。

"不是你告诉我的吗?"

维多利亚看着他。事后她想到:说错一句孩子般愚蠢的话,竟然会导致如此严重的后果,世界上的事情真是奇怪。

因为完全出乎意料,所以他没有事先准备好借口——他的假面具被揭穿了。

她看着爱德华,曾经思考过的事情又旋转起来,最终,它们落在了合适的位置,就像透过万花筒一般,她看到了真相。也许这并不是在一瞬间被发现的,在她的潜意识中,一直有这样一个问题:爱德华是怎么知道主教的事的?这个问题让她饱受困扰,始终觉得心里有块疙瘩,慢慢地,她推导出了唯一的,也是毋庸置疑的答案……兰格主教的事,她自己从来没有告诉过他,可以告诉他的人只有克里普夫妇。但自从她来到巴格达后,他们就没有机会见到爱德华,因为爱德华一直在巴士拉。所以,他肯定是在离开英国之前就从他们那儿知道了这件事。那么,他其实早就知道自己要陪克里普夫人来巴格达——自己遭遇的这些事情不是巧合,完全是策划好的。

当她看着爱德华被戳穿后的真面目,突然了解了卡迈克尔口中的"路西法"是什么意思。她知道了,那天卡迈克尔看向通往领事馆花园的通道时究竟看到了什么。他看到的,正是自己此刻正看着的面孔,年轻、漂亮——真的很漂亮。

路西法,黎明之子,你是怎样堕落的?

不是拉斯伯恩博士——而是爱德华！爱德华，扮演着一个不起眼的秘书角色，但是他控制、策划、导演了一切。他把拉斯伯恩博士当做一个傀儡——拉斯伯恩还警告过自己，趁来得及，尽早脱身。

她看着爱德华漂亮而邪恶的脸，心中那份幼稚轻率的爱情烟消云散了。她甚至意识到，自己对爱德华的感情从来都不是爱情，而是类似于几年前她对亨弗莱·鲍嘉，还有后来对爱丁堡公爵的感情。她只是被对方的魅力迷住了。而爱德华也从未爱过她，只是故意在她面前施展迷人的魅力。他那天轻而易举就跟自己认识了，轻松自然地运用他的魅力让她毫无抵抗就深陷其中。她真是个傻瓜。

仅仅几秒钟内，就有这么多想法闪过维多利亚的脑海，真是太神奇了。但她根本不需要思考，这些念头自动就出现了。也许在她的潜意识里，一直藏着这些念头。

与此同时，出于本能地自我保护，她的脸上始终保持着一副傻里傻气、想不明白问题的表情。这个反应就跟她那些念头一样迅速。她本能地意识到，自己现在的处境非常危险。只有一件事情可以让自己安全，她只有一张牌能打。于是，她把这张牌打了出去。

"原来你早就知道了啊！"她说，"你知道我要来巴格达，肯定是你做的安排吧。哦，你太好了，爱德华！"

她那张可塑性极强的脸，此刻带着一副自己都很厌恶的充满崇拜的表情。这时，她观察到爱德华的表情——轻蔑地微微一笑，然后放松下来。她几乎可以感觉到爱德华在自言自语："这个小傻瓜，什么事情都相信，我随便说什么做什么都行。"

"但你究竟是怎么安排的？"维多利亚问，"你肯定很有权势,跟现在扮演的身份不一样。你是——就像你那天说的——你是巴比伦的国王。"

她看到爱德华脸上浮现出得意的神态。她看到了权利、强势、美色、残忍,这些之前都隐藏在一个可爱的男孩子后面。

而我只是个基督徒的奴隶,维多利亚想道。最后,她带着迫切的渴望,画龙点睛地补上了一句——没人知道,这句话有多么伤她的自尊。"但是,你是真心爱我的,对吗?"

此时爱德华脸上已经难掩轻蔑的神态。这个小傻瓜——女人都是傻瓜。要让她们相信你的爱,简直易如反掌,而她们只关心这一点!她们对于伟大的建筑和创造一个新世界没有任何概念,她们只知道哭诉着要一份爱情!她们是奴隶,你可以把她们当成奴隶,达到自己的目的。

"我当然爱你。"他说。

"但这是怎么一回事呢?给我讲讲吧,爱德华,让我弄明白。"

"我们要创造一个新世界,维多利亚。这个新世界会从旧世界的废墟中拔地而起。"

"跟我说说。"

于是,他对她讲了起来。虽然她意识到自己身处危险,但还是差一点儿就被他的梦想吸引住了。他说,陈旧的东西必然会互相摧毁。那些胖乎乎的老家伙紧攥着自己的利益,阻碍世界的进步。那些顽固又愚蠢的共产党人想要建立他们的马克思主义天堂,这势必会导致全面战争——全面毁灭。然后,会诞生一个新的世界,新的天堂,剩下的都是经过优胜劣汰的高等人:科学家、农业专家、管理人才——像爱德华这样的年轻人,新世界的齐格弗里德①。所有这些都是年轻人，他们像超人一样相信自己的命运。当旧世界被摧毁的时候，他们便会出现，接管新世界。

这太疯狂了——却是一种建设性的疯狂。这种事只有在一个已经粉碎和瓦解的世界中才会出现。

"但你要想一下，"维多利亚说，"会有很多人被杀死。"

"你不能理解。"爱德华说，"无所谓。"

无所谓——这就是爱德华的信条。不知为什么，维多利亚的脑子里突然想起那个用沥青粘补起来的三千年前的粗制陶碗。它们都是有所谓的——生活中的每一件小事、家里人煮的食物、家徒四壁但有一两件珍贵的东西。这个世界上千千万万的普通人各司其职，在自己的本职工作中发挥作用，制作陶陶罐罐，养儿育女，日出而作日落而息，生活中既有欢笑，又有泪水。真正有所谓的是他们，而不是那些为了创造新世界不惜伤害他人性命、有着邪恶面容的救世主。

维多利亚小心翼翼地试探着，她知道，在德文郡这个地方，她的生命很脆弱。她说："爱德华，你太了不起了！我呢？我能做些什么吗？"

"你想加入我们吗？你相信这些理论？"

维多利亚非常谨慎，她知道，突然相信这番歪理邪说，会显得很奇怪。

"我只是相信你，爱德华！"维多利亚说，"任何事情，只要是你让我做的，我就会去做。"

"真是个好姑娘。"他说。

"一开始你为什么安排我到这儿来呢？肯定有什么理由吧？"

---

①德国史诗《尼伯龙根》中的英雄。

"当然有。你还记得那天我给你拍了张照片吗?"

"我记得。"维多利亚说。

(这蠢货,稍微奉承两句就得意忘形了!维多利亚自顾地自想着。)

"我被你的外貌吸引住了——你长得很像一个人,所以我拍照确认一下。"

"我像谁?"

"一个给我们制造了很多麻烦的女人——安娜·舍勒。"

"安娜·舍勒。"维多利亚吃惊地看着他,无论如何她都没想到这一点,"你是说——她看起来像我?"

"侧面看起来非常像,有些特征简直一模一样。还有一件不可思议的事情,你的上嘴唇左边有个小疤痕……"

"我知道,小时候我磕到了小锡马上。那只小锡马的耳朵尖尖地竖起来,所以扎得很深。现在不太明显了——要是涂上粉就一点儿也看不出啦。"

"安娜·舍勒在相同的位置也有个小疤痕,这很重要。你们的身材、容貌都很像,她比你大四五岁,唯一不同的是头发,你是黑发,她是金发,而且发型也不一样。你的眼睛很蓝,不过没关系,戴上有色眼镜就看不出来了。"

"你让我来巴格达,就因为这个理由?因为我像她?"

"是的,我想你们长得这么像——以后说不定有用。"

"所以你就安排了这一切。那克里普夫妇呢,他们是谁?"

"他们不重要,只是按照吩咐行动而已。"

爱德华的语调中有些什么东西,让维多利亚的脊椎阵阵发凉。他的语气没有一点儿人类的情感——他们只是服从命令。

这个疯狂的计划中带着某种宗教色彩。爱德华,维多利亚想,他把自己看做上帝,这是很可怕的。

但她嘴里却说:"你以前告诉我,安娜·舍勒是一个女老板,像女王蜂一样。"

"那个时候你已经知道得太多了,我得告诉你一点儿干扰信息。"

要不是我长得像安娜·舍勒,那时候我就没命了吧,维多利亚想道。

她问:"她到底是什么人?"

"她是奥托·摩根赛尔的首席秘书,摩根赛尔是个美国银行家,也是个国际银行家。但安娜·舍勒远没有这么简单,她非常有条理,很有金融头脑,我们有理由相信,她多少已经知道我们的金融业务了。对我们来说,这三个人非常危险——鲁伯特·科洛夫顿·李、卡迈克尔——这两个已经解决了——只剩下安娜·舍勒。她原计划三天内抵达巴格达,而现在,她失踪了。"

"失踪?在哪儿失踪的?"

"在伦敦。其实看起来,她似乎是从地球上消失了。"

"没人知道她在哪儿?"

"达金可能知道。"

可达金并不知道。维多利亚了解这一点,而爱德华不了解——那么,安娜·舍勒到底在哪里?

她问道:"你真的一点儿头绪都没有吗?"

"我们有个主意。"爱德华缓缓说道。

"什么?"

"安娜·舍勒肯定会来巴格达参加会议,这个会议至关重要。而距离这个会议只有五天了。"

"这么快?我怎么什么都不知道。"

"我们在入境的每个通道都安排了人手。她肯定不会以真实姓名出现，也肯定不会坐政府专机来，我们有办法检查政府专机。所以我们调查了所有私人旅客名单，英国海外航空公司的名单上有个人叫格利特·哈登，我们发现根本没这个人，这是个假名字，填写的地址也是假的。所以我认为，格利特·哈登就是安娜·舍勒。"

他又补充道："她乘坐的飞机，后天将会降落在大马士革。"

"然后呢？"

爱德华突然紧紧盯住她的眼睛。

"就看你的了，维多利亚。"

"看我的？"

"你要去代替她。"

维多利亚缓缓说道："像鲁伯特·科洛夫顿·李吗？"

这番话讲得很轻，几乎是耳语。在那一次冒名顶替的事件中，鲁伯特·科洛夫顿·李死去了。那么当维多利亚去替代的时候，安娜·舍勒，或者说格利特·哈登，大概也要死了……而且，就算维多利亚不同意，安娜·舍勒也是必死无疑的。

爱德华正在等她回答——要是爱德华对她的忠诚有一秒怀疑，那她就活不成了——而且是在任何人都不知道的情况下死去。

不行，她必须答应，然后伺机向达金先生报告。

她深深吸了口气，然后说道："我……我……哦……我不行，爱德华。我会被认出来的，我不会讲美国口音。"

"安娜·舍勒没有口音的。而且不管发生什么情况，你就装作得了喉炎。这里最出名的一个医生会为你诊断。"

真是什么地方都有他们的人，维多利亚想道。

"我需要做些什么呢？"她问。

"用格里特·哈登这个名字,从大马士革飞到巴格达来,然后马上卧床不起。经过我们著名医生的允许后,正巧能赶上参加会议。会上,你把带来的文件放在他们面前。"

维多利亚问:"是真的文件吗?"

"当然不是,我们会换上我们的。"

"那这些文件上写着什么呢?"

爱德华笑了。

"会用最详细的证据,揭露共产党人在美国的阴谋计划。"

维多利亚想,安排得真好。

她说:"你真的认为我可以处理好吗,爱德华?"

既然她已经成了其中一员,那么,用一副充满真诚又带点儿焦虑的神情提问,对维多利亚来说就再容易不过了。

"我确定你可以。我注意到你在扮演一个角色的时候,会乐在其中,所以他们不会怀疑你的。"

维多利亚沉思着说:"一想到汉密尔顿·克里普夫妇,我就觉得自己很愚蠢。"

他傲慢地大笑起来。

维多利亚虽然脸上满是崇拜,心里却充满恶意地想道,你自己也是个大笨蛋,在巴士拉说漏了主教的事情。如果你那时候没说漏嘴,我恐怕永远也看不穿你的真面目。

她突然问道:"那拉斯伯恩博士呢?"

"什么意思?"

"他只是个傀儡吗?"

爱德华冷酷地撇了撇嘴。

"拉斯伯恩得按我们的规矩办事。你知道他这几年都在干什么吗?他十分聪明地挪用了整整四分之三从世界各地来的捐款,这是自霍拉修·博特姆利以来最大的诈骗。是的，拉斯伯恩完全被我们捏在手里——他知道，我们随时可以揭发他。"

维多利亚突然对那位额头很高，灵魂却贪婪低劣的老人产生了一丝感激之情。他可能是个骗子——但尚有怜悯之心——他曾劝她别再插手。

"所有的一切，都是为了我们的新秩序。"爱德华说。

维多利亚想：爱德华这人看起来很理智，其实是个疯子！如果有人想扮演上帝的角色，那他想必就是疯了。人们常说谦卑是种美德，现在我知道为什么了。谦卑能让你保持理智，保持人性……

爱德华站起身。

"我们得走了，"他说，"我们要把你送到大马士革，后天，就要按计划展开行动了。"

维多利亚高兴地站了起来。一旦她离开这个德文郡，回到巴格达的人群中，回到蒂奥旅馆，马库斯会红光满面地大叫着给她点一杯酒，那么，爱德华这个近在咫尺、纠缠不休的威胁就会消除。她得扮演一个两面派的角色——一边继续像狗一样对爱德华表示忠诚，一边暗地里破坏他的计划。

她说："你认为达金先生知道安娜·舍勒在哪儿吗？也许我能打听出点儿什么来，他可能会透露一些线索的。"

"不可能——而且无论如何，你不要再去见达金了。"

"他叫我今晚去见他。"维多利亚说了个谎，她感到一丝寒意从脊椎往上冒，"要是我不去，他会觉得奇怪的。"

"事情进展到这一步，他怎么想已经不重要了。"爱德华说，"我们的计划已经制订好了。"他又加了一句，"你不会再在巴格达露面了。"

"可是爱德华,我所有的东西都在蒂奥旅馆啊,我还订了个房间呢。"

围巾。那条宝贵的围巾。

"这段时间你不需要那些东西。我已经给你准备了一套衣服,走吧。"

他们又上了汽车。维多利亚想:我应该想到的,发现他的秘密之后,他是不会傻到让我再跟达金先生见面的。他相信我痴迷他——是的,这一点他很确信——但他不会让自己冒任何风险。

她说:"如果我不出现了,他们……不会找我吗?"

"这件事我们会处理的。等一会儿到了桥那里,你就装作跟我道别,然后去西岸看几个朋友。"

"实际上呢?"

"等一会儿你就知道了。"

维多利亚坐在车上,一言不发,他们经过崎岖不平的路段,穿过棕榈林和小桥。

"拉法奇。"爱德华喃喃自语,"要是能知道卡迈克尔这句话的意思就好了。"

维多利亚的心突然剧烈地跳动了一下。

"哦,"她说,"我忘了告诉你了,不知道这事重不重要。有一天,一个拉法奇先生到山丘附近的考察队来了。"

"什么?"由于激动,爱德华猛踩了一脚刹车,"什么时候的事?"

"哦,大概一个星期之前吧。他说他是从叙利亚的一个考察队来的,那个考察队好像是一个叫帕罗特的人负责的。"

"你在的时候,有两个分别叫安德烈和费多斯的人去过吗?"

"有的。"维多利亚说,"其中一个得了胃病,去房间里躺着了。"

"这两个是我们的人。"爱德华说。

"他们去干什么？找我？"

"不，我不知道你当时也在那儿。但是，卡迈克尔在巴士拉的时候，理查德·贝克也在。我们猜，卡迈克尔交给了贝克某样东西。"

"他说他的东西被人搜过了。那有没有找到呢？"

"没有——你再仔细想想，维多利亚，那个叫拉法奇的人是在我们的两个人之前去的，还是之后去的？"

维多利亚装出回忆的样子，其实她正在考虑，应该把什么事情转嫁到传说中的拉法奇先生身上。

"那是……对，是在那两个人之前一天去的。"

"他做了什么？"

"嗯，"维多利亚说，"他参观了挖掘现场——和庞斯福特·琼斯博士一起。然后理查德·贝克带他进屋，参观了文物收藏室。"

"他是跟理查德·贝克一起去的，他们交谈了吗？"

"我觉得交谈了，"维多利亚说，"我是说，参观的时候不可能一句话都不说的，是吧？"

"拉法奇，"爱德华喃喃自语，"拉法奇是什么人呢？为什么我们一点儿线索都没有呢？"

维多利亚真想对他说："他是哈里斯夫人的弟弟。"但还是忍住了。她为自己编造出了一个拉法奇先生而感到高兴，她的脑海中甚至已经有了拉法奇先生的形象——身材消瘦的年轻人，看起来像患了肺病，一头黑发，留着小胡子。过了一会儿，当爱德华问她的时候，她便把这个形象仔仔细细地描述了一遍。

这时，他们正在巴格达的郊区行驶。爱德华把车转到旁边的一条街上，这条街上全是模仿欧洲建筑风格的现代别墅，阳台被花园围绕着。其中一幢房子前面停着一辆大型房车。爱德华把车停在那辆房车后面，然后和维多利亚走出来，迈步踏上门前的台阶。

一个黑黑瘦瘦的妇女出来迎接他们，爱德华用法语和她快速地讲起话来，维多利亚的法语不是很好，无法完全听懂他们在说什么。但大概的意思是，给这位小姐换一套衣服。

妇女转向她，用法语礼貌地说："请跟我来。"

她把维多利亚带到一间卧室，一套修女的衣服摊开放在床上。妇女示意维多利亚换衣服，于是维多利亚脱下衣服，换上崭新的羊毛内衣裤，还有中世纪的多褶黑长袍。法国妇女帮她整理了一下头巾。维多利亚看了镜子一眼，她那苍白的小脸被隐藏在一堆巨大的东西中——是头巾吗——下巴也包裹着白色的头巾，看上去有一种不可思议的纯洁和超凡脱俗的气质。法国妇女又把一串木质念珠挂在她的脖子上。然后，维多利亚穿上一双尺寸过大的鞋子，被领去见爱德华。

"看上去很像，"爱德华赞许地说，"眼睛要往下看，尤其是旁边有男人的时候。"

不一会儿，法国妇女也过来了，她同样穿上了修女衣服。两个修女走了出去，坐进那辆房车。车里已经有个穿着西装的高大黑人坐在驾驶座上了。

"现在就看你的了，维多利亚。"爱德华说，"听指令行事。"

他的话中隐隐有一股不可违抗的威胁力量。

"你不来吗，爱德华？"维多利亚用忧伤的语调说道。

爱德华对着她笑了。

"三天后，你就又能见到我了。"他说。然后，又恢复了往常那种劝诱的口吻，小声说道："别让我失望，亲爱的。只有你能做好这件事——我爱你，维多利亚。我怕被人看到我在吻一个修女，但我真想吻你。"

维多利亚像一个被人称赞的修女一样垂下了目光。实际上，她是要隐藏刚刚那一瞬间涌现的愤怒。

可怕的犹大，她想道。

可是表面上，她的神态如往常。

"看起来，我真是个合格的基督徒。"

"这才是我的好姑娘！"爱德华说完，又补充道，"别担心，你的证件都天衣无缝，过叙利亚边境的时候不会有任何麻烦。顺便说一下，你在教内的名字是玛丽·苔丝·安格莉丝，陪同你的特雷泽修女有全部证件，对你全权负责。看在上帝的分上，你一定要服从指令，否则——我坦率地警告你，你会受到惩罚。"

他向后退了一步，高高兴兴地挥手，汽车启动了。

维多利亚靠在椅背上，思考着可能要采取的行动，陷入了沉思。因为他们会途径巴格达，她可以在经过那里的时候或者在过边境的时候大喊救命，告诉别人她是被强迫带走的——事实上，她可以以任何方式吵闹起来。

这样做会有什么后果呢？最大的可能是维多利亚的生命就此告终。她注意到，特雷泽修女在袖套中藏了一支小型半自动手枪，自己可能都没有说话的机会。

或者，等到了大马士革再采取行动？在那里呼救？很有可能落得同样下场。或者，司机和修女的证词会将她的话驳倒，他们可能会出示证明，说她患有精神病。

最好的选择是按他们的要求去做——接受他们的计划，以安娜·舍勒的名义来到巴格达,扮演她。如果这样做的话,迟早会等到一个时机,或许在最后的高潮时刻,爱德华无法再控制她的言行。如果她能继续让爱德华相信自己对他唯命是从,那么,她带着伪造的文件出现在会议上的时刻就会来临——而那时,爱德华是不会在场的。

没人可以阻止她说"我不是安娜·舍勒,这些文件全都是伪造的"。

她不知道为什么爱德华不怕她将来会这么做。但又想了想,虚荣心能让人盲目,虚荣心是阿喀琉斯的脚踝。而且,爱德华和他那伙人若想成功,就必须找个人来顶替安娜·舍勒,这是不可避免的选择。要找到一个女孩,外表与安娜·舍勒十分相似——甚至在相同的部位有个疤痕——这是非常困难的。维多利亚记得,在《里昂邮件》中,杜波斯的眉毛上有个疤痕,还有一根变形的手指。前者是先天的,后者是后天事故造成,这些巧合都是非常罕见的。是的,那些超人需要维多利亚·琼斯,一个小小打字员——从这个意义上来说,是维多利亚控制着他们,而不是他们控制着维多利亚。

汽车驶过了大桥。维多利亚怀着乡愁注视底格里斯河,接着,他们便在一条尘土飞扬的高速公路上扬长而去。维多利亚用手指一个个摸着脖子上的念珠,它们彼此碰撞发出的声音稍微给她带来了一些安慰。

"无论如何,"维多利亚自我安慰道,"我是个基督徒。如果一个人是基督徒,那么对他来说,做一个基督的殉道者,要比做一个巴比伦的国王要好上一百倍——而且,我敢说,我很有可能成为一个基督的殉道者。哦,好吧,无论如何我也不会成为大人物,我讨厌大人物!"

第二十三章

1

巨大的客机从天而降，完美着陆。沿着跑道缓缓滑行了一段距离之后，在指定地点停住了。乘客们走下飞机，去巴士拉的乘客和换乘去巴格达的乘客在此分开。

换乘去巴格达的只有四人。一个富态的伊拉克商人，一个年轻的英国医生，还有两名女性。他们都经过了各道程序和询问。

第一个办理手续的是一位皮肤黝黑的妇女，她头发凌乱，一脸倦容，随意围着一条围巾。

"庞斯福特·琼斯太太？英国人？好的，是来找丈夫的？请告诉我你在巴格达的住址，带着哪国货币……"

接下来是另一位女性。

"格利特·哈登？好的，哪里人？哦，丹麦。你从英国来？巴格达的住址是什么？你带哪国货币？"

格利特·哈登是一个身材纤瘦的金发姑娘，她戴着一副墨镜，嘴唇上方的部位涂着一层厚厚的粉，好像是为了掩饰某种污点。她穿着整洁，但很简朴。

她的法语很糟糕——有时候不得不让对方重复一遍问题。

机场人员告诉四位乘客，飞往巴格达的班机将在下午起飞。

现在，工作人员会开车送他们去阿巴斯旅馆就餐并休息。

格利特·哈登坐在床上，这时传来了敲门声。她打开门，外面站着一位身穿英国海外航空公司制服、皮肤黑黑的高个子女人。

"打扰了，哈登小姐，您能跟我来一趟英国海外航空公司的办公室吗？您的机票出了点儿小问题，请往这边走。"

格利特·哈登跟着她穿过走廊，来到一个门口挂着大牌子的房间，牌子上写着金色的字——英国海外航空公司办公室。

空姐打开门，示意让哈登小姐进去。等格利特·哈登一进门，她就从外面把门关上，并且快速摘下了牌子。

格利特·哈登刚进门，早就躲在门后的两个男人便马上用布把她的头蒙住，并往她的嘴里塞了东西。其中一个男人卷起她的衣袖，拿出针管，给她注射了一针。

几分钟后，她的身体瘫软了下来。

屋内的年轻医生高兴地说道："这一针会持续六个小时，现在，你们两个抓紧做事吧。"

他朝屋内的另外两个人点了点头。那是两个修女，正一动不动地坐在窗前。男人走出了房间。年长的修女走到格利特·哈登跟前，把瘫软躯体上的衣物脱了下来。那个年轻的修女微微颤抖着，开始脱自己的衣服。不一会儿，格利特·哈登穿着修女服，安静地躺在床上。而年轻的修女，此刻穿着原本属于格利特·哈登的衣服。

年长的修女开始收拾同伴浅黄色的头发。她掏出一张照片，竖在镜子前，一边看一边精心地给同伴梳理头发。从额头往后梳，然后在脖子后面做成卷曲的效果。

她后退两步，用法语说："多么惊人的变化！快戴上墨镜，你的眼睛太蓝了。好的,简直令人惊叹!"

有人轻轻敲了敲门,那两个人男人又回来了。他们咧嘴笑着。

"果然,格利特·哈登就是安娜·舍勒,"一个男人说道,"她把证件藏在了行李里。经过伪装后,夹在一本丹麦出版的杂志《医疗按摩》中。现在,哈登小姐。"他假惺惺地对维多利亚鞠了一躬,"我有这个荣幸与您共进午餐吗?"

维多利亚跟着他走出房间,朝大厅走去。另一位女乘客正在柜台发电报。

"不对,"她说,"庞——斯——福特。庞斯福特·琼斯博士,今晚抵达蒂奥旅馆,一路平安。"

维多利亚突然饶有兴趣地看着她。这位肯定就是庞斯福特·琼斯博士的妻子,来跟他团聚的。庞斯福特·琼斯博士曾多次惋惜地说他把妻子告知抵达时间的信弄丢了,但她二十六号肯定会来。那么,现在庞斯福特·琼斯的妻子比预计早到了一周,维多利亚也不觉得奇怪。

要是她能想到某种方法,让庞斯福特·琼斯太太送个信息给理查德·贝克,那该有多好啊……

陪同她的男人似乎看穿了她的想法,挽着她的胳膊离开了柜台。

"别和同行的乘客说话,哈登小姐。"他说,"我们不想让那位太太注意到,跟她同行的已经换了个人。"

他带着维多利亚走出旅馆,走进一家饭店吃了午饭。他们回来时,庞斯福特·琼斯太太正好从旅馆前的台阶上走下来。她对维多利亚点了点头,没有流露出丝毫怀疑的迹象。

"出去逛了逛?"她打着招呼,"我正想去市集看看。"

要是我能往她行李里塞点儿什么东西……维多利亚想着。

但每时每刻都有人看着她。

下午三点，飞往巴格达的飞机起飞了。

庞斯福特·琼斯太太的座位在最前面。维多利亚则坐在机舱尾部，靠近舱门。隔着通道坐着一个皮肤白皙的年轻男人——是她的看守。维多利亚根本没有机会接近庞斯福特·琼斯太太，也没有机会给她塞什么东西。

这一次飞行的时间并不长。维多利亚再一次从空中向下俯瞰，她看到了巴格达的轮廓，看到底格里斯河像一条金黄的纹路，将城市一分为二。

这番景象，不到一个月之前她也看过。从那个时候起，到底发生了多少事啊！

两天后，代表世界上两种思想的人就要在这里会面，讨论未来。

而她，维多利亚·琼斯，将在其中扮演重要的角色。

2

"你知道吗，"理查德·贝克尔说，"我很担心那个姑娘。"

庞斯福特·琼斯博士茫然地问："哪个姑娘？"

"维多利亚。"

"维多利亚？"庞斯福特·琼斯博士往周围看了一下，"她在哪儿……哦，天哪，她昨晚没跟我们一起回来。"

"我想你也没注意。"理查德·贝克说。

"我太粗心了。那份巴木达土丘的挖掘报告把我吸引住了，那个分层是毫无道理的。她知道去哪里能找到我们的卡车吗？"

"她要想回来的话，一点儿困难都没有。"理查德·贝克说，

"事实上,她不是维希尼亚。"

"不是维希尼亚?太奇怪了。可是我记得你说她的教名是维多利亚。"

"是的,但她不是人类学家,也不认识艾默生。事实上,整件事情都是——都是一个误会。"

"天哪,这很奇怪。"庞斯福特·琼斯博士思考了一会儿,"非常奇怪,我希望——是我搞错了吗?我知道我有时候心不在焉,是我把信搞错了吧?"

"我也搞不懂。"理查德·贝克皱着眉头说道,丝毫没有理会庞斯福特·琼斯博士的猜测,"她好像是跟一个年轻男人上车走了,而且没有回来。还有,她的行李就在那里,但她从来没想过要打开。我感到很奇怪——尤其是考虑到她现在的处境。我本来以为她会梳洗打扮一番,因为我们已经约好了一起吃午饭……真是搞不懂,希望她不要出什么事。"

"我觉得她不会出事的。"庞斯福特·琼斯博士安慰道,"明天我准备在 H 地段继续向下挖掘。从总体规划来说,我对在那里挖出档案室抱有很大期望。从那块碑的碎片来看,希望很大。"

"他们绑架过她一次了。"理查德·贝克说,"为什么不能认为,他们绑架了她第二次呢?"

"不可能,不可能。"庞斯福特·琼斯博士说道,"这个城市现在很安定,你自己也这么说。"

"我要是能想起石油公司那个人的名字就好了。迪肯?达金?大概就是这种名字。"

"从来没听过这个人。"庞斯福特·琼斯博士说,"我准备把穆斯塔法那一队调到东北角去,那么我们就可能顺着 J 沟往前挖——"

"先生，如果我明天再去一次巴格达，你不介意吧？"

庞斯福特·琼斯博士不再扯开话题，他盯着贝克。

"明天？但我们昨天才去过啊。"

"我很担心那个姑娘。非常担心。"

"哦，理查德，我真没看出来是这样。"

"怎样？"

"你爱上她了。挖掘工作中最糟糕的事情就是有女人参加——尤其是漂亮女人。前年跟我们一起的那个女人，瑟贝尔·穆菲尔德，长得不怎么样，我本来以为她很安全，可是结果呢！在伦敦的时候我真该听听克劳德的劝告，法国人说话总是一针见血。他当时讨论过她的腿，非常热情。当然了，这个女孩子，维多利亚，维希尼亚，不管她叫什么名字，长得很漂亮，讨人喜欢。你的品位不错，理查德，我必须承认这一点。很有意思，这还是我第一次看到你对一个姑娘感兴趣。"

"不是这样的，"理查德说，他脸都红了，看起来比平时更加盛气凌人，"我只是——呃——担心她而已。我必须要去一次巴格达。"

"好吧，如果你明天要去。"庞斯福特·琼斯博士说道，"记得把剩下的挖掘出的东西带回来，那些笨蛋司机忘了。"

3

第二天凌晨，理查德一到巴格达，便前往蒂奥旅馆。在那里，他得知维多利亚没有回来。

"而且我们早就安排好了，饭菜都是特意准备的。"马库斯说，"我还给她留了一个上好的房间，你说怪不怪？"

"你报警了吗？"

"没有，亲爱的，报警没什么好处，她不会喜欢的。而且我也不想这么做。"

经过简短的询问，理查德知道了达金先生的住址，于是他又飞快地往那边赶去。

这个男人和他印象中没什么两样。他看着达金先生弯腰曲背的身姿，优柔寡断的面容，还有微微颤抖的双手。这男人不怎么样！他首先向达金先生道歉，打扰了他的时间，然后问对方有没有见过维多利亚。

"她前天来过这里。"

"你能告诉我她现在的住址吗？"

"住蒂奥旅馆吧，我想。"

"她的行李在那儿，但人不见了。"

达金先生微微扬了扬眉毛。

"她最近一直跟我们在阿斯旺山丘做挖掘工作。"理查德解释道。

"嗯，我明白了，恐怕我帮不上你的忙，我什么都不知道。我想，她在巴格达还有一些朋友，但我和她不熟，不知道那些朋友叫什么。"

"她可能在'橄榄枝'吗？"

"我觉得不会，但你可以去问问。"

理查德说："听着，找不到她，我就不会离开巴格达。"

他皱着眉头看着达金先生，然后转身大步走出了房间。

房门关上后，达金先生笑着摇了摇头。

"哦，维多利亚。"他用责备的口吻喃喃自语道。

愤怒的理查德回到蒂奥旅馆，碰上了满面春风的马库斯。

"她回来了?"理查德急切地喊道。

"没有,没有,是庞斯福特·琼斯太太。我刚听说,她今天就坐飞机到巴格达。可庞斯福特·琼斯博士却跟我说她要下周才能到。"

"他总是搞错日期。维多利亚·琼斯有什么消息吗?"

马库斯的神色又黯淡下来。

"不,什么消息也没有。这种感觉真讨厌,贝克先生。她这么年轻,这么漂亮,又这么活泼迷人。"

"是的,是的。"理查德不想让他继续唠叨下去,"我想我最好等一等,去接一下庞斯福特·琼斯太太。"

他真想知道,维多利亚究竟出什么事了。

4

"是你!"维多利亚毫不掩饰自己的敌意。

被领到巴比伦宫旅馆的房间后,她看到的第一个人就是凯瑟琳。

凯瑟琳带着同样的敌意对她点了点头。

"是的,"她说,"是我。现在,请上床吧,医生马上就来。"

凯瑟琳穿着护士服,认真地履行自己的职责。十分明显,她会为了看守维多利亚而寸步不离。维多利亚不太高兴地躺在床上,嘟囔道:"我要是能见到爱德华……"

"爱德华!爱德华!"凯瑟琳轻蔑地说,"爱德华从来就没在意过你,愚蠢的英国姑娘。他爱的是我!"

维多利亚漠然看着狂热固执的凯瑟琳。

凯瑟琳继续说道:"自从那天早晨你粗鲁地要见拉斯伯恩博

士，我就开始恨你了。"

维多利亚想到了一个好主意来刺激她。她说："不管怎么说，我比你重要得多。任何人都能扮演护士的角色，而我，所有的事情都依赖于我。"

凯瑟琳装模作样地说："没有谁是必不可少的。你应该了解这一点。"

"我就是！看在上帝的分上，叫他们拿丰盛的晚餐过来。如果不吃些东西，到时我怎么扮演好美国银行家秘书的角色呢？"

"我也觉得，趁你还能吃，就吃吧。"凯瑟琳不情愿地说道。

维多利亚没有注意到这番话中的险恶用意。

5

克罗斯比上尉说："据我所知，这里有个叫哈登的小姐刚住进来。"

巴比伦宫旅馆办公室里那个温文儒雅的男人点了点头。

"是的，先生，是从英国来的。"

"她是我姐姐的一位朋友，请你把我的名片带给她。"

他在一张卡片上写了几个字，请一个侍者送了上去。

不一会儿，送名片的侍者回来了。

"那位小姐不太舒服，先生，嗓子疼。医生马上就来，现在有个护士正看着呢。"

克罗斯比转身离开了。一到蒂奥旅馆，马库斯就上来跟他说话。

"哦，亲爱的，我们喝一杯吧。今天晚上旅馆客满了，都是来参加会议的。庞斯福特·琼斯博士前天刚回考察队，他的太太今天就来了，还等着与丈夫见面呢，真是遗憾。琼斯太太很不高兴，她说她告诉过他，自己会坐这班飞机过来。但庞斯福特·琼斯博士这种人，你知道的，不管是什么日期、时间，他总会弄错。但他是个好人。"马库斯带着他那副处处与人为善的表情总结道，"不管怎么说，我把她安排进来了——把联合国的一位重要人物赶走了。"

"巴格达现在人满为患。"

"警察都调过来了，他们采取了很多防备措施。他们说——你听说了吗——共产党人在谋划暗杀总统。他们已经逮捕了六十五名学生！看到俄国警察了吗？他们怀疑每一个人。但这一切对贸易很有好处——确实很有好处。"

6

电话铃声响起，很快，有人接了电话。

"这里是美国大使馆。"

"这里是巴比伦宫旅馆，安娜·舍勒小姐住在这里。"

"安娜·舍勒？"马上，一个专员的声音在电话里响起，"安娜·舍勒小姐能和我通话吗？"

"舍勒小姐得了咽喉炎，正躺在床上休息。我是斯莫尔布鲁克医生，在给舍勒小姐看病，她带了一些重要文件过来，希望大使馆派负责相关事务的人员过来取一下。马上就来。谢谢，我等你。"

7

维多利亚在镜子面前转过身。她的衣服是量身定做的,剪裁恰到好处,金黄色的头发也梳理得一丝不苟。她感到紧张,同时又很兴奋。

刚转过身,她就看到凯瑟琳眼中兴高采烈的神色,她警觉起来,为什么凯瑟琳这么高兴?

他们想干什么?

"怎么这么高兴?"她问道。

"过一会儿你就知道了。"

她现在丝毫不隐藏自己的恶意了。

"你以为自己很聪明,"凯瑟琳轻蔑地说,"还以为每个人都在依赖你。呸,你就是个笨蛋!"

维多利亚猛地扑到她身上,抓住她的肩膀,拼命掐她。

"告诉我,你什么意思!"

"啊……你弄疼我了。"

"告诉我——"

敲门声响起。敲了两下后,停顿一下,又敲了一下。

"现在你就知道了!"凯瑟琳说。

门打开了,一个男人走了进来。他身材高大,穿着国际刑警的制服。他把身后的门锁好,拿下钥匙,然后朝凯瑟琳走去。

"快。"他说。

他掏出一根细绳,跟凯瑟琳一起,迅速把维多利亚绑在一把椅子上。接着,他又掏出一条围巾,把维多利亚的嘴堵住了。做完后,他后退两步,满意地点了点头。

"不错,挺好的。"

然后他转向维多利亚。维多利亚看着对方手里粗大的警棍,瞬间明白了他们的意图。他们从来没有考虑过让她在会议上扮演安娜·舍勒,他们怎么敢冒这个险呢?巴格达有不少人认识维多利亚。他们的计划一直都是——安娜·舍勒在最后时刻遭到歹徒袭击,惨遭杀害,血肉模糊的尸体无法辨认,只有随身携带的文件——那些精心伪造的假文件——会保留下来。

维多利亚把脸转向窗户,尖叫起来。男人笑了一下,走到了她跟前。

这时,几件事情接二连三地发生了——玻璃窗被人砸破了——她挨了重重的一拳,倒在地上——眼冒金星,之后是一片黑暗……然后,在黑暗中,她听到了讲话声,是令人安心的英国口音。

"你还好吧,小姐?"那个声音说道。

维多利亚嘟囔了一句什么。

"她说什么?"另一个声音问。

第一个人挠了挠头。

"她说宁在天堂当差,不到地狱为王。"那人犹豫地说。

"哦,这是句名言。"第一个人说,"不过她说错了。"他加了一句。

"不,我没说错。"说完,维多利亚晕了过去。

8

电话铃声响起,达金拿起了话筒。有个声音说道:"维多利亚的行动成功了。"

"很好。"达金说。

"我们抓住了凯瑟琳·塞拉金丝和那个医生。还有两个人从阳台上跳了出去,受了重伤。"

"我们的姑娘没受伤吧?"

"晕了过去——但没受伤。"

"真正的 A.S. 还是没有消息吗?"

"目前为止,还没有消息。"

达金把话筒放了下来。

不管怎样,维多利亚没事——但安娜呢,他想,肯定死了吧……她坚持单独行动,并且反复重申会在十九号之前到巴格达。今天就是十九号,但安娜·舍勒还没有消息。不相信官方组织机构,在这一点上她或许是对的。毫无疑问,官方组织的消息被泄露了——有间谍。但是仅靠她自己的才智和手段,也没让结果变得更好……

而如果安娜·舍勒不出席会议,就不会有充足的证据。

这时,仆人送来一张纸,上面写着理查德·贝克和庞斯福特·琼斯太太求见。

"我现在谁也不想见,"达金说,"告诉他们很抱歉,我正忙着呢。"

仆人退了出去,不一会儿,又回来了,交给达金一张便签。

达金打开便签,读道:"我想跟你谈谈亨利·卡迈克尔的事情。R.B.[①]"

"请他进来吧。"达金说。

不一会儿,理查德·贝克和庞斯福特·琼斯太太走了进来。理查德·贝克说:"我不想占用您的时间,但我上学的时候,认

[①]理查德·贝克的简写。

识一个叫亨利·卡迈克尔的校友。我们很多年没见了,但一周前,我在巴士拉的时候,在领事馆的休息室里偶然遇见了他。他当时打扮成一个阿拉伯人,没有流露出一丝一毫和我认识的迹象,但他想方设法与我通信了。对此,您有兴趣吗?"

"非常有兴趣。"达金说。

"我当时想,卡迈克尔一定相信自己正处于危险中。这个想法很快得到了证实。有个人掏出左轮手枪想朝他射击,我上去把枪打掉了。卡迈克尔趁机逃走,但在走之前,他悄悄往我口袋里塞了个东西,我是后来才发现的——看起来不是什么贵重的东西,只不过是张'字条',上面提到一个叫艾哈迈德·穆罕穆德的人。但我认为,这张字条是卡迈克尔得以开展行动的重要文件。

"既然他没给我任何说明,我就把字条小心地保存了起来。我相信,总有一天他会来找我要的。几天前,我听维多利亚·琼斯说,他已经死了。而根据她告诉我的其他事情,我得出一个结论:这张字条应该交给你。"

他站起身,把一张上面写着字的肮脏字条放在了达金的办公桌上。

"这张纸,对你有意义吗?"

达金深深地吸了口气。

"是的,"他说,"比你想象的意义更大。"

达金也站了起来。

"非常感谢你,贝克。"他说,"很抱歉我要中断这次谈话,接下去我有很多事情要做,而且一秒钟都不能耽误了。"他又跟庞斯福特·琼斯太太握了握手,说道,"我想你是要去考察队跟丈夫见面吧,希望旅途愉快。"

"庞斯福特·琼斯博士今天早上没和我一起来巴格达,真是太好了。"理查德说,"老庞斯福特·琼斯对周围发生的事情不太敏感,但他应该能注意到自己的妻子和妻子的妹妹之间的区别。"

达金吃惊地看着庞斯福特·琼斯太太。对方用低沉悦耳的声音说道:"我姐姐艾尔西还在英国。我就把头发染成黑色,用她的护照过来了。我姐姐名叫艾尔西·舍勒,而我,达金先生,是安娜·舍勒。"

第二十四章

巴格达变样了。街边布满了警察——全是从国外调来的国际刑警,美国警察和俄国警察一个挨一个站着,脸上没有丝毫表情。

有一个谣言始终流传着——两位大人物都不会来参加会议了!有两架俄国飞机在武装护卫的情况下着陆,但里面只有两名年轻的俄国飞行员。

最后,消息终于传来,一切将正常进行。美国总统和俄国领导人都已到达巴格达,他们现在下榻在摄政王宫。

具有历史意义的会议,开始了。

小小的接待室里,可能会影响历史进程的事宜正在被讨论着。和大多数重大事件一样,这些会议通常都不会很有戏剧性。

来自哈维尔原子研究所的艾伦·布瑞克博士,用低沉的嗓音阐述自己带来的资料。

已故的鲁伯特·科洛夫顿·李爵士留下了某些材料供他分析研究,这是他在某次途径中国和突厥斯坦,再穿过库尔德斯坦和伊拉克的旅途中搜集到的。布瑞克博士用大量专业术语解释了这些证据。金属矿石……铀含量高……矿产的来源不是很清楚,因为鲁伯特爵士的笔记和日记在战争中被敌人毁掉了。

接着是达金先生的发言。他用温和又略带疲惫的口吻讲述了亨利·卡迈克尔的英雄事迹，卡迈克尔坚信人们口中流传的事情是真的，在远离人类文明的地方，有庞大的设备和地下实验站在运转。于是他独自着手调查，最终查出了真相。接着，他又讲到伟大的旅行家鲁伯特·科洛夫顿·李爵士，因为对那些不毛之地有足够的了解，所以他相信卡迈克尔。他赶来巴格达与卡迈克尔见面，结果牺牲了。而卡迈克尔，也死在了冒名顶替的假鲁伯特·科洛夫顿·李爵士手下。

"鲁伯特爵士牺牲了，亨利·卡迈克尔也牺牲了。但还有第三个证人活着，今天，她也在这里。现在，我想请出安娜·舍勒小姐，说说她所掌握的证据。"

安娜·舍勒，就跟在摩根赛尔先生的办公室里一样沉着、冷静，列举了一长串人名和数字。凭借其出色的金融头脑，她清楚地阐明了一个庞大的金融网络是如何把流通的金钱控制起来，然后投入到一些活动当中，而这些活动的目的是让整个文明世界分裂成两个不同的派别。这并不是主观臆测，她列举了事实和数字来证明这个论点。她这番足以给他们定罪的言论，虽然与卡迈克尔的个人冒险活动并不完全契合，但对与会的人来说，显然是很具说服力的。

达金再次发言。

"亨利·卡迈克尔牺牲了。"他说，"但通过危险的旅程，他也获得了确凿的证据。他不敢随身携带这些证据——敌人无时无刻不在追踪他。但他有很多朋友，通过两个朋友之手，他把这些证据安全地送到了另一个朋友那里——这位朋友是在整个伊拉克都德高望重的人物。经过他的同意，今天，我也把他邀请到了这个会议。我说的这位德高望重的人物就是谢赫·侯赛因·齐亚拉。"

正如达金所说，谢赫·侯赛因·齐亚拉在整个穆斯林界都享有盛名，他不仅是个神职人员，还是个著名诗人。很多穆斯林把他当做圣人看待。现在，他站起身来，高大的身材，棕红色的胡须出现在众人面前。他的灰色上衣上镶着金边，外面罩一件精致的、轻如薄纱的棕色长袍，头上裹着一块绿色的布头巾，头巾周围环绕着粗金线，给人一种很有权势的感觉。他开始发言，声音沉稳而洪亮。

"亨利·卡迈克尔是我的朋友。"他说，"他还是个小孩子的时候，我就认识他了，他跟我学习伟大诗人的诗句。前两天，有两个带着流动电影院周游世界的人来到这座城市。他们虽然是普通人，但却是先知的忠实追随者。他们给我一个包裹，说这是我的英国朋友卡迈克尔要他们转交的。他们要我保守秘密，妥善保管，将来交给卡迈克尔或是能说出特定暗号的使者。如果你确定你就是那个使者，那请说吧，孩子。"

达金说道："一千多年前，阿拉伯诗人穆塔纳比，人称'窥探天机者'，在阿勒顿写过一首诗，在这首名为《赛福·多拉颂》的诗中，有这么几个词：充盈、大笑、欢乐、走近、示好、喜悦、给予！"

谢赫·侯赛因·齐亚拉的脸上露出了微笑，然后他把一个包裹递给达金。

"我要引用一句塞福·多拉的话：'愿你如愿以偿……'"

"先生们，"达金说，"这是亨利·卡迈克尔带回来的证据，微型胶卷……"

又一个证人开始讲话，这是个看上去很悲伤的人，他额头很高，曾经一度受到全世界的尊重和赞赏。

他带着一种悲剧性的严肃口吻开始讲述。

"先生们,"他说,"我很快就要被指责为一个诈骗犯。但有些事情,即使是我这种人也不赞同。有一群人,大多数是年轻人,他们心里充满邪恶,他们信奉的真理是与世界背道而驰的。"

他抬起头,大声喊道:"他们是基督的敌人!这样的活动必须马上停止!我们不能没有和平——和平才会治愈我们的伤口,创造新的世界——而为了实现和平,我们必须试着理解每一个人。我搞了个骗局来赚钱,但,上帝啊,正因为相信了我所宣扬的东西,所以我要毁灭了,我就不提我用了哪些手段了。看在上帝的分上,先生们,让我们重新开始,齐心协力……"

片刻的沉默。接着,一个微弱的声音打着不合时宜的官腔说道:"这些材料将提交给美方和俄方的国家领导人……"

第二十五章

1

"我挺难受的,"维多利亚说,"关于那个在大马士革被误杀的丹麦女人。"

"哦,她好得很。"达金先生高兴地说,"你们的飞机刚起飞,我们就逮捕了那个法国女人,并且把格利特·哈登送进了医院,她很快就苏醒了。他们本来想多麻醉她一会儿的,以确保巴格达的会议万无一失。当然,她也是我们的人。"

"真的吗?"

"是的,安娜·舍勒失踪后,我们想着,应该给对手制造一点儿伤脑筋的事情。所以我们给格利特·哈登订了张机票,小心谨慎地抹去了她的背景资料。他们果然上当了,不假思索地认定格利特·哈登就是安娜·舍勒。而我们也做了一些假文件来向他们证明。

"与此同时,真正的安娜·舍勒依然安静地待在医院,一直等到庞斯福特·琼斯太太该去探望丈夫时,她才出动。

"简单——但有效。她这次行动的原则是,只有家人才可以相信。她真是个相当聪明的姑娘。"

"我真以为我会牺牲。"维多利亚说,"你手下的人一直在暗中盯着我?"

"是的,你的爱德华并没有他自己想象中的那么聪明,你知道的。事实上,我们调查爱德华·戈林的活动有一段时间了。卡迈克尔被杀的那晚,你跟我讲了你的故事,那时候我可真替你担心。

"当时,我能想出的最好办法,就是让你成为一名间谍,打入他们内部。如果你的爱德华知道你和我有联系,你就会相对安全,因为他要通过你了解我们的动态。你很有价值,所以他们不会杀你。而且他们还可以通过你传递假情报,你是连接的纽带。后来,你发现了假冒的鲁伯特·科洛夫顿·李爵士的事情,爱德华便决定把你隔离起来,等需要你——有可能需要你——扮演安娜·舍勒的时候再放出来。是啊,维多利亚,你现在能坐在这里,吃着开心果,真是非常走运!"

"我知道我运气不错。"

达金先生问:"你还……有点儿想念爱德华吗?"

维多利亚正视着他。

"一点儿也不想。我就是个小傻瓜,被他迷住了,上了他的当。我像个女学生一样,迷恋上了他,还幻想自己是朱丽叶,真是太蠢了。"

"你不用太责怪自己,爱德华长得太漂亮了,很容易迷住女性。"

"他利用了这一点。"

"没错,他的确利用了这一点。"

"下次我要是再恋爱,"维多利亚说,"外表,或者魅力都不会再影响我了。我想要一个真正的男人——不会跟我说漂亮话,哪怕秃顶、戴眼镜或者其他什么我也不会在乎。我喜欢的人一定要有意思,而且知道很多有意思的事情。"

"要大概三十五岁还是五十五岁呢?"达金先生问。

维多利亚盯着他。

"哦,三十五岁。"她说。

"那我就放心了,刚才我还以为你在向我求婚呢。"

维多利亚大笑起来。

"还有——我知道我不该多问,但我真的想知道,那条围巾里是不是织进了情报?"

"里面有一个名字。像德法奇太太那样的织毛衣高手毕竟是少数,能织一长串名字进去。这次,围巾和字条各提供了一半线索。前者告诉我谢赫·侯赛因·齐亚拉这个人,后者用碘蒸气处理后告诉我问齐亚拉拿东西的暗号。把东西藏在那里是最安全不过的了。"

"这些资料是两个流动微型电影艺人带去的吗——是我见过的那两个?"

"是的,非常普通的两个家伙,与政治上的事情一点儿关系都没有。他们只不过是卡迈克尔的朋友而已,他的朋友真的很多。"

"他肯定是个相当不错的人,很遗憾牺牲了。"

"有一天,我们都会死。"达金先生说,"如果存在另一个世界——我相信会有——卡迈克尔一定会非常满意地看到,因为他的信念、勇气和行为,让这个世界免于遭受一次大多数人无法想象的流血与灾难。"

"有点儿奇怪,是不是?"维多利亚若有所思地说,"理查德保存一半秘密,我保存另一半,这好像有点儿……"

"有点儿像刻意安排的,是吧?"达金眼里闪着光,替她把话说完,"我想问一下,你接下去打算怎么办?"

"我要找份工作。"维多利亚说,"必须现在就开始找了。"

"别想得太困难。"达金先生说,"我觉得会有份工作自己来找你。"

说完他从容地离开,把地方让给理查德·贝克。

"听我说,维多利亚。"理查德说,"维希尼亚不能来了,她得了流行性腮腺炎。你为挖掘工作帮了不少忙,你愿意回来吗?但恐怕薪水只够支付你维持生活的费用,可能还有你回英国的路费——这个以后再说。庞斯福特·琼斯太太下周就来,你觉得怎么样?"

"哦,你们真的要我吗?"维多利亚叫道。

不知道为什么,理查德·贝克的脸色变得潮红。他一边咳嗽,一边擦着眼镜。

"我觉得,"他说,"我觉得你……呃……能帮上忙。"

"我愿意。"维多利亚说。

"既然如此,"理查德说,"你最好收拾一下行李,我们现在就回挖掘现场。你不想在巴格达多待了,是吧?"

"一秒钟都不想。"维多利亚说。

2

"哦,你回来了,维罗妮卡。"庞斯福特·琼斯博士说,"你走了之后理查德着急得不得了。好,好,希望你们幸福。"

"他说这话什么意思?"庞斯福特·琼斯博士信步闲逛似的走开后,维多利亚困惑地问道。

"没什么。"理查德说,"他这个人,你知道的,时间观念不太好。刚才这番话……就是有点儿……说早了。"

They Came To Baghdad

Copyright © 1951 Agatha Christie Limited. All rights reserved.
© 2013 Letter for Chinese Reader, New Star Edition by Mathew Prichard.
www.agathachristie.com
AGATHA CHRISTIE, *Agatha Christie*® and the AC Monogram Logo are registered trade marks of Agatha Christie Limited in the UK and elsewhere. All rights reserved. Published by agreement with ACL.
Simplified Chinese edition copyright: 2022 New Star Press Co., Ltd.

图书在版编目（CIP）数据

他们来到巴格达 /（英）阿加莎·克里斯蒂著；陆烨华译．——2 版．——北京：新星出版社，2022.10

ISBN 978-7-5133-3844-8

Ⅰ.①他… Ⅱ.①阿… ②陆… Ⅲ.①侦探小说－英国－现代 Ⅳ.①I561.45

中国版本图书馆 CIP 数据核字（2022）第 090219 号

午夜文库
谢刚 主持

他们来到巴格达
[英] 阿加莎·克里斯蒂 著；陆烨华 译

责任编辑：赵笑笑	统筹编辑：王　欢
责任校对：刘　义	责任印制：李珊珊
封面插图：宣　和	装帧设计：周伟伟

出版发行：新星出版社
出 版 人：马汝军
社　　址：北京市西城区车公庄大街丙3号楼　100044
网　　址：www.newstarpress.com
电　　话：010-88310888
传　　真：010-65270449
法律顾问：北京市岳成律师事务所

读者服务：010-88310811　service@newstarpress.com
邮购地址：北京市西城区车公庄大街丙 3 号楼　100044

印　　刷：三河市兴达印务有限公司
开　　本：910mm×1230mm　1/32
印　　张：8.625
字　　数：132千字
版　　次：2022年10月第二版　2022年10月第一次印刷
书　　号：ISBN 978-7-5133-3844-8
定　　价：42.00元

版权专有，侵权必究．如有质量问题，请与印刷厂联系调换．